Hinter Alman_Memes2.0 verbergen sich Marius Notter und Sina Scherzant. Seit April 2019 betreiben die beiden den Instagram-Account, der schnell zum Internet-Hype wurde und typisch deutsche Klischees wie überpünktliches Warten vorm Restaurant, Lärmempfindlichkeit in der Nachbarschaft und schlechte Wortspiele auf die Schippe nimmt. Die studierte Erziehungs- und Bildungswissenschaftlerin Sina Scherzant, die u.a. als Texterin und Dozentin im Bildungsbereich tätig ist, und Marius Notter, der für Spiegel Online und verschiedene TV-Formate arbeitete, entdecken hin und wieder auch typisch deutsche Eigenarten an sich, vor allem, wenn es ums Teilen der Restaurant-Rechnung geht.

SINA SCHERZANT
MARIUS NOTTER

Noch 3
Treuepunkte
bis zum
Pfannen-Set

Kleinstadt-Wahnsinn mit den Ahlmanns.
Von den Macher:innen von
alman_memes2.0

Rowohlt Taschenbuch Verlag

2. Auflage April 2021

Originalausgabe
Veröffentlicht im Rowohlt Taschenbuch Verlag,
Hamburg, April 2021
Covergestaltung zero-media.net, München
Coverabbildung Fritzi Stuke / Kombinatrotweiss
Satz aus der Swift
bei Pinkuin Satz und Datentechnik, Berlin
Druck und Bindung GGP Media GmbH, Pößneck, Germany
ISBN 978-3-499-00578-7

Die Rowohlt Verlage haben sich zu einer nachhaltigen Buchproduktion
verpflichtet. Gemeinsam mit unseren Partnern und Lieferanten setzen
wir uns für eine klimaneutrale Buchproduktion ein, die den Erwerb von
Klimazertifikaten zur Kompensation des CO_2-Ausstoßes einschließt.
www.klimaneutralerverlag.de

Inhalt

KAPITEL 1

Paukenschlag im Ruhebereich

«Auf Gleis 4 fährt ein – der ICE 1699 nach Frankfurt am Main Hauptbahnhof», ertönte die Lautsprecher-Durchsage in Kassel-Wilhelmshöhe.

«Wird auch langsam mal Zeit, dass der hier eintrudelt», brummte Achim und sah mit verkniffenem Gesichtsausdruck auf die Zuganzeige. «ICE 1699 nach Frankfurt am Main Hauptbahnhof – heute 10 Minuten später» stand dort in gelb-leuchtender Schrift.

«Wenn du dich auf die Bahn verlässt, biste verlassen», stimmte ihm seine Frau Anette zu und lehnte sich mit verschränkten Armen an ihren Rollkoffer. So langsam tat ihr der Rücken weh. Sie waren extra vierzig Minuten früher am Bahnhof gewesen. Man konnte ja nie wissen!

Wenn da mal zwei Ampeln etwas länger rot sind, dann hat man den Salat, sagte Anette immer.

«Ich lauf noch mal ganz schnell zum Wagenreihungsplan. Bin mir nicht sicher, ob ich wirklich richtig geschaut habe!»

«Anette, du standest vorhin mindestens zehn Minuten vor dem Wagenreihungsplan. Außerdem kommt der Zug da hinten schon. Ich hab keine Lust, dass du jetzt wegrennst, und dann steh ich hier mit den zwei Koffern!»

Ach, Mensch. Ihr Göttergatte hatte natürlich recht. Anette hatte sich den Plan sogar mit dem Smartphone abfotografiert, aber das Foto war so verschwommen, dass sie kaum etwas entziffern konnte. Am liebsten hätte sie nur zur Sicherheit noch mal schnell auf den Plan geschaut. Aber sie wollte natürlich den Zug nicht verpassen. Schon gar nicht heute!

Achim und Anette waren nämlich auf dem Weg nach Frankfurt zu ihrer Tochter Annika, die dort gerade eine berufsbegleitende Weiterbildung zur Versicherungs- und Finanzrechts-Fachwirtin absolvierte.

«Mama, an dem Wochenende 16./17. hätte eigentlich ein Blockkurs stattgefunden, aber der fällt aus. Da könntet ihr mich doch dann endlich mal besuchen! Ihr habt meine Wohnung noch überhaupt nicht gesehen!», hatte Annika vor drei Wochen am Telefon mit unüberhörbarem Vorwurf in der Stimme gesagt.

Das stimmte tatsächlich, aber es war auch wirklich nicht einfach, Achim zu solchen Spontanausflügen zu überreden. Mal abgesehen von ihrem alljährlichen, zweiwöchigen Sommerurlaub am Gardasee, blieb der nämlich am liebsten zu Hause in Hildenberg.

«Auf die Schnelle kriegen wir doch eh keine Tickets mehr. In drei Wochen schon? Das hätte sich unser junges Fräulein ja auch mal früher überlegen können», hatte er nur gebrummt und kaum von seiner Zeitung aufgesehen. Doch Anette hatte ihn ignoriert, fix ihre Lesebrille hervorgeholt und den Computer in ihrem kleinen Arbeitszimmer hochgefahren. Das wär doch gelacht, wenn sich da nicht noch ein Schnapper finden ließe! Als sie dann im Internet die Verbindungen gecheckt hatte, war sie tatsächlich fündig geworden. Es gab sogar noch Sparpreise für einzelne Verbindungen, die Achim aber sofort mit einem Kopfschütteln abgetan hatte.

«Da müsste ich mir ja den Freitag auch noch freinehmen. Nee nee, das ist nicht drin», hatte er aus dem Wohnzimmer gerufen, nachdem Anette ihm die Zeiten durchgegeben hatte. Auf Anettes Vorschlag hin, dass sie ja auch mit dem Auto fahren könnten, war es fast zum Eklat gekommen. Wie er denn in so einer riesigen und chaotischen Stadt wie Frankfurt einen Parkplatz finden solle, hatte Achim seine Frau angeherrscht.

«Jörg und Biggi sind im letzten Jahr sogar mit dem Auto nach Amsterdam gefahren», hatte Anette spitz erwidert, woraufhin Achim sich erhoben hatte und ohne ein weiteres Wort in seine Kellerwerkstatt verschwunden war. Anette, die Achims griesgrämige Phasen nur allzu gut kannte, hatte schließlich einfach zwei Tickets für den späten Freitagnachmittag gekauft – fünfzehn Euro teurer als die Spartickets am Vormittag, aber das verschwieg sie geflissentlich.

Seitdem freute sich Anette wie verrückt auf den Kurztrip. Endlich mal wieder raus aus Hildenberg! Seit fast dreißig Jahren lebten Anette und Achim nun schon in dem kleinen, beschaulichen Örtchen.

Wir können uns ja nicht vorstellen, noch mal woanders zu leben! Hier haben wir alles, was wir brauchen, sagte Achim immer, und Anette stimmte ihm dabei auch von ganzem Herzen zu. Trotzdem brauchte sie ab und an einen Tapetenwechsel. Frisch verheiratet waren die beiden damals aus dem angrenzenden Nachbarort nach Hildenberg gezogen und hatten ein kleines Häuschen in der ruhigen Siedlung «Am Rosengarten» gekauft. So ruhig wie in der Rosengarten-Siedlung, in der seit jeher ausschließlich Familien und

Paare jenseits der sechzig wohnten, hätte es nach Anettes Geschmack gar nicht sein müssen. Doch Achim hatte darauf bestanden, dass weder ein Kindergarten, noch eine Schule und schon gar kein Jugendzentrum in unmittelbarer Nähe zu ihrer ersten gemeinsamen Behausung stehen dürften. So war die Wahl schließlich auf die Siedlung am Ortsrand gefallen, in der man an einem Sonntagnachmittag wahrscheinlich sogar den Fall einer Stecknadel hören würde.

Ordentlich in Weiß und Hellgrau gestrichene Doppelhaushälften prägten das Ortsbild in diesem Teil Hildenbergs. Vor jeder Haustür befand sich ein kleines Rechteck, das die meisten Bewohner mit einer adretten Mischung aus sorgsam gemähten Grünstreifen, Kies-Formationen und kleinen Büschen in Tontöpfen gestaltet hatten. Wer es etwas flippiger mochte, stellte noch einen Steinfrosch, eine bunte Glaslibelle auf einem Stab oder eine kleine Holzbank in einer grellen Farbe dazu. Damit niemand auf die Idee kam, dass eine solche Bank mehr als nur der Zierde dienen könne, wurden darauf gerne verschiedene dekorative Kantenhockerfiguren platziert. So thronte vor dem Haus der Ahlmanns ein großer Vogel, dessen Rumpf aus einem Granitstein bestand. Die Gliedmaßen und der spitze Schnabel waren aus Edelstahl. Ausladend saß der Vogel auf der kleinen Bank, die Achim auf Anettes Wunsch hin hellgrün gestrichen hatte. Direkt daneben ragte der Ahlmann'sche Carport in den Himmel, den sie sich vor einigen Jahren angeschafft hatten, nachdem bei allen in der Nachbarschaft nach und nach die Garagen durch schmucke Holzkonstruktionen ersetzt worden waren. Anette war in Hildenberg und in der Siedlung «Am Rosengarten» bekannt wie ein bunter Hund, sie wusste immer, was im Ort gerade los war, und wenn sie durch ihre Siedlung lief, wurde in alle Richtungen gegrüßt:

«Frau Meier, wie geht's dem Fipsi? Was kam denn beim Tierarzt raus?»

«Inge, grüß dich! Sehen wir uns heute Abend im Frauenverein?»

«Yoga fällt heute aus, Babsi. Haste die WhatsApp von Manu schon gelesen?»

Und dennoch … so hin und wieder ein bisschen mehr Trubel, mal etwas Unerwartetes, das wär schon was, dachte sie des Öfteren. An den Samstagabenden ausnahmsweise nicht im Wirtshaus «Zur vollen Kelle» das Jägerschnitzel oder das Bäuerinnenomelett essen, sondern die Auswahl zwischen italienischem Restaurant, trendiger Cocktailbar und Kino haben, das würde ihr gefallen. Aus diesem Grund genoss Anette es so, wenn sie die Kleinstadtidylle ein paar Mal im Jahr verlassen konnte. Hier ein kleiner Weihnachtsmarkttrip mit den Arbeitskolleginnen, im Sommer zwei Wochen Gardasee mit Achim oder ab und an ein Wochenende im Wellnesshotel mit Biggi, ihrer besten Freundin und Nachbarin, das musste schon drin sein. Wobei die letzte Wellnesstour wenig entspannend gewesen war. Anette hatte allergisch auf die Fruchtsäurebehandlung reagiert und die Hälfte des Wochenendes in der Notaufnahme verbracht. Da war sie dann doch froh gewesen, als sie wohlbehalten zurück in Hildenberg angekommen war. Zu Hause war es doch am schönsten … und am sichersten, dachte sie in diesen Momenten. Passend dazu hatte sie im Hausflur ein hübsches Holzschild über dem Schuhschrank angebracht, dessen Aufschrift ihr Inneres widerspiegelte: «Zu Hause ist da, wo nicht nur der Schlüssel passt, sondern auch das Herz sich wohlfühlt».

Jetzt standen Anette und Achim nebeneinander am Gleis und sahen zu, wie sich der ICE aus der Ferne näherte und schließlich in noch hohem Tempo an ihnen vorbeischoss.

Als der Fahrtwind ihnen entgegenpeitschte, zogen sich beide eilig die Reißverschlüsse ihrer Jack-Wolfskin-Anoraks nach oben. Während Achim sich in dem Outlet-Center in Holland, in das sie im vergangenen Herbst gefahren waren, für die schlichte schwarz-graue Variante entschieden hatte, fiel Anette in ihrer bordeauxfarbenen Jacke mit den orangen Reißverschlüssen mehr auf. Lange hatte sie damals überlegt, ob sie nicht doch einfach die dunkelgrüne Jacke nehmen sollte, doch die Verkäuferin hatte ihr zu der frecheren Version geraten. Das passe so gut zu Anettes kastanienbraunen Haaren, hatte sie gemeint und ihr begeistert zugenickt.

Farbe hin oder her – jetzt waren Achim und Anette jedenfalls froh, dass sie nicht auf den Wetterbericht gehört und die dicken Anoraks angezogen hatten.

«Ob ich mir den Plöger und seine Prognosen anhöre oder gegen 'ne weiße Wand gucke, am Ende bin ich genauso schlau», hatte Achim gewettert, als er am Morgen aus dem Fenster schaute. Tatsächlich waren die warmen Strahlen der März-Sonne, die am Vorabend angekündigt worden waren, nirgends zu sehen. Stattdessen war der Himmel lückenlos von einer grauen Wolkenschicht bedeckt gewesen, und in der Nacht hatte es sogar noch ordentlich geregnet.

Am Gleis wurde Anette plötzlich unruhig.

«Kannst du die Wagennummern entziffern? Der Zug ist noch so schnell. Ich kann das gar nicht erkennen!», rief sie ihrem Mann über den Zuglärm hinweg zu.

«Wir werden wohl richtig stehen, Anette!»

«Manchmal ändert sich die Wagenreihung spontan … Warte, jetzt kann ich was lesen! Ach nee, das ist nur die 2 für die 2. Klasse, die Waggonnummern sind aber wirklich klein.» Anette verengte die Augen zu schmalen Schlitzen, um besser sehen zu können.

«Oh nein. 23 steht da!», schnaufte sie, «wir haben doch in Wagen 22 reserviert!»

«Na, Jesses Gott. Was ein Terz!», brummte Achim und zog den Haltegriff aus seinem Koffer.

Eilig machten sich die beiden auf den Weg zum benachbarten Waggon. Sie hievten ihre taubenblauen, identischen Rollkoffer in aller Hektik in den Zug, wobei die Kofferanhänger, auf die Anette in gut leserlichen Druckbuchstaben «Achim und Anette Ahlmann» sowie ihre Adresse und Achims Telefonnummer aus dem Büro geschrieben hatte, kräftig hin und her baumelten. Beinahe wäre Anette sogar ihr Proviantbeutel von der Schulter gerutscht, während sich Achim in der Hektik ganz böse den Kopf an einer Klappe über der Einstiegstür stieß. Hinter ihnen drängten schon weitere Fahrgäste in den Zug, sodass Achim keine Zeit blieb, die schmerzende Stelle zwischen seinen grauen, seit einigen Jahren lichter werdenden Haaren abzutasten. Keuchend versuchte er, seinen

Koffer durch den engen Gang des Zuges zu manövrieren. Anette direkt vor ihm! Ebenfalls schnaufend. Was eine Hektik! Mit hochroten Köpfen kämpften sich die zwei zu ihren reservierten Plätzen vor. Anette, die die Klarsichthülle mit den Fahrkarten fest umklammert in der Hand hielt, schaute auf die Sitzplatzanzeigen und murmelte vor sich hin: «62 und 63 …, 66 und 67 …, 71 und 72!» Hier musste es sein! Mit einem Ruck blieb sie stehen und starrte entgeistert auf die Plätze zu ihrer Linken. Achim prallte gegen ihren Rücken.

«Anette, meine Güte, du kannst doch nicht einfach …», polterte er los, doch dann bemerkte auch er den Grund für Anettes ruckartigen Stopp.

Auf dem Fensterplatz Nummer 71 saß ein junger Mann mit dunklen Haaren, in Kapuzenpulli und Jeans. Er trug Kopfhörer und blickte konzentriert auf seinen Laptop, der vor ihm auf dem kleinen Ausklapptisch stand. Anette stierte einige Sekunden lang wie hypnotisiert auf den goldenen Ring, der aus der Nase des Mannes ragte. Als sie ihren Blick endlich von diesem – wie sie fand – überaus anstößigen Piercing lösen konnte, sagte sie mit fester Stimme: «Entschuldigung, junger Mann, aber wir haben hier reserviert!» – keine Reaktion. Der junge Mann war offenbar so in die Inhalte auf seinem Laptop vertieft, dass er Anette gar nicht wahrnahm. *Das kann ja wohl nicht wahr sein,* dachte sie und spürte, wie ihr Puls in die Höhe schnellte. Was sollten sie denn jetzt machen? Etwa den Schaffner rufen? Hoffentlich kam es hier nicht gleich zum nächsten Eklat. Das ganze Brimborium mit Achim war nämlich nach dem Ticketkauf noch weitergegangen. Drei Tage vor

Reiseantritt, als Anette ihm die Route verkündet hatte, hatte er die ganze Tour beinahe noch abgeblasen.

«Wir fahren erst im Regionalzug nach Kassel und dann mit dem ICE wieder runter? Das ist ja eine halbe Weltreise!», hatte er geschimpft und Anette auf einer imaginären Deutschlandkarte aufgezeigt, dass sie zuerst in die völlig entgegengesetzte Richtung fahren würden.

«Das weiß ich doch», hatte Anette daraufhin genervt gezischt, «du wolltest dir den Tag ja nicht freinehmen. Wären wir heute Morgen gefahren, hätten wir über Köln fahren und fünfzehn Euro sparen können.» Doch auch diese Verbindung hatte Achim als völlig hanebüchen abgetan, obwohl ihn die verpasste Ersparnis schon geärgert hatte.

«In diesen lahmen Bummelzug steig ich nicht ein, Anette! Da kann man nicht reservieren, das ist nur Stress. Dann lass ich den Wagen eben in Kassel stehen», hatte er ihr schließlich verkündet.

Auch wenn Anette das Ganze für völligen Irrsinn gehalten und innerlich die Augen verdreht hatte, war sie ruhig geblieben. Hauptsache die Fahrt zu Annika konnte stattfinden, sollte Achim eben seinen Willen kriegen.

Sie riss sich selbst aus ihren Gedanken. Noch immer saß der Gepiercte auf dem Platz Nummer 71. Auf ihrem Platz! Verzweifelt blickte sie sich zu ihrem Mann um.

«Lass mich mal machen», brummte der und schob Anette zur Seite.

«HALLO! Sie sitzen auf unseren Plätzen», rief Achim so laut, dass sich die Köpfe einiger Fahrgäste zu ihnen umdrehten, und klopfte dem jungen Mann unsanft auf die Schulter. Zu Tode erschrocken blickte dieser auf und nahm die Kopfhörer ab.

«Äh, ja?», sagte er und sah erstaunt in zwei aufgebrachte Gesichter.

«Sie», Achim sprach nun sehr langsam und zeigte mit dem Finger auf den jungen Mann, «sitzen auf unseren», dabei deutete er auf sich und Anette, *«Plätzen»*, und haute zur Visualisierung mit der flachen Hand ein paar Mal auf den freien Sitz.

«Wir – haben – hier – reserviert», mischte sich nun auch Anette ein. Sie redete genau wie ihr Mann sehr langsam und betonte jede einzelne Silbe, dabei ließ sie den jungen Fahrgast nicht aus den Augen. Ihre Handtasche hielt sie jetzt ganz fest mit beiden Händen. Man konnte ja nie wissen. *Kannst den Leuten immer nur vorn Kopf gucken, ne*, war eine Weisheit ihrer besten Freundin Biggi.

«Hm, komisch», sagte der junge Mann und ließ sich von Achims und Anettes merkwürdiger Sprechweise nicht aus dem Konzept bringen, «ich habe hier auch reserviert.»

«Das kann ja wohl nicht sein», polterte Achim los, der langsam die Geduld verlor und Anette die Klarsichtfolie aus der Hand rupfte.

«Hier steht's doch. Wagen 22, Platz 71 und 72. Schwarz auf weiß!», rief er laut durch den Wagen und blickte sich mit triumphierendem Blick um. Sollten die anderen Fahrgäste doch ruhig mitbekommen, was hier gerade vor sich ging und dass er, Achim Ahlmann, mit Hilfe seiner Fahrkarte einwandfrei nachweisen konnte, dass ihm der Platz zustand.

«Das hier ist aber Wagen 24», sagte der junge Mann

freundlich und deutete auf die Anzeige am Ende des Waggons.

Achim und Anette wirbelten herum. Während Anette noch in ihrer Handtasche wühlte, um ihre Brille hervorzuholen, lief Achim bereits dunkelrot an.

«24 … Wagen 24, oh …», stammelte er, fing sich aber schnell wieder und sagte mit lauter Stimme zu Anette, als wäre das ihr alleiniger Fehler: «Das hier ist Wagen 24, Anette. Wir sind falsch!»

Er schnappte sich – ohne den jungen Mann noch eines weiteren Blickes zu würdigen – seinen Rollkoffer und stampfte in Richtung Wagen 23 davon. Anette, die die Suche nach ihrer Brille aufgegeben hatte, entschuldigte sich murmelnd und mit hochrotem Kopf bei dem jungen Mann, bevor sie Achim aus dem Waggon folgte. Meine Güte, was eine Blamage. So was war ihr ja noch nie passiert. Hoffentlich hatten die anderen Fahrgäste nichts von dieser peinlichen Aktion mitbekommen. Nicht auszudenken, wenn sich das Ganze bis nach Hildenberg rumsprechen würde. Vor ihrem inneren Auge tauchte Frau Meier auf. Sie war die Bäckerin im Ort und Tratschquelle Nummer eins. Unwillkürlich musste sich Anette vorstellen, wie Frau Meier, während sie gerade allerlei Rosinenschnecken und Quarkbällchen in Tüten packte, laut durch den Laden rief: «Haben Sie das von den Ahlmanns gehört? Die haben sich ja wieder was geleistet!»

Ein heißes Gefühl der Demütigung wirbelte Anettes Magen durcheinander. Schnell verscheuchte sie die Gedanken an Frau Meier und eilte ihrem Mann hinterher, der bereits das Ende von Wagen 23 erreicht hatte.

Geschafft! Als Achim und Anette endlich auf ihren richtigen Plätzen saßen, atmeten beide hörbar aus. Am liebsten würde Anette ihre Schuhe ausziehen und sich erst mal ein bisschen langmachen, so gut es eben ging in diesem Blechtunnel. Eigentlich lohnte sich das aber gar nicht so richtig, da sie in anderthalb Stunden sowieso schon in Frankfurt ankommen würden. Stattdessen öffnete Anette nun ihren Proviantbeutel. Das schicke Teil war ihr absoluter Lieblingsbeutel!

Den hatte sie – genau wie den knallroten «Meins! Finger weg!»-Sticker auf ihrem Koffer – letztes Jahr auf dem Weihnachtsmarkt an einem Stand gekauft, der allerlei lustige Beutel, Schilder und Sticker angeboten hatte. Gemeinsam mit ihren «Mädels» aus dem Frauenverein hatte sie bestimmt zwanzig Minuten an dem Stand verbracht und sich scheckig gelacht.

«Guck dir mal den Beutel an! ‹Kalorien sind kleine Tiere, die nachts die Kleidung enger nähen!› Köstlich!»

«Das Schild hier muss ich meinem Göttergatten mitbringen!»

«Birgit, was hältste von dem Sticker? – Zum Schießen!»

Die ausgelassene Stimmung der Truppe hatte damals wohl auch daher gerührt, dass sich die Frauen auf der Hinfahrt den ein oder anderen Piccolo gegönnt hatten. Im Regionalzug waren sie von einigen Fahrgästen deswegen sogar schief angeschaut worden. Woraufhin Anette lauthals gerufen hatte: «Tja, wenn se uns einmal im Jahr loslassen, dann is was los.»

Jedenfalls hatte sie sich damals so lange am Stand durch die verschiedenen Beutel gewühlt, bis sie ihr absolutes

Traumexemplar gefunden hatte: ein violetter Beutel, auf dem in Schnörkelschrift «Realität ist was für Menschen, die Angst vor Einhörnern haben» stand. Alle waren sich einig gewesen, dass das mit Abstand der witzigste Beutel von allen war. Als die Verkäuferin dann auch noch gesagt hatte:

«Oh, die sind der Renner. Da haben Sie den allerletzten erwischt», war Anette stolz wie Oskar gewesen. Seitdem war der Beutel immer dabei. Ob beim Einkaufen, auf Reisen, oder auf dem Weg zum Yogakurs.

Als Achim die voll bepackten Tupperdosen sah, die Anette aus dem Beutel zog, begannen seine Augen das erste Mal an diesem Tag zu leuchten. *Was gibt's Besseres als eine ordentlich belegte Stulle mit Wurst und ein hart gekochtes Ei dazu*, dachte er sich. Ihm lief das Wasser im Mund zusammen, als Anette die beiden Tischchen vor ihnen ausklappte und die Brote gerecht aufteilte.

«Hier noch Zugestiegene?», ertönte die ruhige, aber eindringliche Stimme der Schaffnerin kurz darauf, während Achim gerade vergeblich versuchte, dem zehn Jahre alten 2-in-1 Salz- und Pfefferstreuer von Tupper durch heftige Schüttelbewegungen mehr als zwei Kügelchen Salz für sein Ei zu entlocken. Anette, die gerade das zweite Ei pellte, fegte mit der freien Hand hastig die Eierschalen von der Klarsichthülle, die vor ihr auf dem Tisch lag und als Unterlage gedient hatte. Achim griff nach der Hülle und fischte die zwei ausgedruckten Tickets heraus, während Anette ihre Finger an einem mitgebrachten Zewa abwischte.

Sie beobachteten, wie die anderen Zuggäste kontrolliert

wurden, und fühlten sich plötzlich ohne triftigen Grund aufgeregt.

«Hoffentlich stimmt mit den Fahrkarten alles», flüsterte Anette ihrem Mann nervös zu.

Als die Schaffnerin auf ihrer Höhe war, streckte Anette ihr umgehend das Ticket entgegen, das Achim ihr zuvor gereicht hatte. Die Schaffnerin scannte das Ticket und hob dann die Augenbrauen.

«Sie sind Achim Ahlmann?», fragte sie Anette und musterte sie von oben bis unten.

Verwirrt schaute Anette zu Achim, und der schaute ebenso verwirrt zur Schaffnerin. Doch dann dämmerte etwas in Achims Kopf. Die Tickets waren ja personalisiert! Anstatt seinen Fehler aufzuklären, rief er ausgelassen:

«Na Mensch, wissen Sie, meine Frau und ich sind schon so lange zusammen, da kann man mal durcheinanderbringen, wer wer ist.» Er lachte kurz über seinen eigenen Witz und fügte in Anettes Richtung hinzu: «Wir sind noch nicht zu einer Person verschmolzen, Anette! Ich brauch noch meine Freiheit!»

Daraufhin lachte er schallend los und schaute aufmerksamkeitsheischend zur Schaffnerin, doch weder die noch Anette waren in sein Lachen eingestimmt.

«Achim. Jetzt gib ihr doch bitte einfach das richtige Ticket», herrschte Anette ihren Mann an und zog ihm das Blatt aus der Hand.

«Hier, da isses. Entschuldigen Sie.»

So langsam hatte Anette genug. Zuerst meckerte Achim über die Reise an sich, dann über den Fahrtverlauf, anschließend spielte er sich im falschen Waggon auf wie der große Zampano, und jetzt das! Während sie den ganzen Stunk abbekam, konnte er vor anderen noch den Lustigen mimen. Das allein könnte sie ja noch verkraften, schließlich mochte sie Achims Humor normalerweise, aber dass er heute den ganzen Tag so tat, als wäre sie an allem schuld, das war zu viel. Er hatte doch beim hektischen Einstieg genauso wenig auf die Anzeige am Zug geachtet. Anette spürte, wie sie sich immer mehr in die Sache hineinsteigerte, während Achim neben ihr in aller Ruhe sein gekochtes Ei weiter aß. Sie könnte die Sache jetzt natürlich auf sich beruhen lassen und den Rest der Fahrt nur ein wenig vor sich hin schmollen, aber Anette wäre nicht Vorsitzende des Hildenberger Frauenvereins geworden, wenn sie vor Konflikten zurückschrecken würde. Die Wahl damals war ein Kopf-an-Kopf-Rennen gewesen, wie es seit der Neugründung 1970 nicht mehr stattgefunden hatte. Ihre Konkurrentin war eine Zugezogene namens Julitta Baumgärtner gewesen, die mit neumodischem Firlefanz wie «Feministischen Filmabenden» und «Ernährungswochenenden» zuerst alle in ihren Bann gezogen hatte. Doch dann war ihr ein entscheidender Fehler unterlaufen. Zum sonntäglichen Kuchenverkauf nach der Kirche war Julitta nicht nur zu spät gekommen, nein, sie hatte doch tatsächlich eine aufgetaute Fertigtorte mitgebracht.

«Alles nur Fassade», hatte Biggi damals gewettert, «wenn es drauf ankommt, dann stehste mit so einer an der Spitze ganz schön blöd da!» Ob es Biggis Schimpftirade oder Anettes dreistöckige Käsesahnetorte gewesen war – sie konnte es selbst nicht mehr so genau sagen –, die Zweidrittelmehrheit der Stimmen hatte damals jedenfalls

Anette eingeheimst. Die Ernährungswochenenden machten sie trotzdem noch, aber die Baumgärtner kam nur noch unregelmäßig zu den wöchentlichen Frauenabenden. Stattdessen engagierte sie sich jetzt wohl im Ortsverein des Naturschutzbundes.

«Da passt *die* auch besser hin», hatte Biggi in einem derart feindseligen Ton gesagt, dass Anette wieder einmal froh gewesen war, dass Biggi ihre Freundin und nicht ihre Feindin war.

«Du, das Ei hättste ruhig noch 'ne Minute länger im Wasser lassen können», sagte Achim plötzlich neben ihr mit vollem Mund und entsorgte die Eierschalenreste in dem kleinen Mülleimer unter ihren Plätzen. Anette spürte, wie ihr Puls in die Höhe schoss, und bereits eine Zehntelsekunde später platzte die ganze angestaute Wut aus ihr heraus: «Weißt du was, Achim? Zukünftig kannste dir dein Ei selber kochen, den Koffer alleine packen, die Reiseverbindung raussuchen und in den richtigen Wagen einsteigen! Vielleicht musst du sogar etwas weniger arbeiten, denn wenn ich's richtig anstelle, dann werde ich im September die neue Bürgermeisterin von Hildenberg, und dann muss die ganze Familie mal öfter mit anpacken!»

So. Die Katze war aus dem Sack. Anette schlug sich mehr verblüfft als entsetzt die Hand vor den Mund. Ihr Herz schlug heftig gegen ihre Rippen, doch so schwer war es gar nicht gewesen. Die Anspannung der letzten Wochen schien mit einem Mal in sich zusammenzufallen und von einer seltsamen Art von Aufregung ersetzt zu werden, wie sie sie zuletzt bei ihrer Führerscheinprüfung hatte.

In Wahrheit gab es nämlich noch einen weiteren Grund,

warum Anette so vehement auf die Fahrt nach Frankfurt bestanden hatte. Vor wenigen Wochen hatte sie eine Entscheidung getroffen, von der sie ihrem Mann bisher nichts erzählt hatte. Nur Freundin Biggi und Tochter Annika waren eingeweiht. Letztere hatte schon mehrfach betont, dass Anette endlich mit Achim über das Thema sprechen müsse. Diese schob das Gespräch jedoch immer wieder auf. Anette wusste eben, wie sehr Achim Veränderungen hasste! Daher hatte sie beschlossen, ihrem Mann fernab von Hildenberg in entspannter Atmosphäre von ihren Bürgermeister-Plänen zu erzählen. Ein bisschen gutes Zureden von Tochter Annika, und schwups – sie hätte Achim auf ihrer Seite gehabt.

Doch ein Blick auf ihren Göttergatten ließ ihre Sorgen wieder die Überhand gewinnen. Mit verkniffenem Gesicht saß er da und blickte stur auf das halb angebissene Brot in seiner Hand. Was, wenn Achim jetzt plötzlich anfing zu schreien, schoss es Anette durch den Kopf. Eigentlich war er ja kein schlimmer Choleriker, da hatte sie im Frauenverein schon Geschichten von ganz anderen Kalibern gehört. Mit der Daniela wollte sie wirklich nicht tauschen! Trotzdem kannte sie Achim, und es würde ja schon reichen, wenn er hier mit der flachen Hand auf den kleinen Ausklapptisch hauen würde. Schon das würde im ruhigen Zugabteil alle Aufmerksamkeit auf sich ziehen. Aber jetzt war es sowieso zu spät.

Ihr Puls ging schneller und ihr Atem stoßweise, während ihre Hände wie von alleine ihr eigenes Ei aus der Tupperdose nahmen und es routiniert weiter pellten. Sie blickte zu Achim, der immer noch wie in Trance auf das belegte Brot in seiner Hand stierte. Offenbar wusste er nicht, was er sagen sollte. Anette konnte ihm förmlich beim Denken zusehen. Geistesabwesend legte er das Brot – ohne eine Unterlage zu verwenden – auf den Tisch vor sich. Anette zuckte kurz. Da war doch alles voller Bazillen auf diesen Tischen! Sie überlegte noch, ob sie es wagen konnte, unauffällig ein Zewa-Tuch unter das Brot zu schieben, als plötzlich Achims Stimme neben ihr ertönte:

«Also, ich glaub, mein Schwein pfeift! Wovon willste denn leben, wenn du noch mehr Zeit in dem Irrenhaus, das die Leute Rathaus nennen, verbringst? Und, wie willst du das überhaupt anstellen? Der alte Kolloczek klebt doch auf dem Bürgermeisterstuhl! Der hat's die letzten 25 Jahre gemacht und wird's noch mal fünf machen. Wenn du zu viel Freizeit hast, dann kannste mir ja beim Heckeschneiden helfen. Mann, Mann, Mann! Anette, also wirklich. Wer hat dir das denn eingeredet, oder hat dich der Größenwahn ganz von allein gepackt?»

Anette hörte abrupt auf, das Ei zu schälen. Jetzt war sie es, die wütend wurde. So wenig traute Achim ihr also zu. Der alte Kolloczek, wie alt war der mittlerweile? Mindestens 75. Der überlebte doch keine Amtszeit mehr, so wie der dem Spätburgunder zugetan war. Außerdem wusste Anette aus sicherer Quelle, dass Kolloczeks Frau ihm bereits die Pistole auf die Brust gesetzt hatte.

«Noch eine Amtszeit wird die nicht mitmachen», hatte Biggi ihr gesteckt, die war mittwochs immer im gleichen Rückenfitness-Kurs wie die Kolloczek. Da hatte sie ihr wohl erzählt, dass sie ihre Rente nicht damit verschwenden wollte, von Stadtfest zu Stadtfest zu rennen.

«Wenn der Rudolf dieses Jahr nicht Schluss macht, dann flieg ich alleine nach Madeira, aber dann muss der nicht glauben, dass ich danach zu ihm zurückkomme», hatte die Kolloczek angeblich noch zu Biggi in der Umkleidekabine gesagt.

Anette presste nun ein «Das ist jetzt nicht dein Ernst» zwischen ihren Lippen hervor und funkelte Achim wütend an. Sie holte tief Luft, doch als sie gerade zum verbalen Gegenschlag ausholen wollte, brummte ihr Mann: «Beruhig dich jetzt mal und mach hier keine Szene. Die Leute gucken schon!»

Anette stieg die Zornesröte ins Gesicht, doch sie schaute sich verstohlen um, während ihre Hände den bunt gemusterten Seidenschal kneteten, den sie im Zug immer wegen der Klimaanlage trug. Alle Fahrgäste um sie herum schauten entweder müde aus dem Fenster oder starrten auf ihre Handys und Laptops. Niemand sah in ihre Richtung. Doch Anette wusste auch, dass sie sich einen Streit hier drinnen nicht leisten konnten, wenn sie jetzt laut wurde, zischte und räusperte es von allen Seiten, und das wäre schlimmer als alles andere. Sie schluckte ihre Wut mühsam runter.

Dass Achim kein Verständnis für ihre Ambitionen zeigte, überraschte sie leider nur wenig. Er selbst hegte keine größeren Wünsche oder gar Träume. Für ihn war wichtig, dass der Vorgarten und die Terrasse ordentlich waren und er hin und wieder einen Abend alleine zu Hause hatte. Dass sie da also nicht auf der gleichen Welle schwammen, war ihr von vornherein bewusst gewesen, und das war auch in Ordnung so, aber dass er ihre Pläne als größenwahnsinnig bezeichnete, das tat schon weh. Traute er ihr den Posten nicht zu, oder lag es etwa daran, dass er sich keine Frau als Oberhaupt von Hildenberg vorstellen konnte? Aber so verstockt war Achim doch gar nicht, oder? Im Nachbarort regierte Heidemarie Bornkemann schließlich auch seit fast acht Jahren, und dagegen hatte er nie was gesagt. Klar, einfach würde es trotzdem nicht werden. Das sah Anette ja an Volker aus dem Stadtrat. Ständig unterbrach er sie in den Sitzungen oder speiste sie mit unwichtigen Hilfsarbeiten ab, um dann schnell vor die Kamera des Lokalredakteurs zu hüpfen, während sie mit hochrotem Kopf Kisten von A nach B schleppte. Dabei hatte sie doch mehr als ein Mal bewiesen, dass sie nicht nur anpacken, sondern auch Verantwortung übernehmen konnte. Zehn Jahre lang war sie im Vorstand des Hildenberger Kegelclubs gewesen und hatte dafür gesorgt, dass die Stadt die Kosten für die neue Eckbank im Kegelkeller übernommen hatte. Außerdem organisierte sie einmal im Monat eine spaßige Aktivität für die Hildenberger Seniorengruppe «Graue Papageien», sie plante die Kuchenverkäufe des Frauenvereins auf den örtlichen Festveranstaltungen, und sie saß nun seit fast fünf Jahren im Hildenberger Stadtrat. Obwohl sie sich dort bereits die Position der Heimatpflegerin erkämpft hatte, waren ihre Handlungsoptionen begrenzt. Sie traf mit ihren Ideen häufig auf Widerstand, der sich jedoch vor allem durch die Trägheit der überwiegend männlichen Ratsmitglieder ergab.

«Diese Schlaftabletten! Denen kannste auch beim Laufen die Schuhe besohlen», schimpfte Anette häufig nach den Sitzungen. Fast alles, was sie vorschlug, war den feinen Herren zu aufwendig, zu anstrengend oder kostete zu viel. Dabei wussten alle, dass in Hildenberg mal ordentlich was getan werden musste. Zu viele junge Leute zogen weg, die Straßen waren löchrig, und die Ortsmitte musste dringend attraktiver für Touristen gemacht werden. Wenn der alte Kolloczek dann mal ein bisschen Geld in die Hand nahm, floss es oft in die Kassen des örtlichen Fußballvereins. Anette ging diese Vetternwirtschaft gehörig gegen den Strich!

Sie atmete tief durch. «Die innere Mitte suchen», sagte ihr Yogatrainer Manuel immer, wenn sich jemand im Kurs nicht richtig konzentrieren konnte. Während sie versuchte, sich zu fokussieren, schaute sie an sich herunter und bemerkte mit Schrecken, dass sie ihren Seidenschal total zerknautscht hatte. Sie legte ihre Handrücken auf die Knie, wie sie es im Yogakurs gelernt hatte, atmete tief in den Bauch hinein und wagte einen neuen Versuch, mit ihrem Mann zu sprechen.

«Achim, ich werde das machen. Ich weiß, dass das jetzt überraschend kommt, außer Annika und Biggi weiß auch noch niemand davon. Ich habe auf der Arbeit schon mal vorgefühlt, da kann ich mit den Stunden noch etwas runtergehen. Der Kolloczek ist uralt, da muss mal jemand mit Biss ran, und du hast selbst gesagt, dass in der Hildenberger Politik nur Flachzangen unterwegs sind», begann Anette sich zu erklären.

«Wann hab ich das gesagt?», Achim starrte weiterhin so konzentriert an Anette vorbei auf die Rückseite des nächsten Sitzes, dass man hätte meinen können, dort wäre ein Fernseher angebracht, der gerade das Endspiel des DFB-Pokals zeigte.

«Och, jetzt hör aber auf! Ständig behauptest du das. Erst letzte Woche hast du noch über den Schwarzbacher geschimpft. Wie der überhaupt stellvertretender Bürgermeister werden konnte, obwohl der nicht mal bis drei zählen kann», empörte sich Anette und versuchte, Achims Blick aufzufangen.

Doch der grunzte nur und angelte nach dem Kreuzworträtselheft, das Anette in der Netztasche des Vordersitzes verstaut hatte.

«Lass mich bitte die Fahrt über in Ruhe mit diesem ganzen Gedöns, ich muss das erst mal sacken lassen», seufzte er und setzte einen solch wehleidigen Blick auf, als hätte Anette ihm gerade verkündet, dass sie ihn verlassen und mit Yogatrainer Manuel nach Indien durchbrennen wolle.

In Wahrheit benutzte Achim das Kreuzworträtselheft nur als Vorwand, um die Auseinandersetzung mit seiner Frau zu vermeiden. Er würde zwar liebend gern ein paar der Rätsel lösen, um sich abzulenken, aber da sie entgegengesetzt zur Fahrtrichtung saßen, wäre ihm dabei sofort übel geworden. Wie er das Bahnfahren hasste! Vor Anette konnte er das natürlich nicht zugeben, aber gerade wünschte er sich nichts sehnlicher, als dass sie einfach mit dem Zafira direkt nach Frankfurt gedüst wären. Am Steuer seines Autos, da war er der Chef und nicht irgendein Hansguck-in-die-Luft von der Deutschen Bahn.

Die Nachricht von Anettes Bürgermeisterplänen hatte ihn im wahrsten Sinne des Wortes völlig aus der Bahn geworfen. Hätte er das kommen sehen müssen? Er wusste zwar, dass Anette überall im Ort ihre Finger im Spiel hatte und an allen Ecken und Enden mitmischte, aber dass daraus derartige politische Ambitionen entstehen könnten … Nein, das hatte er nun wirklich nicht auf dem Schirm gehabt. Seit die Kinder aus dem Haus waren, war es in seinem Leben um einiges ruhiger geworden. Was ein Segen! Natürlich waren das schöne Zeiten gewesen, als die Kinder klein waren und Sohn Andi noch mit großen Augen gelauscht hatte, als er ihm die Fußballtaktiken der verschiedenen Mannschaften erklärt hatte. Es war aber auch anstrengend gewesen. Später, als Andi jedes Wochenende zum Fußball gefahren oder Annika nachts von den verschiedensten Dorfpartys abgeholt werden musste, hatte er nur selten mal einen Moment für sich gehabt. Gerade war doch wirklich alles gut, wie es war. Anette hatte ihre Hobbys, er hatte seine, und arbeiten mussten sie schließlich auch noch fast zehn Jahre, bis endlich die Rente winkte. Das waren doch nun wirklich eindeutig genug Verpflichtungen und Beschäftigungen! Wie hatte Anette sich das überhaupt vorgestellt? Vorhin hatte sie gesagt, dass er dann vielleicht weniger arbeiten müsse. Das ging ja wohl auch nicht so einfach, er war schließlich als Lagerleiter in einer wichtigen Position und trug viel Verantwortung. Erst kürzlich war er vom stellvertretenden Lagerleiter zur obersten Position aufgestiegen, weil Manfred, sein Vorgänger, sich in den Ruhestand verabschiedet hatte. Da konnte er ja jetzt schlecht sagen, dass er bitte weniger arbeiten wollte, nur damit er den Wahlkampfhelfer für seine Frau spielen konnte. *So weit kommt's noch*, dachte er grimmig. Die Reaktionen seiner Kollegen mochte er sich gar nicht erst vorstellen. Und was würden die anderen Männer aus seiner Stammtischrunde dazu sagen? Von denen konnte er sich dann sicher ein paar saftige Sprüche anhören, das wusste er jetzt schon. Gedankenverloren griff Achim nach der Thermoskanne mit Kaffee in Anettes Einhornbeutel, doch als seine Finger gerade das Behältnis umschließen wollten, wurde der Beutel mit einem Ruck von ihm weggerissen.

«Wenn du glaubst, dass du jetzt hier so tun kannst, als wäre nichts passiert, und dazu noch *meinen* Kaffee schlürfst, dann hast du dich aber geschnitten, Freund Kirsche! Seit einer halben Stunde schweigst du mich an, und das Erste, was dir einfällt, ist, ungefragt in meinem Beutel herumzuwühlen», zischte Anette energisch. Obwohl sie versuchte, leise zu sprechen, kam es ihr vor, als hallte ihre Stimme durch den ganzen Waggon. Achim war die Kinnlade heruntergeklappt. Mit offenem Mund saß er da und rang um Fassung. Einige Mitreisende waren von Anettes lautem Zischen aufgeschreckt worden, ein Mann im Anzug schüttelte genervt den Kopf, andere Fahrgäste drückten sich demonstrativ die Kopfhörer noch ein Stück tiefer ins Ohr.

«Anette, bitte, ich finde doch nur, dass …», begann Achim flüsternd, doch seine Frau hatte sich bereits wieder hinter ihre *Freizeit-Revue* zurückgezogen und las – scheinbar hochkonzentriert – einen Artikel über das Beziehungsleben des «Bergdoktors». Achim seufzte. Nix zu machen!

Auf der weiteren Fahrt sprachen die beiden nur das Nötigste miteinander. Irgendwann hielt Achim es nicht mehr aus und verzog sich unter einem Vorwand in Richtung Toilette. Als er sich sicher war, dass Anette ihn von ihrem Platz aus nicht sehen konnte, ging er an den WCs vorbei zum Bordbistro. Er bestellte sich einen Kaffee und ließ sich erleichtert auf eine der roten Sitzbänke sinken. Das hatte er noch nie gemacht. Warum auch? Anette hatte ja all die Jahre immer die Thermoskanne dabeigehabt. *Das teure Zeug in der Bahn kann uns gestohlen bleiben, ich mach doch eh viel besseren Kaffee,* pflegte sie zu sagen, und Achim wurde bei dem Gedanken daran ganz schwermütig. Musste er sich jetzt zukünftig immer allein ins Bordbistro setzen und diesen Automatenkaffee in sich reinschütten, während Anette mit anderen Politikern in der 1. Klasse saß und über die Hildenberger Infrastruktur debattierte? Das waren ja tolle Aussichten ...

Während Achim trübsinnig seinen Kaffee im Bordbistro schlürfte, hatte Anette den Augenblick genutzt und ihr Smartphone aus der Handtasche gezogen. Hastig tippte sie eine WhatsApp-Nachricht an Annika: *So was Blödes!!! Habe deinem Papa aus Versehen von der Bürgermeister-Sache erzählt. Stimmung total im Eimer.* Hinter die Nachricht setzte sie noch drei weinende Emoticons und schickte sie ab. Kurz darauf gab das Telefon einen langgezogenen Pfeifton von sich, und Anette las Annikas Antwort, die aus einem augenverdrehenden Emoticon und den Worten *Ach, Mama! Wir regeln das später schon!* bestand.

Na hoffentlich. So hatte sie sich das alles ja nun wirklich nicht vorgestellt.

KAPITEL 2

Anette packt an

Anette starrte auf das Gemälde hinter Annika, das eine Flasche Olivenöl und ein paar Zweige auf terrakottafarbenem Hintergrund zeigte, und rieb unruhig mit den Händen über die Oberfläche ihrer neuen Jeans. Am Samstag war sie mit Annika durch die Frankfurter Innenstadt gezogen und hatte ordentlich zugeschlagen. Zwei neue Blusen, ein T-Shirt mit der Aufschrift «Shine» und eben die Jeans. Achim, der nach einer Stunde schlappgemacht und sich in einem Straßencafé niedergelassen hatte, rollte abends, als Anette ihm die Jeans mit dem aufgestickten Schmetterling zeigte, nur entsetzt mit den Augen. Auch Annika war auf der Shoppingmeile fündig geworden und hatte im Sale eine Bluse mit Sonnenblumenprint ergattert, die sie beim nächsten Mädelsabend zu ihrer hellen Jeansjacke, weißen Sneakern und schwarzer Jeans kombinieren wollte.

Anette begann gerade, gedankenverloren an dem Schmetterling auf ihrer Jeans herumzukratzen, als Annikas Stimme sie aufschreckte.

«Mama! Meine Güte, das kann man ja nicht mit ansehen. Jetzt trau dich endlich! Das ist die letzte Gelegenheit», zischte ihre Tochter und machte eine auffordernde Geste.

«Ja, ich wollte das nicht beim Essen ansprechen. Dein Vater mag das doch nicht, wenn man da mit irgendwelchen wichtigen Themen um die Ecke kommt», erwiderte Anette.

«Du erfindest seit zwei Tagen Ausreden, warum es hier

nicht geht, warum es da nicht geht. In einer Stunde sitzt ihr schon im Zug nach Hause! Dann kann ich dir nicht mehr helfen!»

«Ich geh's ja gleich an, aber ich ... ah psssst, er kommt zurück!»

«Mein lieber Schwan, von Seifenspender-Auffüllen ham die in der Großstadt wohl auch nie was gehört», brummte Achim und ließ sich auf den Platz neben Anette sinken.

Anette, Achim und Annika saßen bei ihrem Abschiedsessen in einem italienischen Restaurant in der Nähe des Hauptbahnhofs, und Anettes Bauch fühlte sich an wie damals, als sie auf Biggis 40. Geburtstag den Schwips ihres Lebens gehabt hatte. Auf nüchternen Magen hatte sie an jenem Abend vier Gläser Erdbeer-Wodka-Bowle getrunken, weil der Caterer das Essen viel zu spät gebracht hatte. Die Reime, die sie zuvor in mühevoller Arbeit über Biggi gedichtet hatte, trug sie daher mit lallender Stimme vor, wofür sie sich am nächsten Tag in Grund und Boden schämte.

«Drum heb ich heut mein Glas auf unsssre Birgit, ja, ihr hört richtig, das ist die Frau da vorn mit dem priiiima Huaaaarschnitt ...»

Bei ihrem Abgang war sie derart ins Wanken geraten, dass sie um ein Haar in die Handtuch-Schwäne gestürzt wäre, die in Klarsichtfolie verpackt auf Biggis Geschenketisch standen. Was eine Blamage!

Diesmal hatte das Gefühl in ihrem Magen allerdings nichts mit übermäßigem Alkoholkonsum zu tun, sondern damit, dass dies tatsächlich die letzte Gelegenheit war, um in Annikas Beisein die Bürgermeister-Thematik anzusprechen.

Das Wochenende in Frankfurt war für Anette und Achim wie im Fluge vergangen und Anettes Kandidatur von keinem der beiden auch nur mit einer Silbe erwähnt worden. Dies hing sicherlich auch damit zusammen, dass Achim ein Meister der Verdrängung war, allerdings hatte der recht holprige Start sein Übriges getan. Eigentlich hatte Annika ihre Eltern nämlich vom Hauptbahnhof abholen wollen, aber sich dann kurz vor der Ankunft des Zuges entschuldigt. Sie wäre aufgehalten worden, hatte sie ihrer Mutter geschrieben, aber die U-Bahn würde fast direkt vor ihrer Haustür halten, das wäre also gar kein Problem. Auf Anettes Frage, ob sie sich dann wegen den Koffern nicht einfach ein Taxi rufen wollten, hatte sich Achim empört:

«Ha! Bin ich Krösus, oder was?», und war zu den Ticketautomaten marschiert. Tatsächlich war die Fahrt mit der U-Bahn dann doch recht unkompliziert gewesen, und auch das Mehrparteienhaus, in dem Annika wohnte, hatten sie schnell entdeckt. Achim war sogar ein wenig stolz gewesen, als er das saubere Treppenhaus, die grau melierte Fußmatte mit verschnörkeltem «Home sweet Home»-Schriftzug und das ordentliche Klingelschild sah, auf dem *Annika Ahlmann* stand.

«Jetzt ist sie richtig erwachsen, was?», hatte er Anette zugemurmelt und auf die Klingel gedrückt. Einen Moment lang war in Anette die Hoffnung aufgeflammt, dass sich Achims Laune nun etwas heben würde, sogar ein kurzes Lächeln hatte er ihr zugeworfen, doch dann war die Tür aufgegangen.

Vor ihnen hatte ein junger Mann gestanden. Anettes

und Achims Blicke waren in Zeitlupe wie ein Scanner von unten nach oben gewandert, und was sie da sahen, hatte ihnen ganz und gar nicht gefallen: bunte Sneaker mit Sohlen, die einem dicken Schwamm glichen, darüber eine löchrige hellblaue Jeans, ein weißes, etwas zu langes Shirt – Achim bezeichnete den jungen Mann in der nachfolgenden Zeit daher nur noch als «der Typ mit dem Kleidchen» – und eine schwarz-rote Baseballcap falsch herum auf dem an den Seiten rasierten Kopf. Anettes Mund hatte sich unwillkürlich zu einem erschrockenen «O» geformt, als ihr Blick auf den kleinen Ring, der im linken Nasenflügel des Unbekannten steckte, gefallen war. Noch so ein Gepiercter!

Kurz war ein unsicherer Ausdruck über die braunen Augen geflackert, dann hatte der junge Mann den muskulösen Fitnessstudio-Arm ausgestreckt.

«Ach, Sie müssen die Eltern sein», hastig hatte er ihnen nacheinander die Hände geschüttelt, «Annika ist noch im Bad. Ich muss dann los, schönes Wochenende.»

Daraufhin hatte er sich an ihnen vorbeigezwängt und war verschwunden. Achims Mundwinkel waren um zwei Stockwerke nach unten gekracht, noch bevor Anette ein verdutztes «Ebenso» hauchen konnte, das im leeren Wohnungsflur verhallte.

Von diesem Moment an hatte sich Achim, sobald er mit Anette allein war, in Schimpftiraden über diese «Flachzange» verloren.

«Was will sie denn mit so einem Typen? So einer wie der, Anette, so einer beweist eins zu eins, was mit der Jugend falsch läuft», hatte er im Laufe des Wochenendes bestimmt zehn Mal zu seiner Frau gesagt. Vor Annika hatte sich Achim bedeckt gehalten und sich damit begnügt, kurz zu schnauben, sobald seine Tochter den Namen «Jonas» erwähnte. So hieß der Typ. Kennengelernt hatte Annika ihn im «Bar Celona», ihrer Lieblings-Cocktailbar, in die sie am Wochenende immer mit ihren Freundinnen ging. Eigentlich hatte ihre Freundin Moni an jenem Samstag vorgeschlagen, doch zur Abwechslung mal ins Papper-laPub zwei Straßen weiter zu gehen. Doch bereits aus der Ferne hatten sie dann Monis Exfreund rauchend vor der Tür stehen sehen und waren sofort wieder umgedreht. Das musste Schicksal gewesen sein, da war sich Annika sicher. Denn als sie dann aufgekratzt ihre Stammbar betreten hatte, war sie beinahe mit Jonas zusammengeprallt, der gerade vier Jumbo-Caipirinhas zu einem Tisch brachte.

Die schicksalhafte Kennenlerngeschichte und wie lässig das erste Date gewesen wäre, hatte Annika ihren Eltern dann direkt erzählt, als sie mit nassem Haar aus dem Badezimmer gekommen war. Nachdem Achim und Anette auf dem grauen Ikea-Sofa zwischen mehreren, riesigen Kissen Platz genommen hatten, schwärmte Annika von ihrer neuen Eroberung, während sie fix drei Kaffee Crema an ihrer Pad-Maschine zubereitete. Jonas sei ein richtiger Weltenbummler und gerade erst aus Australien zurückgekommen, wo er in Hostels und auf Festivals gearbeitet hatte. Nachdem er ihr in der Bar von seiner Reise und den spannenden Menschen, denen er unterwegs begegnet war, erzählt hatte, hätten sie Nummern ausgetauscht, und bereits eine Woche später hätte Jonas sie zum Bouldern mitgenommen, so lässig!

«Bouldern? Ist das nicht illegal?», hatte Achim daraufhin gerufen. «Wenn du Geld brauchst, dann sag doch Bescheid!» Vor Entrüstung hatte er beinahe Annikas Lieblingstasse mit dem aufgedruckten Alpaka fallen lassen.

«Bouldern, Papa! Nicht Containern!», hatte Annika geantwortet und die Augen verdreht.

Überhaupt sei es mit Jonas total entspannt, gar nicht wie mit ihrem Exfreund Felix, war sie dann fortgefahren. Bei der Erwähnung von Felix war Anette kurz zusammengezuckt. Den Felix hatte sie immer gerne gemocht. Ein waschechter Hildenberger, aktiv bei der freiwilligen Feuerwehr, hatte zwei Straßen von seinen Eltern entfernt ein Haus gebaut und würde später mal die Hausarztpraxis seines Vaters Dr. Hohmann im Ort übernehmen. Das war ein Schwiegersohn nach ihrem Geschmack.

Als Annika Felix damals den Laufpass gegeben hatte, weil sie «doch nicht bis zum Rest ihres Lebens mit nur einem Typen zusammen sein» könne, hatte das Anette schwer getroffen. Annika, die im Gegensatz zu Anette offenbar kaum mehr einen Gedanken an Felix verschwendete, hatte ihre Eltern die letzten zwei Tage nicht nur zu den verschiedensten Frankfurter Sehenswürdigkeiten geführt, sondern war mit ihnen auch in die Bar gegangen, in der Jonas arbeitete. Während Annika wie immer den Caipi bestellte, hatte Anette gekreischt, als sie in der Karte den «Nackten Hugo» gefunden hatte. Witzig! Als sie dann festgestellt hatte, dass «nackt» in diesem Fall «ohne Alkohol» bedeutete, hatte sie sich doch für einen Maracuja-Mojito entschieden. Achim hatte aus Trotz nur eine Apfelschorle bestellt und Jonas am Ende des Abends 20 Cent Trinkgeld gegeben.

«Die Apfelschorle schmeckte schon etwas abgestanden», hatte er gebrummt, als Annika ihn wütend angestoßen hatte.

Im Restaurant versuchte Annika, ihre Mutter nun mit ruckelnden Kopfbewegungen in Achims Richtung zu einem Gesprächseinstieg zu bewegen. Achim studierte derweil – mit auf der Nasenspitze sitzender Lesebrille – das Menü, obwohl sie schon bestellt und gegessen hatten. «12 Euro nehmen die hier für einen Salat mit Meeresfrüchten, ich wette, der schmeckt trotzdem wie bei ‹Giovannis›, und dort kostet der nur acht fuffzig. In der Stadt zahlste immer drauf, ich sag's ja schon lange», murmelte Achim, weiterhin auf die Karte fixiert. Als er dann noch anfing, auf einer Serviette zusammenzurechnen, «was der Spaß gekostet hat», atmete Anette schließlich tief durch und fasste sich ein Herz.

«Achim! Wenn ich noch rechtzeitig mit allem fertig werden will, muss ich nächste Woche in den Wahlkampf einsteigen. Flyer müssen gedruckt werden, ich muss mich offiziell als Kandidatin melden, ich brauche ein Wahlprogramm und einen Slogan. Wie stehst du jetzt zu der ganzen Sache? Kann ich auf dich zählen?», sprudelte es plötzlich heftiger als geplant aus ihr heraus.

Achim sah einen Moment verdutzt aus, dann verdunkelte sich sein Blick. Er stöhnte genervt auf und starrte an die Decke. Erst verstrichen 10 Sekunden, dann 30 … Als Achim sein Smartphone hervorholte und begann, darauf herumzuwischen, platzte Annika der Kragen:

«Mama hat dich was gefragt! Könntest du jetzt endlich mal aufhören, dich so aufzuführen? Eigentlich ist es sogar viel zu nett, dass sie dich überhaupt fragt, ob es dir recht ist. Falls es dir nicht aufgefallen ist, wir leben nicht mehr im Mittelalter! Sie braucht deine Erlaubnis nicht!», schimpfte sie, und ihre Augen funkelten ihren Vater wütend an.

Mein lieber Scholli! So kannte Anette ihre Tochter gar nicht. Sie war sich sicher, dass Annika nun zu weit gegangen war. An Achims Hals trat eine pochende Ader hervor, und sein Gesicht lief rot an. Vor ihrem inneren Auge sah Anette ihren Mann schon aus dem Restaurant stürmen, doch Achim fing sich.

«Man wird ja wohl noch mal kurz nachdenken dürfen …», murmelte er. «Ich wollte ja bloß mal im Kalender nachsehen, ob in der nächsten Zeit wichtige Termine anstehen, die mit deinem … *Projekt* kollidieren könnten.»

Anette fiel ein Stein vom Herzen. Ihr war natürlich klar, dass Achim nur versucht hatte, Zeit zu schinden. In Wahrheit wusste er nämlich gar nicht, wie man sich Termine im Handy abspeicherte, und benutzte dafür immer noch einen riesigen Tischkalender aus Papier, den die Firma jedes Jahr kostenlos von einem Geschäftspartner zugesandt bekam. Aber das war jetzt nicht wichtig. Für Anette zählte im Augenblick nur, dass die erste Hürde genommen war und Achim zwar brummig wirkte, aber nicht mehr so störrisch wie noch auf der Hinfahrt – jetzt galt es, sich behutsam vorzuarbeiten.

«Weißt du noch, wie schön es damals war, als ich Vorsitzende des Hildenberger Frauenvereins geworden bin? Wir hatten einen lustigen Abend in der Festhalle, und am Ende gab es nicht nur Blumen für mich, sondern auch noch eine Kiste Bier für dich! Stell dir vor, wie es dann erst sein wird, wenn ich die Bürgermeisterwahl gewinne!»

Achim erinnerte sich tatsächlich gerne daran, wie er vor 200 klatschenden Menschen die rote Schleife, die um den Bierkasten gebunden war, mit einem Ruck löste, überrascht in Richtung von Anettes Mikro «Hach, ein Kasten Bier, wer soll den denn trinken!?» gerufen und damit ordentliche Lacher kassiert hatte. Er sah sich schon im großen Saal des Hildenberger Rathauses, wie er denselben Witz noch mal riss, aber diesmal vielleicht mit einer übergroßen Sektflasche. Sein jüngerer Bruder Ralf hatte einmal erzählt, dass er im Thailandurlaub eine Drei-Liter-Magnumflasche mit einem Säbel geöffnet hatte. Das wäre was. Wobei Achim gar nicht so gerne Sekt trank. Vor allem nicht «mit dem ganzen Unkraut drin», wie er immer wieder betonte, wenn Anette an Geburtstagen allerlei Früchte, Blüten und Sirups in die Sektflöten kippte. Am allerschlimmsten fand er allerdings die Kombination Sekt und Orangensaft, die er sich auf jedem runden Geburtstag «reinquälen» musste. Diese Plörre schmeckte doch wie abgestandene Fanta!

«Was würde es denn überhaupt bedeuten, wenn du Bürgermeisterin wirst? Bist du dann jeden Tag zu irgendwelchen Sektempfängen eingeladen, zu denen ich mitmuss? Denn eins sag ich dir, mit Sekt-O kannst du mich jagen!»

Annika und Anette mussten ein Grinsen unterdrücken. War das sein Ernst? Seine Frau wollte Bürgermeisterin werden, und Achims größte Sorge war Sekt mit O-Saft? Das war ja mal wieder typisch.

«Sektempfänge gehören sicherlich ab und an dazu.

Aber erstens musst du da nicht immer mitgehen, zweitens zwingt dich niemand dazu, Sekt-O zu trinken, und drittens gehören da auch Eröffnungen dazu. Zum Beispiel die von dem neuen Baumarkt, der im Industriegebiet Hildenberg-Sarlhöhe gebaut wird. Und zu so was wird dann auch mal ein Prominenter eingeladen. Vielleicht lernen wir dann endlich mal den Stelter kennen», meinte Anette. So langsam kam sie in Fahrt und gewann an Boden. Noch ein paar Mal ging es pingpongartig zwischen Anette und Achim hin und her, dann schnaufte er:

«Gut, dann mach halt. Aber beschwer dich am Ende nicht bei mir, wenn dir alles über den Kopf wächst.»

«Jaja, danke, ich weiß schon, wie viel ich mir zumuten kann. Aber was ich nicht kann, ist, mir die nächsten Wochen und Monate deine schlechte Laune anzutun und mir Vorwürfe anzuhören. Stehst du hinter mir und unterstützt mich im Wahlkampf oder nicht?», Anette wollte es jetzt genau wissen. Sie brauchte diese Zusage von Achim. Der Wahlkampf würde anstrengend genug werden, da konnte sie sich nicht noch jeden Tag in Streitereien mit Achim verlieren.

«Ja, Herrgott noch eins, ich steh hinter dir! Meine Güte … was ein Stress aufn Sonntag!» Er drehte sich weg, um den Kellner an den Tisch zu winken. Dazu wedelte er zuerst hektisch in der Luft herum und rieb dann, als der Kellner in seine Richtung sah, Zeige- und Mittelfinger am Daumen, während er mit den Lippen lautlos «Zahlen bitte» formte. Annika hob kurz die Augenbrauen in Anettes Richtung, und die zuckte mit den Schultern. Es schien, als sei das Gröbste erst mal vorbei, doch das ungute Gefühl in ihrer Magengegend wollte noch nicht so recht verschwinden.

Zurück in Hildenberg, stürzte sich Anette sofort in die Wahlkampfvorbereitungen. Als sie am Montagnachmittag von ihrer Arbeit bei *Klimaanlagen Kaltmeier* – dort war sie halbtags als Bürokraft tätig – nach Hause kam, rief sie sofort ihre beste Freundin und Nachbarin Biggi an.

«Ich hab's dem Achim jetzt erzählt, wir können also starten», verkündete sie ihr aufgeregt.

Fünf Minuten später klingelte es. Als Anette die weiße Haustür mit den bunten Glaseinsätzen öffnete, die Achim von innen mit blickdichter Fensterfolie abgeklebt hatte, sah sie in das strahlende Gesicht von Biggi, die eine Flasche Rotkäppchen-Sekt in die Höhe hielt.

Biggi war seit über zwanzig Jahren Anettes beste Freundin. Kurz nachdem Achim und Anette in die Rosengarten-Siedlung gezogen waren, verstarb die alte Frau Wilken aus dem Nachbarhaus. Achim, der die Siedlung extra aufgrund der ruhigen Wohnlage ausgesucht hatte und sich im Ort vor dem Hauskauf auch Informationen über die direkten Nachbarn eingeholt hatte, war in heller Aufregung gewesen.

«Stell dir mal vor, jetzt ziehen nebenan irgendwelche Hippie-Studenten ein, dann ist da jeden Abend Highlife», hatte er verzweifelt gerufen und die Hände über dem Kopf zusammengeschlagen.

Tagelang beobachteten sie vom Küchenfenster aus, wie interessierte Hauskäufer ins Nachbargebäude stiefelten und mit Formularen wieder herauskamen. Drei Wochen später war dann ein großer Umzugswagen vor dem Haus erschienen, und aus einem zweiten Wagen war ein junges Paar im Alter von Anette und Achim gestiegen. Anette hatte sich an der Küchenfensterbank hinter ihre Blumen gehockt, um alles ganz genau zu beobachten. Durch die Blüten ihres Alpenveilchens sah sie, wie die junge Frau mit den lockigen, blonden Haaren in ihrer Latzhose dastand und den männlichen Umzugshelfern in schroffem Ton Anweisungen zurief. Der junge Mann, der tatsächlich ein bisschen so aussah, wie Anette sich einen dieser «Hippie-Studenten» vorstellte – mit rausgewachsener Pilzfrisur, buntem Hemd und runder Brille –, hatte etwas hilflos neben ihr gestanden und hin und wieder versucht, die Umzugshelfer beim Tragen der Kartons zu unterstützen, woraufhin diese nur den Kopf geschüttelt hatten. Am Abend hatte Anette sich ein Herz gefasst und eine Platte mit belegten Salami-, Käse- und Mettbrötchen zusammengestellt. Trotz vehementer Proteste von Achim standen sie gemeinsam um Punkt 18 Uhr mit der Brötchenplatte vorm Nachbarhaus und klingelten. Anette erinnerte sich, als wäre es gestern gewesen, wie die junge Version von Biggi die Tür geöffnet und sie verdutzt angeblickt hatte.

«Herzlich willkommen in der Siedlung am Rosengarten!», hatte Anette feierlich verkündet. «Wir sind die Ahlmanns, ich bin Anette, und das ist mein Mann Achim. Wir dachten, ihr … Sie haben bestimmt Hunger nach dem anstrengenden Umzug.»

Daraufhin hatte Biggi wortlos eines der Mettbrötchen von der Platte genommen, ein großes Stück abgebissen und dann mit vollem Mund gerufen:

«Lecker! Ja, ist genehmigt. Ich bin die Biggi! Dann mach

ich jetzt erst mal den Asti auf! Kommt rein, dann könnta rausgucken!»

Achim war damals vor Schreck einen Schritt zurückgewichen, doch Anette hatte ihn beherzt ins Nachbarhaus gezogen, und erst um kurz nach 22 Uhr waren sie leicht angesäuselt in ihr eigenes Haus zurückgekehrt. Zwischendurch war Anette sogar noch kurz rübergelaufen, um Salzstangen und die Flasche Obstler zu holen, die seit zwei Jahren unberührt im Keller gestanden hatte. Anette begann unwillkürlich zu grinsen, als sie an diese verrückte Aktion zurückdachte.

Jetzt saß Biggi an Anettes Küchentisch und blickte durch ihre kirschrote Lesebrille konzentriert auf den Bildschirm ihres Laptops. Anette beobachtete ihre Freundin von der Seite. Biggis frühere Lockenpracht war über die Jahre immer etwas mehr gestutzt worden und schließlich zu einem praktischen, aber frechen Kurzhaarschnitt zusammengeschrumpft. Die Latzhose war durch stylische $7/8$-Hosen und modische Blusen mit Blütenprint ersetzt worden, aber für Anette, die früher selbst lange Haare gehabt und enge Jeans getragen hatte, war sie immer noch die junge Frau, die vor über 20 Jahren ohne Umschweife in das Mettbrötchen gebissen hatte. Biggi war ihre beste Freundin, obwohl Anette von ihrer flippigen Art auch manchmal überfordert war. Biggi brachte geliehene Tortenplatten oder Tupperdosen nie gleich zurück, sondern ließ sich in der Regel bis zu drei Tage Zeit. Wenn sie zusammen in den Nachbarort zum Shopping fuhren, stellte Biggi die Parkscheibe immer schon eine Stunde vor, damit sie länger auf dem Parkplatz mit der Höchstparkdauer von zwei Stunden stehen konnten und im S. Oliver nicht so hetzen mussten. Im letzten Jahr hatte Biggi mit ihrem Mann Jörg sogar eine Pauschalreise nach Tunesien unternommen. Afrika! Das hätte sich Anette nie getraut. Auch wenn Biggis abenteuerlustige Art Anette hin und wieder umhaute, war sie froh, sie als enge Freundin an ihrer Seite zu haben. Vor allem jetzt!

Biggi, die vor über zwanzig Jahren eine Ausbildung zur Mediengestalterin gemacht hatte, saß nun neben Anette am Küchentisch, um ihr mit den Flyern zu helfen, die auf den verschiedenen Wahlveranstaltungen, vor allem aber auf den diesjährigen Hildenberger Tagen, dem mehrtägigen Stadtfest, unter die Leute gebracht werden sollten.

Was ihre Freundin normalerweise den Tag über trieb, war Anette ein Rätsel. Zwar hatte Biggi früher einige Jahre freiberuflich als Mediengestalterin gearbeitet, als sie dann schwanger geworden war, hatte sie das Ganze jedoch an den Nagel gehängt. Vor ein paar Jahren war ihr dann noch mal eine befristete Elternzeitvertretung im Stadtmarketing angeboten worden, aber seitdem erfuhr man nur wenig über ihre beruflichen Aktivitäten. Einmal, als Biggi im örtlichen Geschenkartikel-Lädchen ausgeholfen hatte, rang Anette sich dazu durch, mal nachzuhorchen:

«Mensch, Biggi. Das wär doch was für dich. Hast so 'n Händchen fürs Verkaufen. Machste das jetzt häufiger?»

«Nene, bin ja nur eingesprungen, weil die Gisela auf dieser Kreativmesse in Salzburg war. Neue Designs einkaufen und so! Ich hab ja selbst genug um die Ohren, und am Haus ist ja auch immer was zu tun!»

Dass Biggi immer viel im Haus und am Garten zugange war, das stimmte schon. Letztes Jahr hatte sie – zum Groll von Achim und Anette – beim Wettbewerb des *Hildenberger Anzeigers* den Preis für den schönsten Vorgarten gewonnen. Aber mit den achtzig Euro Preisgeld und 'nem Blumenstrauß kam man ja wohl auch nicht weit.

«Netti! Es ist super wichtig, dass du gleichzeitig seriös, aber doch flott und modern rüberkommst!», sagte Biggi jetzt und schob energisch Textfelder und verschiedene – mit ihrer Digitalkamera aufgenommene – Fotos von Anette in ihrer Word-Vorlage hin und her.

«Wie war jetzt noch mal dein Wahlslogan?», fragte sie. «Der kommt vorne ganz groß in dieser geschwungenen Schrift drauf!»

«Anette Ahlmann packt an – mit Ihnen und für Sie! Gemeinsam für Hildenberg!», flüsterte Anette und starrte fasziniert auf den Flyer. Biggi, die den veränderten Tonfall in der Stimme ihrer Freundin gehört hatte, drehte sich zu ihr um:

«Alles in Ordnung?», fragte sie besorgt.

«Ja, doch. Weißt du, jetzt wird es einfach ernst. Ich kandidiere wirklich für das Bürgermeisteramt. Anette Ahlmann, erste Bürgermeisterin von Hildenberg. Irre, oder? Einfach irre!», sagte Anette und konnte ihren Blick weiterhin nicht von dem Flyer auf Biggis Laptop lösen.

«Nicht irre! Sondern spitze! Was ich für Vorteile genießen werde, wenn du erst mal Bürgermeisterin bist. Wie die anderen aus dem Yogakurs gucken werden, wenn ich im Rathaus ein und aus gehe!» Jetzt trat auch auf Biggis Gesicht ein träumerischer Ausdruck. Anette stand auf, ging in die Küche und kam mit zwei Gläsern und dem Rotkäppchen-Sekt wieder.

Biggi wurde plötzlich wieder ernst und fragte: «Biste dir sicher, dass du das machen willst? Dein Göttergatte scheint ja immer noch nicht so recht begeistert zu sein … und du wärst auf jeden Fall für'n paar Wochen Stadtgespräch. Willste dir das echt antun?»

«Ach, Biggi, weißte. Darüber hab ich mir jetzt die letzten Wochen so oft Gedanken gemacht, und ich hab einfach die Faxen dicke, wie da im Rathaus gearbeitet wird. Den Volker kennste doch auch, ne? Weißt ja, wie bräsig der damals schon bei der Orga des Gemeindefestes war. Und genau auf die Art wird im ganzen Rathaus politische Arbeit gemacht. Wie oft ich da mit guten Ideen ankam und mit Anregungen aus dem Frauenverein … bis da mal was passiert ist. Wenn überhaupt! Fast alle jungen Leute ziehen weg aus Hildenberg, denen wird ja hier nix geboten. Alle in die Großstadt. Sehen wir doch selbst bei unseren Kindern! Ach, und dass die Leute reden, weiß ich ja. So ist das nun mal! Die kriegen sich auch wieder ein», erzählte Anette in selbstbewusstem Ton, doch Biggi entging nicht, dass sie dabei unentwegt ihre Hände knetete.

«Versteh mich nicht falsch, Netti. Ich wär ja so froh, wenn da endlich mal jemand im Rathaus sitzt, dem die Leute hier wirklich am Herzen liegen. Klar, der alte Kolloczek ist kein schlechter Kerl, aber eben genauso so 'ne lahme Ente wie Volker. Ich mach mir nur meine Gedanken, ich weiß ja, wie der Achim sein kann bei so was», sagte Biggi, die Augen weiterhin konzentriert auf den Laptop gerichtet. Sie gestaltete gerade eine etwas jugendlichere Variante des Flyers, indem sie statt Conduit nun Comic Sans als Schriftart verwendete. Während die normalen, seriösen

Flyer recht schlicht, aber modern gehalten waren, tobte sich Biggi auf dieser Vorlage mit unterschiedlichen Farben und Cliparts aus. Der Slogan in Comic Sans und dann noch Anettes Name in einer schnörkeligen Schrift sollten den Flyern den nötigen Pep verleihen und vor allem bei den jungen Wählerinnen und Wählern Eindruck schinden. Anette und Biggi wollten die jugendliche Flyer-Variante dann in den örtlichen Kneipen, der Diskothek «Nachtschicht» am Ortsrand und in der Berufsschule im Nachbarort, die von einigen jungen Hildenbergern besucht wurde, auslegen.

«Kann ja irgendwie auch nicht sein, dass es bei einer Sache, die mir wichtig ist, die ganze Zeit nur darum geht, was mein Mann dazu sagt, oder? Die Annika meinte letztes Wochenende auch, dass wir ja nicht mehr im Mittelalter leben …», erzählte Anette nachdenklich.

«Recht hat se! Der Achim wird sich schon dran gewöhnen, und falls nicht – wenn du erst mal Bürgermeisterin bist, liegt dir eh ganz Hildenberg zu Füßen. Da werden die Männer Schlange stehen!»

«Ach, hör doch auf, Biggi», murmelte Anette, konnte aber nicht verhindern, dass sie rot anlief. Eilig wechselte sie das Thema:

«Hab ich dir eigentlich erzählt, wer auch Bürgermeisterin werden will? Halt dich fest! Die Julitta!»

«Julitta? Jetzt sach mir nicht die Baumgärtner!»

«Genau die.»

«Ist die noch ganz bei Trost?» Biggi sah ruckartig von ihrem Laptop auf, sodass ihr die Lesebrille von der Nase rutschte, im letzten Moment aber von ihrem türkisen Brillenband, das sie um den Hals trug, aufgefangen wurde.

«Tja, wer weiß. Hat mir der Schwarzbacher aus'm Rathaus letzte Woche erzählt. Die hat wohl auch schon 'n richtiges Wahlprogramm mit allem Drum und Dran und wirft darin die ganze Zeit mit so neumodischen Begriffen wie Nachhaltigkeit und Diversity um sich!»

«Ach, Gottchen. Hat ihr die Schmach damals beim Frauenverein nicht gereicht? Die hat ja echt Nerven, aber gegen dich ja eh keine Chance.»

«Sag das mal nicht, der Volker meinte, dass ihre Themen bei einigen Hildenbergern ganz gut ankommen. Gerade das mit dem Umweltschutz und so», widersprach Anette und legte besorgt die Stirn in Falten.

«Klar, das mit dem Umweltschutz vielleicht. Aber das ist dir ja auch wichtig. Wetten, dass die wieder mit ihrem Feminismus-Gedöns um die Ecke kommt und sich damit ins Aus schießt. Das braucht hier doch nun wirklich niemand … also, ich fühl mich mehr als gleichberechtigt!»

Und damit war das Thema für Biggi abgehakt. Sie wandte sich ihrem Laptop zu und zog energisch ihre Lesebrille wieder auf.

«Julitta Baumgärtner als Bürgermeisterin … ich glaub, mein Hamster bohnert», murmelte sie vor sich hin, während sie weiter an den Flyern arbeitete und den Kopf schüttelte.

Bis zum frühen Abend waren Anette und Biggi mit der Erstellung von Flyern, Excel-Listen und Zeitplänen beschäftigt. Gerade als Biggi den Laptop zuklappte, hörte man, wie die Haustür aufgeschlossen wurde. Wenige Sekunden später schleppte sich Achim in die Küche.

«Oho, der Herr Ahlmann gibt sich die Ehre!», rief Biggi.

«'n Abend, die Damen», brummte Achim und ließ sich auf die Eckbank fallen.

«Na, wie war's auf der Arbeit?», fragte Anette und stellte Achim ein Glas Sprudel hin.

«Wie soll's schon gewesen sein? Dumme Sprüche musst ich mir heut anhören!»

«Wieso dumme Sprüche?»

«Na, wegen deiner Kandidatur. Dachte, das wüsste noch niemand?»

«Oh, das hat ja schnell die Runde gemacht. Ich hab heut Morgen vor der Arbeit das ‹Go› gegeben und gesagt, dass die mich auf die Liste setzen sollen.»

«'ne kurze Vorwarnung wäre nett gewesen. Der Manni hat mich den ganzen Tag aufgezogen. In der Mittagspause hat er mich vor allen Kollegen gefragt, ob er mich dann First Lady nennen darf, wenn du gewinnst!»

«Mensch, Achim, über so was stehste doch drüber!», warf Biggi ein und verstaute ihren Laptop in der zugehörigen neongrünen Tasche.

Achim brummte nur und starrte aus dem Fenster.

«Was hat der Manni da überhaupt noch zu suchen? Dachte, der wär im Ruhestand!», fragte Anette, die sich bereits an die Zubereitung des Abendessens machte.

«Ach, der taucht doch ständig bei uns auf. Langweilig ist dem, hat ja den ganzen Tag nix zu tun und erteilt mir ungefragt Ratschläge!»

«Von dem haste bald erst mal Pause. Die Frau vom Manni ist doch auch mit mir bei der Rückenfitness und …», begann Biggi, wurde aber von Anette unterbrochen.

«In deinen Rückenfitness-Kurs scheint ja ganz Hildenberg zu gehen, Biggi. Vielleicht sollte ich da auch mal hin!»

«Nene, hör bloß auf! Da sind doch nur die ganz alten Tanten, Netti. Für uns ist das eigentlich noch nix. Ich mach das ja auch nur wegen meinen Bandscheiben, der Dr. Hohmann meinte, ich muss da hin. Jedenfalls hat die Frau vom Manfred erzählt, dass sie nächste Woche 'ne 9-tägige Busreise in die Bretagne machen, dann haste den erst mal aus der Räumstraße, Achim!»

«Na, wenigstens etwas!»

«Huch, schon nach sechs?» Biggi verabschiedete sich eilig und erzählte im Gehen noch irgendetwas davon, dass Jörg heute indisch für sie kochen wolle, dann fiel die Tür ins Schloss, und Achim und Anette waren allein.

«Endlich Ruhe», seufzte Achim, stand vom Küchentisch auf und ging ins Wohnzimmer. Er legte die Füße auf den gläsernen Couchtisch und zappte durchs Vorabendprogramm.

Anette stand in der Küche und schnitt etwas Rohkost fürs Abendbrot auf. Sie beobachtete durch die geöffnete Küchentür, wie Achim auf dem Sofa saß und alle paar Sekunden das Programm wechselte.

«Mensch, was ist das denn? Haben se den Pflaume abgesetzt?», brummte er irgendwann und schüttelte ungläubig den Kopf. «Nix kannste gucken, und überall is Werbung.»

«Du, Achim. Es wär schön, wenn du auch etwas mithelfen könntest. Stell doch bitte schon mal die Teller und die sauren Gürkchen auf den Tisch!», rief Anette durch die offene Tür ins Wohnzimmer. Achim wollte gerade protestieren, bremste sich dann aber. Noch mehr Stress konnte er heute nicht gebrauchen, also murmelte er nur ein undeutliches «Piano, ich mach ja schon» und trottete zum Geschirrschrank.

Das war sicher auf Biggis Mist gewachsen, dachte er wütend, wahrscheinlich hatte sie wieder stundenlang vom tollen Jörg geschwärmt, was der alles machte und tat. Dann noch dieses «Jörg kocht indisch für mich». Achim bekam schon beim Gedanken daran Bauchweh. Vor Jahren hatte Anette ihn auf einem Hamburg-Städtetrip dazu gedrängt, mit ihr in ein indisches Restaurant zu gehen. Die Location hatte sie im Reiseführer entdeckt und war hin und weg gewesen von der tollen Tempel-Optik des Restaurants. Nach dem Verzehr der Curryspeise war der Urlaub für Achim allerdings gelaufen! Statt auf den teuren Plätzen im «König der Löwen»-Musical, hatte er den ganzen Abend auf der Toilette gesessen. Einmal und nie wieder hatte er sich damals geschworen. Warum konnte Biggis Mann nicht wie jeder normale Mensch einfach Schnitzel mit Pommes machen? Oder einen Wurstsalat mit Brot dazu. So wie Achim es hin und wieder tat, wenn Muttertag war oder Anette aus einem anderen Grund nichts kochen konnte. Es war ihm in letzter Zeit schon öfter aufgefallen, dass, wenn Biggi etwas von Jörg erzählte, es dann Tage später auch bei ihnen zu Hause zum Thema wurde.

«Also so eine automatische Gießanlage, wie Jörg drüben im Garten installiert hat, das wär schon was!» Solche Sachen musste er sich dann von seiner Frau anhören, obwohl vorher noch alles in bester Ordnung gewesen war. Und das alles nur wegen diesem Technik-Fatzke. Während er im Kühlschrank nach den Gürkchen suchte, dachte er

darüber nach, dem werten Herrn Nachbarn mal die Leviten zu lesen. Vielleicht würde es helfen, wenn er die Tage
einfach mit 'nem kühlen Bier rüberginge, während Jörg
die Gießanlage im Garten einschaltete, und ihm mal ein
paar Takte ansagte. Selbstverständlich ganz ruhig und
gesittet.

Anette beobachtete aus den Augenwinkeln, wie Achim
die Teller auf den Tisch stellte und das Glas mit den sauren
Gürkchen aus dem Kühlschrank nahm. Tja, so einfach war
das! Kommunikation war der Schlüssel. So hatte das in einer gleichberechtigten Ehe zu laufen. Man sprach miteinander und äußerte seine Bedürfnisse. So hatte es schließlich auch die Psychologin in der Frauenzeitschrift, die
Anette neulich bei Dr. Hohmann im Wartezimmer gelesen
hatte, geraten. Eine Leserin berichtete dort von ihren Ehe-
problemen und beklagte sich, dass ihr Mann nie im Haus-
halt mithelfe. Die Psychologin hatte zu einer offenen Aus-
sprache geraten. Bedürfnisse klar und lösungsorientiert
äußern. So wie Anette es eben getan hatte. Da brauchte es
keine feministischen Filmabende mit Julitta Baumgärtner,
sondern nur einen leichten Schubs. Zack!

KAPITEL 3

Viraler Wahlkampf

«Achim, es hat geklingelt, kannst du jetzt mal aus dem Keller kommen und mir hier ein bisschen helfen?», rief Anette aus der Küche und goss den Filterkaffee von der Glaskanne in die schöne Porzellankanne um, die sie normalerweise nur an Feiertagen herausholte.

Es war ein Samstag Anfang April, und heute kam zum ersten Mal Anettes Wahlkampfteam zusammen. Dafür hatte sie mächtig aufgefahren. Es gab nicht nur ihren in Hildenberg berühmten kalten Hackbraten aus dem Römertopf und einen Schoko-Rotwein-Rührkuchen, den sie bei jeder Gelegenheit buk, sondern auch Puddingteilchen, Zimtschnecken und einen Bienenstich. Die Teigwaren wurden von der Bäckerei Meier morgens um 8 Uhr mit einem solchen Tamtam geliefert, dass man hätte meinen können, es stünde eine Hochzeit an. Da die Tagesordnung lang war, hatte Anette für später noch reichlich Chips, Salzstangen und sogar zwei Packungen von den guten Snack-Hits gekauft. So was gab es sonst nur zu Weihnachten.

Der große Tisch im Wohnzimmer war gedeckt, der Flur aufgeräumt, und Achim hatte es nach dreimaliger Aufforderung auch geschafft, den extra Schuhabtreter aus dem Keller hochzuholen. Ansonsten war er aber keine große Hilfe. Mehrmals hatten die beiden in den letzten Tagen kleine Dispute ausgetragen, weil Anette ihre Wahlkampfhelfer zu ihnen nach Hause eingeladen hatte. Achim ließ keine Gelegenheit verstreichen, um zu betonen, dass es für so etwas das Rathaus gäbe.

«Eigentlich passt mir das heute sowieso gar nicht, Anette! So ein Firlefanz hier in den eigenen vier Wänden. Ich hab schließlich noch 'n bisschen was anderes zu tun. Der Rasen hinterm Haus muss dringend nachgesät werden!»

Warum es genau dieser Samstag sein musste, konnte Achim auf Anettes Nachfragen auch nicht so richtig beantworten. Anette hoffte nur, dass er sich, wenn das Wahlkampfteam erst mal da wäre, etwas zusammenreißen würde.

Um Punkt 11 Uhr trudelten die ersten Helfer ein. Als Erste trat Frau Hohmann, Arztgattin und Mutter von Annikas Exfreund Felix, in einem schicken Trenchcoat über die Schwelle.

«Hallo Frau Hohmann, wie nett, dass Sie schon da sind, kommen Sie doch rein», flötete Anette.

«Ach Anette, wir sind doch schon längst beim Du», antwortete diese etwas distanziert, aber freundlich, während sie sich den Mantel von Anette abnehmen ließ.

«Herrje natürlich, ich bin wahrscheinlich wieder durcheinander wegen Ihrem … deinem Mann, war ja erst gestern kurz in der Praxis … und, naja, komm rein!», schoss es aus Anette heraus. Sie biss sich auf die Zunge und mahnte sich innerlich zur Ruhe.

«Achim? Hängst du bitte den Mantel auf? Da kommen schon die Nächsten», rief sie ihrem Mann zu, der nun endlich auch in den Flur getrottet kam. Meine Güte … hatte er jetzt wirklich dieses ausgewaschene Poloshirt mit der komischen Schrift darauf angezogen? Sie hatte ihm doch extra das neue karierte Hemd aus'm C&A rausgelegt. *Nicht aufregen, Anette, nicht aufregen*, dachte sie und unterdrückte einen Seufzer. Da öffnete sich auch schon wieder die Tür, und Annika und ihre Schulfreundin Steffi kamen herein.

«Ach, hallo Beatrix, du auch hier?» Ein leicht argwöhnischer Unterton schwang mit, als Annika die Mutter ihres Exfreundes begrüßte.

Sie warf ihrer eigenen Mutter einen fragenden Blick zu, doch die war bereits damit beschäftigt, die Getränkewünsche von Frau Hohmann entgegenzunehmen.

Und plötzlich ging es Schlag auf Schlag: Biggi; Gisela aus dem Geschenkelädchen im Ort; Harald und Bertram, zwei Ehemänner von Frauen aus dem Hildenberger Frauenverein, die Achim aktivieren konnte, und schon war die Runde komplett.

Anette hatte ihr Wahlkampfteam sorgsam ausgewählt. Dass Biggi und Annika dabei waren, war ja Ehrensache, aber die anderen waren – ohne etwas davon mitbekommen zu haben – durch ein strenges Casting gewandert. Bei Hugo und Erdnussflips hatten Anette und Biggi lange überlegt, wer fürs Wahlkampfteam in Frage kommen könnte. Bei Beatrix Hohmann waren sie sich gleich einig gewesen, die musste dabei sein! Die elegante Arztgattin würde durch ihre gesellschaftliche Stellung etwas Glanz ins Wahlkampfteam bringen, sie hatte hervorragende Kontakte und ein gutes Gespür dafür, was machbar war und was nicht. Insgeheim hoffte Anette außerdem, dass durch Beatrix' Teilnahme an den verschiedenen Veranstaltungen auch ihr Sohn Felix vielleicht das eine oder andere

Mal dabei sein würde und dass Annika und er sich wieder näherkommen könnten. So schlimm wie Achim hatte sie den Jonas zwar nicht gefunden, aber die zerrissenen Jeans und das Piercing waren ihr doch ein Dorn im Auge gewesen. Anette sah es förmlich vor sich: Sie gewann die Bürgermeisterwahl und aus der vordersten Reihe jubelten ihr Beatrix, Felix und Annika zu. Felix hatte den Arm liebevoll um Annika gelegt, an deren Finger ein hübscher Verlobungsring funkelte. Mensch, das wäre was!

Bei den anderen Helfern war die Entscheidung schon schwieriger gewesen. Kurzzeitig hatten sie überlegt, sich Frau Meier von der Bäckerei ins Team zu holen. Die kannte wirklich jedes Gerücht im Ort und wusste immer über alles und jeden Bescheid. Letztendlich waren sie von dieser Idee aber wieder abgerückt:

«Klar, wir wissen dann vielleicht alles über die anderen Kandidaten und die neusten Entwicklungen, aber die Meier kann doch den Mund nicht halten. Das dauert zwei Tage, da kennt ganz Hildenberg deine Wahlkampfstrategie», hatte Biggi angemerkt.

Und damit lag sie richtig. Kurz nachdem Achim damals zum Lagerleiter befördert worden war, war Anette beim Rosinenbrötchen-Kauf herausgerutscht, dass Achim ja momentan so viel arbeite und sie ihn kaum noch zu Gesicht bekomme. Zwei Wochen lang war danach das Gerücht kursiert, dass die Ahlmanns kurz vor der Scheidung stünden und der Achim sogar schon mit einer anderen gesehen worden war. Natürlich hatte Anette ganz genau gewusst, wer das Gerücht verbreitet hatte. Seitdem hielt sie sich in Gesprächen mit der Meier mehr als bedeckt.

Dann doch lieber Gisela aus «Gisela's-Lädchen»! Das Geschäft im Ortskern wurde von den Hildenbergern angesteuert, wenn es darum ging, ein nettes Geschenk oder Mitbringsel zu ergattern. Hier gab es alles, was das Herz begehrte, von Postkarten mit witzigen Sprüchen und anderem Bürobedarf über Duftkerzen und Schlüsselanhänger bis hin zu modischen Umhängetaschen. Diesen Hotspot konnte man gut nutzen, um Flyer auszulegen oder Plakate ins Schaufenster zu hängen. Bertram und Harald sollten die Verbindungspunkte zum Schützenverein sein und zusätzlich ein bisschen maskulinen Touch in die Truppe bringen. Harald schrieb außerdem ab und an für den *Hildenberger Anzeiger* und hatte somit auch gute Kontakte zur hiesigen Presse.

«So, sind denn alle versorgt, oder ist noch jemand ohne Fahrschein?», eröffnete Anette kurz darauf die Runde und erntete die ersten Lacher. Tatsächlich waren alle sehr gut versorgt und hatten voll beladene Teller vor sich stehen. Der Kaffee dampfte aus den Tassen, und Achim, der kurz mit dem Gedanken gespielt hatte, sich in Richtung Baumarkt aus dem Staub zu machen, sobald die Gäste eingetroffen waren, saß zwischen Bertram und Harald am Tisch und aß das Stück Bienenstich, das ihn von seiner Baumarkt-Idee abgehalten hatte.

«Erst mal freue ich mich über jeden Einzelnen, der heute hier ist. Unsere To-do-Liste ist proppenvoll, weshalb ich euch schon mal verraten will, dass es später noch was zu knabbern gibt. Also keine Angst: Hier verhungert heute niemand!» Wieder lachte die versammelte Mannschaft über Anettes Worte. «Also, gehen wir über zur Tagesordnung. Mein Wahlprogramm habe ich euch allen ja schon per Mail geschickt. Hat da noch jemand Fragen?» Sie schaute von einem zum anderen. Niemand schien sich so recht zu einer Antwort durchringen zu wollen. Dann räusperte sich Beatrix Hohmann:

«Der Punkt mit der Digitalisierung der Schulen, der hat mir wirklich gut gefallen, Anette!»

Es gab zustimmendes Gemurmel.

«Ein rundum rundes Wahlprogramm, Netti! Ist für jeden was dabei. Sicherheit, Infrastruktur-Ausbau, Familienförderung, so muss das sein», rief Biggi und klopfte mit der flachen Hand auf den Flyer-Stapel, der vor ihr auf dem Küchentisch lag. Wieder gemurmelte Zustimmung aus dem Wahlkampfteam. Anette lächelte ihrer Freundin dankbar zu, dann machte sie weiter:

«Danke, danke, als Allererstes müssen wir festlegen, wer an welchem Samstag den Stand auf dem Marktplatz macht. Denn da ist es besonders wichtig, dass wir präsent sind und mit den Leuten ins Gespräch kommen. Ich kann mich noch daran erinnern als wär's gestern gewesen, wie der alte Kolloczek mir als junges Mädchen ein rotes Fähnchen in die Hand gedrückt hat. So was vergisst man nicht. Ich würde sagen, wir gehen jetzt einfach die Termine durch und schauen, dass jeder auch mal 'ne Woche Pause hat.»

Anette blickte in die Runde. So richtig konnte sie nicht erkennen, ob das Team ihr folgen konnte, denn bis auf Harald, Bertram und Beatrix waren alle mit ihren vollen Tellern und Kaffeetassen beschäftigt. Lediglich Beatrix hatte ihren Leder-Organizer aus der Tasche gekramt und blätterte konzentriert durch die nächsten Kalenderwochen. Harald und Bertram wiederum starrten Anette an. Ihnen war soeben erst klargeworden, dass sie von nun an jeden zweiten Samstag auf dem Hildenberger Marktplatz stehen würden, um Fähnchen mit Anettes Gesicht darauf zu verteilen. Das war's dann wohl für eine Weile mit der Bundesliga-Konferenz!

Auch wenn es den meisten aus dem Wahlkampfteam ähnlich ging und ihnen so langsam dämmerte, wie viel Arbeit in den nächsten Wochen auf sie zukommen würde, konnte sich niemand so recht Anettes Energie entziehen, die alle mit sich riss. Sie war voll in ihrem Element, und das ein ums andere Mal, wenn sie gerade kurz in die Küche huschte, um noch mal Kaffee aufzusetzen oder eine neue Chipstüte aufzureißen, ließ sie das wohlige, stolze Gefühl in ihrem Innern zu und kam dann mit einem euphorischen Lächeln zurück ins Wohnzimmer.

Sie überlegten sich Strategien, wie sie die alteingesessenen Kandidaten überraschen und gleichzeitig die einzige Neue auf dem Spielfeld, Julitta Baumgärtner, alt aussehen lassen konnten. Besonders beim Thema *Nachhaltigkeit* wollten die jüngsten Mitglieder der Truppe, Annika und Steffi, Anette unterstützen – und die Hilfe brauchte sie dringend, um die nervige Julitta aus dem Rennen zu werfen. Achim nuschelte zwar etwas von «Esoterik-Kram», doch da wurde er ganz fix von Anette mundtot gemacht, die ihn daran erinnerte, dass er seit seiner letzten Männergrippe auch auf Schüssler-Salze schwor.

«Tierwohl und Nachhaltigkeit hängen ja auch ganz eng zusammen, Mama! Da musste dich breiter aufstellen!», betonte Annika und erzählte von einem furchtbar traurigen

Tiervideo, das jemand auf Facebook geteilt hatte. «Das hat mir echt die Augen geöffnet, seitdem gibt's mindestens einmal die Woche vegetarisch bei mir, und ich hol im Lidl nur noch das gute Fleisch mit dem Bio-Siegel drauf!»

Sie einigten sich schließlich darauf, die Themen *Nachhaltigkeit*, *Gleichberechtigung* sowie *Umwelt-, Tier- und Klimaschutz* auch in Anettes Wahlprogramm aufzunehmen, um der Baumgärtner so die Stimmen der Erstwähler und U30-Hildenberger wegzuschnappen.

Hauptkonkurrent von Anette war allerdings der stellvertretende Bürgermeister Schwarzbacher, da waren sich alle am Tisch einig.

«Den musst du irgendwie ausstechen, Anette! Der hat so einen Rückhalt in Hildenberg, da müssen wir uns echt was einfallen lassen», warf Biggi ein und setzte einen nachdenklichen Gesichtsausdruck auf.

Als langjähriger Vorsitzender des Schützenvereins war Wilhelm Schwarzbacher, aus dem erzkonservativen christlichen Spektrum stammend, durch all die Jahre als Stellvertreter des eher sozial-konservativen Kolloczek in den Köpfen vieler Hildenberger die logische Nachfolge. Doch auch der Schwarzbacher war – genau wie Kolloczek – nicht mehr der Jüngste. Fast schon zu alt für eine komplette Amtszeit.

«Den Männern im Schützenverein ist egal, wie alt der Wilhelm ist. Die wählen keine Frau, wenn se auch einen aus den eigenen Reihen haben können!», meinten Harald und Bertram.

«Nix gegen dich Anette, aber du kennst doch den Schützenverein!», schob Bertram entschuldigend nach.

Anette winkte ab: «Wollen wir doch mal sehen! Ich kenn da einige noch aus Schulzeiten, und deren Kinder sind teilweise mit Andi und Annika im Kindergarten gewesen. Wartet mal, bis ich mit denen mal ein, zwei Liköre getrunken habe, dann sieht die Welt schon wieder ganz anders aus.»

Auch beim Rest der Stammwählerschaft von Stellvertreter Schwarzbacher machte sich Anette keine Sorgen. Durch ihr jahrzehntelanges Engagement im Frauenverein kannte sie mindestens die Hälfte aller Seniorinnen Hildenbergs und deren Männer. Als ehemaliges Vorstandsmitglied des Kegelvereins war sie außerdem schon auf allen Festlichkeiten der Kleinstadt Ehrengast gewesen – vom Jahreskonzert der Stadtmusik und dem Erntedankfest im Herbst über das jährliche Entenrennen an der Festwiese während der Hildenberger Tage und den Hildenberger Tagen selbst – Anette war stets überall dabei, und zwar an vorderster Front. Das hieß: Sie wusste, wie man sich als offizielle Vertreterin bei solchen Feierlichkeiten verhalten musste, und auch, wie man sich auf Fotos der Lokalpresse möglichst vorteilhaft positionierte. Niemals ganz hinten! Es gab nichts Peinlicheres, als wenn man auf einem Foto nur den nach oben gereckten Kopf der Person aus der letzten Reihe sehen konnte.

So wie bei Julitta Baumgärtner im letzten Jahr! Anette musste jedes Mal fast losprusten, wenn sie daran dachte. Damals war Biggi extra mit dem *Hildenberger Anzeiger* rübergekommen, um sich mit ihr gemeinsam über das Foto scheckig zu lachen! Der Ortsverein des Naturschutzbundes hatte zum alljährlichen gemeinsamen Müllsammeln am Ringelteich geladen, und natürlich war auch die Lokal-presse vor Ort gewesen. Tatsächlich waren nur zwei, drei Freiwillige und ansonsten ausschließlich Mitglieder des Vereins erschienen – «kein Wunder, wenn man die Aktion am Samstag um 8 Uhr morgens macht», hatte Anette ge-sagt und die Augen verdreht. Die spärliche Truppe hatte sich mit Eimern und Greifzangen für das Gruppenfoto positioniert, und alle blickten mit gequältem Lächeln und müden Augen in die Kamera. Aber irgendetwas war merk-würdig an dem Foto gewesen. Von ganz hinten hatte ein Frauenkopf mit frechem blondem Fransenpony die ganze Truppe überragt.

«Hä? Ist das Julitta? Die ist doch sonst nicht so riesig!», hatte Anette gekreischt und die Zeitung näher zu sich her-angezogen.

Biggi, die sich vor Lachen kaum halten konnte, hatte mehrmals angesetzt, um etwas zu sagen, aber sich schließlich aufgrund ihres Lachanfalls damit begnügt, auf eine Stelle weiter unten im Bild zu tippen. Da hatte Anette es auch gesehen. Zwischen den Beinen der vorderen Per-sonen war eine Lücke, durch die man hindurch sehen und ein paar Füße in Trekkingsandalen erkennen konnte, die auf einem Eimer standen.

«Nein! Steht sie ernsthaft auf ihrem Eimer?», hatte Anette gerufen und war ebenfalls in schallendes Gelächter ausgebrochen.

Die Moral aus der Geschichte war, dass Anette derart peinliche Fotos um jeden Preis vermeiden musste. Sie durfte sich auf keinen Fall zum Gespött der Leute machen. Aber vielleicht sollte sie das Bild von Julitta auf dem Eimer mal wieder rauskramen? Das hatte sie schließlich damals extra ausgeschnitten. In irgendeiner Schublade musste das noch rumliegen...

Am Nachmittag wetteiferten Gisela aus dem Lädchen und Biggi um Ideen, mit welchem Kuchen man die Wähler vom Schwarzbacher am besten abgreifen könnte, und einigten sich schließlich auf einen Mohn-Eierlikör-Kuchen. Als sie dann endlich inhaltlich weiterarbeiteten, fiel Anette auf, dass sie keine besonders großen Unterschiede in der politischen Ausrichtung zwischen sich und Rudolf Kollozcek feststellen konnte, außer den zuvor festgelegten Punkten *Nachhaltigkeit*, *Gleichberechtigung* und *Umweltschutz*.

Es war die ansonsten eher zurückhaltende Beatrix Hohmann, die sie darauf hinwies, dass ein liberalerer Ansatz bei der Gewerbesteuer sicher gut bei den Betrieben der Hildenberger-Sarlhöhe und deren Angestellten ankommen würde.

Im Anschluss wurde noch eine Weile über den Begriff «Gleichberechtigung» gestritten, da Harald darauf hingewiesen hatte, dass Anette damit ganz sicher den ein oder anderen aus dem Schützenverein verprellen würde. Schließlich einigte man sich darauf, aus «Gleichberechtigung» «Gleichheit» zu machen. *Was auch immer damit gemeint sein soll*, dachte Achim, während er kopfschüttelnd eine neue Runde Kaffee aufsetzte.

«Sach mal, Anette! Was ist eigentlich mit dem Wiedenmaier? Wie willste den schlagen?», brummte er, als er mit der Kanne zurück an den Tisch kam.

«Och, hör doch mit dem auf! Der hat doch keine Chance

gegen unsere Netti!», warf Biggi ein, «und Argumente sowieso nicht!»

«Na ja ... sag das mal nicht. Man hat schon Pferde vor der Apotheke kotzen sehen, und so manches, was der sagt ...», begann Achim, doch er verstummte als Anette ihm einen vernichtenden Blick zuwarf.

Als es anfing zu dämmern, waren die Grundlagen gesetzt, und es wurde Zeit, die großen Wahlkampfevents des Jahres vorzubereiten: Die Eröffnung des neuen Besucherparkplatzes für die Hildenberger Ortsmitte stand bereits in zwei Wochen an, das Vatertagsfest des Kegelclubs war ein wichtiger Termin im Mai, und im August wartete das Jahreshighlight für alle Hildenberger: die Hildenberger Tage. Bei diesen drei Topevents würden die einzelnen Kandidaten ordentlich Werbung für sich machen müssen und nicht nur um die Gunst der Wähler, sondern auch um die der Presse heischen. Allen war klar: Dort würde die Wahl entschieden werden!

Der Tag verging, Ideen wurden für gut befunden und wieder verworfen, Achim und Beatrix bekamen sich fast in die Haare bei einer Diskussion darüber, ob die Klapp-Stehtische plastikweiß oder aluminiumsilber sein sollen, Gisela aus dem Lädchen schlug Tischdeko aus Pflanzen und Filz vor, die Anette aber zu teuer war und durch Plastikblumensträuße ersetzt wurde. So vergingen weitere Stunden in der Wahlkampfzentrale am Rosengarten. Irgendwann war dann auch die letzte Snack-Hits-Packung bis auf ein paar traurige Salzstangen leer geputzt worden, und die Runde löste sich langsam auf. Anette fühlte sich erschöpft, aber zugleich stolz und zufrieden, als sie von Achim die letzte Jacke entgegennahm und die Helfer mit einem «Danke euch, bis nächsten Samstag!» verabschiedete. Auch wenn Anette gerne Gäste hatte, war sie nun doch froh, dass Annika sich bereit erklärt hatte, das Abendessen zu übernehmen, und sie auf dem Sofa die Füße hochlegen konnte. Achim, der sich mit seinem Feierabendbier neben sie gesetzt hatte, seufzte:

«Mein lieber Scholli! Da kommt ja einiges auf uns zu, du.»

«Na selbstverständlich ist uns der Erhalt des Sarlgeistbrunnens wichtig, Frau Feldhaus. Ein Auge aufs Wesentliche und eines auf die Zukunft, so sind wir Frauen doch!» Anette drückte der 79-jährigen Dame ein Wahlprogramm in die Hände und legte noch zwei Bonbons extra mit drauf: «Für die Enkelkinder, geht's denen gut?»

Frau Feldhaus nickte, während sie die Bonbons umständlich in ihrer Handtasche verschwinden ließ, und schon war sie wieder weg. Anette stützte die Hände in die Hüfte, schnaufte durch und beobachtete das bunte Treiben, das sich ihr bot: Achim stellte gerade einen neuen Karton mit Bonbons neben Beatrix ab, aus dem diese – wie ein Fließbandarbeiter – jeweils drei Stück herausnahm und auf eines der Wahlprogramme legte, die auf den Stehtischen ausgelegt waren. Währenddessen füllte Gisela die Vasen mit den «Anette Ahlmann»-Fähnchen auf, die weggingen wie warme Semmeln. Drumherum wuselten Kinder mit Heliumballons am Handgelenk, mehrere Generationen Hildenberger saßen an Biergarnituren mit weißen Papiertischdecken und hörten der Bigband des örtlichen

Gymnasiums zu, die gerade ein Jazz-Arrangement von Phil Collins' «In the Air Tonight» spielten. Es gab Kuchen, Kaffee und Bratwurst, und für einen April-Sonntag war es ungewöhnlich warm.

Seit drei Stunden war der neue Besucherparkplatz der Hildenberger Ortsmitte nun eröffnet, und so langsam neigte sich die erste große Wahlkampfveranstaltung dem Ende zu. Die letzten zwei Wochen waren Anette und ihr Wahlkampfteam damit beschäftigt gewesen, Flyer, Bonbons, Gummibären-Tütchen und Fähnchen zu bestellen und an Anettes Antworten und Argumenten zu feilen. Die Samstage auf dem Marktplatz waren dafür ein gutes Training gewesen, aber nun war die Schonzeit vorbei. Heute musste Anette glänzen, und das tat sie auch!

Die Eröffnung des Besucherparkplatzes hatte mit einer einschläfernden Rede des amtierenden Bürgermeisters Kolloczek begonnen, an die sich die Durchtrennung des roten Bandes angeschlossen hatte, das vor dem Parkplatz zwischen zwei Laternenmasten gespannt worden war. Als Kolloczek mit einer Schere das Band zerschnitt, hätte eigentlich das Party-Duo «Manni und Gerlinde» auf die Bühne springen und die Hildenberger mit fetzigen Coversongs zum Mitklatschen bewegen sollen – doch nix war passiert. Stattdessen wäre der große Wahlkampfauftakt beinahe zu einem Fest der Langeweile geworden.

Aber nicht mit Anette Ahlmann! Die hatte die Katastrophe nämlich bereits am Vorabend kommen sehen, als sie noch einmal aufmerksam das Programmheft durchgeschaut hatte. Was? «Musikalische Untermalung durch das Party-Duo Gerlinde und Manni»? Hatte die Meier nicht gestern noch erzählt, dass Gerlinde mit Verdacht auf Blinddarmentzündung in die Klinik eingeliefert worden sei, aber sie letztendlich doch nur eine Magen-Darm-Grippe erwischt hatte? Das war offenbar nicht bis zu Kolloczek und Schwarzbacher durchgedrungen. Vielleicht setzten sie aber auch darauf, dass Manni die Show-Einlage alleine schmiss.

«Na, da bin ich ja mal gespannt, ob der Manni alleine da auftaucht», hatte Anette beim Abendbrot zu Achim gesagt.

«Das kann ich mir nicht vorstellen, du. Manni ist mit der Hildenberger-Musikkappelle auf das Frühlingsfest der Volksmusik an den Rhein gefahren. Die sind bestimmt nicht vor 3 Uhr morgens zu Hause, wenn das so aus dem Ruder läuft wie letztes Jahr», hatte der geantwortet und schulterzuckend in sein Schinkenwurstbrot mit Senf gebissen.

Zuerst war Anette ein Gefühl der Schadenfreude überkommen – die große PR-Veranstaltung des alten Kolloczek, in der er Schwarzbacher als fähigen Nachfolger anpreisen würde, drohte zum Desaster zu werden.

«Wenn ich Bürgermeisterin wäre, dann hätte ich noch vor dem Frühstück drei Blaskapellen organisiert, das sag ich dir aber», hatte Anette gespottet.

Doch als sie nach dem Abendbrot vor ihrer Kommode stand und ihre neue Statement-Kette mit den in Metall gefassten, mintgrünen Glasfacettperlen aus der Schmuckschatulle nahm, um sie für den folgenden Tag bereitzulegen, war ihr die Idee gekommen: Warum sollte sie die Situation nicht ausnutzen und ihre Verbindungen spielen lassen? Zwei Anrufe und 30 WhatsApp-Nachrichten später hatte sie das scheinbar Unmögliche möglich gemacht und die Big Band des Hannah-Arendt-Gymnasiums aus dem Nachbarort nach Hildenberg organisiert. Zwar nur halb besetzt, aber im Unterschied zu Manni und Gerlinde: da. Und so kam es, dass Anette in dem Moment, in dem auch Kolloczek und Schwarzbacher klargeworden war, dass kein Musik-Act kommen würde, die Schüler-Big-Band und ihren Dirigenten auf die Bühne gescheucht hatte. Dieser hatte sich sowohl bei seiner kurzen Begrüßung zu Anfang des Konzerts als auch nach dessen Ende bei Anette Ahlmann und ihren Wahlkampfhelfern für die Einladung bedankt und dafür großen Applaus eingeheimst. Die anderen Bürgermeisterkandidaten Julitta Baumgärtner und Holger Wiedenmaier hatten dumm aus der Wäsche geschaut, als Anette sich bei der Erwähnung ihres Namens von einer der Bierbänke erhob, ihren fliederfarbenen Blazer glatt strich und mit einem strahlenden Lächeln in alle Richtungen grüßte. Der Wiedenmaier hatte sich im Anschluss sogar bei Kolloczek beschwert, was dieser aber abgewiegelt hatte.

In den darauffolgenden Wochen fühlte sich Anette wie beflügelt durch all die Anerkennung und das Lob, das ihr nach dem Big-Band-Coup zuteilwurde. Der Tag war ein voller Erfolg gewesen, und das nicht nur, weil sie dreimal so viele Wahlprogramme, Flyer und Bonbons losgeworden waren als an einem normalen Samstag auf dem Marktplatz, sondern auch, weil ihr Name im Artikel des *Hildenberger Anzeigers* vier Mal positiv erwähnt worden und sie sogar auf einem Foto zu sehen war. Es zeigte eine grinsende Anette umringt von der Schul-Big-Band, deren Mitglieder alle ein Fähnchen mit Anettes Gesicht darauf in die Höhe hielten!

«So geht erfolgreiches Marketing, habe ich dir doch gesagt, seriös, aber flott und nah an der Jugend», hatte Biggi im Nachhinein zu Anette gesagt, als sie den Tag später bei Kaffee und süßen Teilchen noch einmal rekapitulierten. Anette fragte sich zwar kurz, was Biggi nun eigentlich zu allem beigetragen hatte, doch verscheuchte den Gedanken schnell wieder – zu viele andere Dinge standen an, als dass sie sich nun mit so etwas beschäftigen konnte. Der Mai rückte näher, die Vorbereitungen für das Vatertagsfest liefen bereits auf Hochtouren, und Anette hatte sich fest vorgenommen, an den Erfolg auf dem Besucherparkplatz anzuknüpfen.

«Was meinst du, Biggi, sollten wir dieses Mal eher Heliumballons statt Fähnchen verteilen?», schlug Anette vor.

«Hm, die Fähnchen kamen schon prima an, aber auf den Ballons käme dein Gesicht sicher noch besser rüber, und dein Slogan passt sicher auch noch drauf! Da zaubere ich mal ein schönes Motiv am Rechner und gebe das morgen im Copyshop ab, dann ist das in 'ner Woche fertig. Ich dachte aber noch an etwas Größeres. Irgendeine Aktion, irgendwas, das ordentlich Aufmerksamkeit auf sich zieht! Dosenwerfen vielleicht? Oder eine Tombola?», überlegte Biggi laut. Sie dachten einen Moment schweigend nach, dann trat ein Lächeln auf Biggis Gesicht: «Wie viel haben wir noch in der Wahlkampfkasse? Ich hab da 'ne Idee!»

Bereits seit Tagen hatte der Wetterbericht nichts Gutes versprochen, doch am Morgen, als Achim und Anette den

Wagen für das Vatertagsfest beluden, hatte Anettes Handy gepiepst, und es war sogar noch eine Unwetterwarnung für Hildenberg und die angrenzenden Gemeinden hinzugekommen. Niemand hatte sich in den vergangenen Tagen den Schuh anziehen und das Fest absagen wollen. Denn für die einen, in diesem Fall den Kegelverein, war das Event ausschlaggebend für den Jahresumsatz, von dem neue Kugeln und die halbjährlichen Kegelfahrten finanziert wurden, und für Anette sowie für ihre Konkurrenten bedeutete es das zweitgrößte Fest des Jahres und somit potenzielle Wählerstimmen. Also hatten sich alle damit begnügt, darüber zu witzeln, dass man schon nicht wegfliegen würde.

«Wir sind ja nicht aus Zucker», hatte Achim dazwischengerufen, als Anette Biggi am Telefon ihre Sorgen bezüglich des Wetterberichts mitgeteilt hatte.

Trotz der dichten Wolkendecke baute Anette also mit Achim, Biggi und Jörg ihren Stand und drei Stehtische neben denen der anderen Kandidaten im Halbkreis vor dem Festzelt auf. Annika bewachte währenddessen das noch offene Auto, während Steffi und Beatrix die restlichen Kartons mit Wahlmaterialien von dort aus auf die Festwiese trugen. Sogar Sohnemann Andi war über das verlängerte Wochenende nach Hause gekommen, hatte jedoch von Anfang an betont, dass er mit den Jungs auf die Vatertagswanderung gehen und erst später am Nachmittag zum Festzelt dazustoßen würde. Fast wäre es zum Streit mit Annika und Anette gekommen, die beide der Meinung waren, dass Andi ruhig auch mal auf eine Saufwanderung mit seinen Freunden verzichten könnte, um seiner Mutter zu helfen. Auch Andi hatte sich ungerecht behandelt gefühlt, da er mit einem großen Korb Schmutzwäsche angereist war und Anette ihm verkündet hatte, dass sie an diesem Wochenende keine Zeit für so was haben würde.

«Kannst aber gern die Waschmaschine benutzen, weißt ja sicher noch, wie die funktioniert», hatte Anette gesagt und auf die Kellertreppe gedeutet, woraufhin sich Andi aufs Sofa fallen ließ und irgendwas von «Da will man sich einmal zu Hause erholen nach einer harten Uni-Woche…» gemault hatte.

Achim, der Andis Leid verstehen konnte und selbst lieber mit den Männern vom Stammtisch auf Wanderung gegangen wäre, hatte die Wogen geglättet und Anette davon abgehalten, Andi einen längeren Vortrag zu halten. Das sollte ihm noch zum Verhängnis werden.

Mittags, als alles aufgebaut war, sah es so aus, als würden die dunklen Wolken, die den ganzen Tag schon über den Himmel jagten, aufreißen. Anettes Kuchen verkaufte sich gut an die Besucher des Festes, und auch von den Heliumballons wurden Achim und Jörg einige los. «Es muss ja nur für eine halbe Stunde mal die Sonne herauskommen, dann können wir sie aufklappen», hatte Biggi Anette zugeflüstert, denn die beiden hatten einen Plan geschmiedet. «Wie schaffen wir es, deinen Namen in jeden Zeitungsbericht zu bringen, ohne dass du selbst wirklich etwas dafür tun musst?», hatte Biggi am Brainstorming-Abend vor zwei Wochen gefragt. «Richtig! Sonnenschirme!»

«Wie? Sonnenschirme?»

«Na, große Sonnenschirme mit Namen, Wahlspruch und einem Foto von dir drauf. Gleich mehrere, die stellen wir neben die Stehtische, und zack, ist auf jedem Foto, das der Fotograf vom *Anzeiger* macht, Werbung für deinen Wahlkampf! Selbst auf den Fotos vom Schwarzbacher, dem Wiedenmaier und der Baumgärtner wäre immer dein Gesicht im Hintergrund! So geht Marketing!»

Anette war begeistert gewesen von der Idee, und drei Tage später waren sie in den Nachbarort gefahren, um dort bei einem Werbemittelhersteller fünf Sonnenschirme zu bestellen. Da die jedoch unerwartet teuer waren, hatten sie sich auf drei Stück begrenzt, dafür aber höchste Geheimhaltung verlangt. Schließlich könnte die Konkurrenz Wind von der Sache bekommen, mit eigenen Schirmen auf der Festwiese auflaufen, und dann wäre die ganze Idee dahin.

Bis dahin lief alles wie geplant, doch dann kam, was kommen musste: Gegen 17 Uhr regneten die ersten Tropfen vom Himmel. Nicht stark, aber eine Vorahnung von dem, was kommen sollte. Zeitgleich mit den ersten Regentropfen trudelten auch nach und nach die ersten Wanderer mit ihren Bollerwägen ein. Wobei Achim neidische Blicke auf die – zum Teil sturzbetrunkenen – jungen und alten Männern warf, die mit ihren aufgemotzten und umgebauten Bollerwägen um die Wette prahlten.

Sie alle suchten nun Schutz unter Anettes Schirmen, die zwar nicht ihre ursprüngliche Funktion erfüllen konnten, aber sich dafür auch ganz hervorragend als Regenschirme machten. Zum Glück hatte Anette die Teile vorher noch mit dem Spray imprägniert, das sie normalerweise für ihre Halbschuhe benutzte. Sie war obenauf! Als sie den Fotografen des *Anzeigers* dabei beobachtete, wie er in der Menge herumlief und Fotos von den Ständen, den

Kandidaten und den ankommenden Vatertagswanderern machte, nahm sie genüsslich einen Schluck Hugo. *Das läuft ja alles wie am Schnürchen,* dachte sie sich. Doch dann kam Andi Ahlmanns Auftritt: Den abschüssigen Feldweg runter zur Festwiese holperte er, auf einem Bollerwagen sitzend, in einem Schuss auf das Festzelt zu. Die Zugstange zwischen den Knien eingeklemmt, hatte er seine Arme hoch in die Luft gestreckt, während er in der einen Hand eine Bierbong aus rotem Plastik und in der anderen ein Wahlkampffähnchen mit dem Gesicht seiner Mutter darauf festhielt. Der unebene Boden sorgte dafür, dass der Wagen mehrere Zentimeter in die Luft sprang, ins Schlingern geriet und die leeren Bierflaschen aus dem Wagen hüpften wie Matrosen, die im letzten Moment von einem sinkenden Schiff sprangen. Krachend kippte der Bollerwagen gefährlich nah am Festzelt um und kam so letzten Endes zum Stehen. Umringt von seinen früheren Schulfreunden und Schaulustigen, die sehen wollten, wer da den Hügel heruntergerattert war, stand Andi auf und ließ sich feiern. Seine Kumpels klopften ihm auf die Schulter und grölten etwas, das so klang wie «Andi ist unser Bierkönig!».

Anette kochte vor Wut. Der sollte ihr später mal nach Hause kommen, dann würde sie ihm aber die Ansage seines Lebens machen. So konnte er sich ihretwegen in seiner Studenten-Wohngemeinschaft aufführen, die Anette bisher nur einmal betreten und fast einen Herzinfarkt erlitten hatte, angesichts der herrschenden Unordnung und den sich bis an die Decke stapelnden Bierkästen im Flur, aber nicht hier in Hildenberg! Und schon gar nicht bei einer Veranstaltung, die so wichtig für sie war.

Sie machte schon Anstalten, auf Andi zuzugehen, da begann es plötzlich wie aus Kübeln zu regnen. Alle Besucher verließen nun die schützenden Anette-Schirme, die unter der Last des Regens zu schwanken begonnen hatten, und rannten so schnell es ging in das Festzelt. Auch Anette und ihr Wahlkampf-Team schnappten sich die letzten Fähnchen und Flyer und flüchteten in das rettende Zelt.

«Na, so kommen die Schirme ja wirklich gut zur Geltung», ertönte plötzlich die gehässige Stimme von Julitta Baumgärtner neben Anette. Julitta war in einen knallgelben, modischen Friesennerz gehüllt und deutete mit dem Kopf vor das Festzelt. Dort waren Andi und seine Freunde, sichtlich betrunken, auf ihren Bollerwagen gestiegen. Grölend lagen sie sich in den Armen und sangen «Tage wie diese» mit, das aus ihrer wasserdichten Akkubox dröhnte. Über dem ganzen feuchten Spektakel hüpfte ein Anette-Ahlmann-Sonnenschirm, den sie sich aus dem Ständer geschnappt hatten, im Takt der Musik auf und ab, während der Regen unablässig auf sie niederprasselte. Es war ein traurig-komischer Anblick.

Anette wäre am liebsten im Boden versunken. Sie hörte, wie Biggi hinter ihr leise «Ach du grüne Neune» sagte und Achim rechts von ihr laut schnaubte. Das war sogar ihm zu viel, obwohl er an den Stammtisch-Abenden oder beim Schützenfest auch schon das ein oder andere Mal zu tief ins Glas geschaut hatte und in leichter Schieflage nach Hause gewankt war. Aber die ganze Familie hier beim Kegelvereinsfest bis auf die Knochen zu blamieren… das war ja wohl die Höhe.

Neben ihnen wurde gekichert, Handys gezückt, Fotos

und Videos gemacht, und Anette hörte sogar das Klicken einer Spiegelreflexkamera von irgendwoher, na toll, der *Hildenberger Anzeiger* hatte auch schon Wind von der Sache bekommen. Das war ein absolutes Fiasko!

Den gesamten Heimweg über sprach niemand ein Wort. Andi konzentrierte sich darauf, sich nicht zu übergeben, und verschwand zu Hause direkt in sein Zimmer.

«Der soll jetzt erst mal seinen Rausch ausschlafen, Anette. Bringt nix, dem jetzt die Leviten zu lesen, wo er sich doch morgen eh an nix mehr erinnern kann», meinte Achim und stellte die durchgeweichten Pappkartons im Hausflur ab.

Anette ließ sich mit bitterer Miene aufs Sofa sinken.

«Meinste, das war's jetzt? Soll ich meine Kandidatur zurückziehen?», fragte sie Achim.

Alles in Achim schrie JA! *Dann hat der ganze Irrsinn hier endlich ein Ende, und es kehrt wieder Ruhe ein*, doch als er Anettes niedergeschlagenen Gesichtsausdruck sah, riss er sich zusammen:

«Ach, jetzt mal den Teufel nicht an die Wand! Hat doch eh kaum einer mitbekommen!»

Auch am nächsten Morgen war die Stimmung bei den Ahlmanns gedrückt. Achim, Anette und Annika saßen schweigend am Küchentisch. Irgendwann kam Andi mit zerzausten Haaren und schuldbewusstem Blick die Treppe heruntergeschlurft und ließ sich auf den freien Platz fallen.

Da klingelte es vorne an der Haustür.

«Mein lieber Herr Gesangsverein. Noch nicht mal die Zeitung ist da, aber schon ist hier wieder Radau!» Genervt stand Achim auf und öffnete die Haustür.

«Morrrrgen zusammen! Habt ihr's schon gesehen?», rief Biggi stürmisch.

«Was gesehen?», Anette hob den Kopf und sah ihre Freundin skeptisch an. Sie ahnte bereits, dass das, was jetzt kommen würde, mit dem gestrigen Abend zu tun hatte.

«Annika, aber du, oder?», fragte Biggi begeistert, während sie wild mit ihrem übergroßen Smartphone herumfuchtelte.

«Nee, ich habe mein Handy noch oben liegen. Versuche, das Ding nicht ständig bei mir zu tragen. Digital Detoxing», erwiderte Annika schulterzuckend.

«Okay Anette, also schau», Biggi setzte sich neben Anette, die sich die Lesebrille vom Tisch nahm, «hier, auf Facebook, das Video. Das ist doch Andi, oder?»

Sie tippte etwas umständlich auf dem Bildschirm herum, auf dem sich schließlich ein Video öffnete. Zu sehen war die Szenerie von gestern Abend, als der Wolkenbruch das Vatertagsfest zunichte gemacht hatte. Im Zentrum des Geschehens, der grölende Andi, direkt dahinter Anettes Sonnenschirme mit ihrem Konterfei und dem Wahlslogan «Anette Ahlmann packt an – Mit Ihnen und für Sie. Gemeinsam für Hildenberg».

Das Video war oben und unten von weißen Balken umrahmt, in denen «Wenn der Vatertag ins Wasser fällt, aber du ein Dorfkind und nicht aus Zucker bist» stand.

«Andi ist viral gegangen. Das gibt's ja nicht!», rief Annika.

«Andi ist *was*?» Anette blickte panisch von einem zum anderen.

«Guck dir mal die Video-Aufrufe an, Mama! Das haben schon superviele Leute gesehen und geteilt! Andi ist berühmt! Und … oh mein Gott!»

«Was denn? Was ist denn?»

«Die Toten Hosen haben das auf ihrer Facebookseite geteilt, ich glaub's nicht.» Annika starrte fassungslos auf das Handy.

Andi hielt sich derweil an einem Glas Sprudel fest und blickte nur träge in die Runde.

Da klingelte auch noch das Telefon, Anette verschwand mit dem Hörer in der Küche, als sie wieder herauskam, sah sie noch verwirrter aus als zuvor.

«Die vom *Hildenberger Anzeiger* wollen ein Interview mit mir … und mit Andi! Es soll um den Einfluss sozialer Medien auf den Wahlkampf gehen. Die wollen wissen, ob das mit Andi ein geplanter PR-Gag von mir war!»

«Meine Güte, was eine Publicity! Besser konnte das ja gar nicht laufen», rief Biggi ausgelassen, «ich hole mal Jörg rüber, und dann machen wir 'ne Flasche Rotkäppchen-Sekt auf!»

Bei ihren Worten lief Andi grün an und hielt sich die Hand vor den Mund.

KAPITEL 4

25 Jahre selbstgebackener Kuchen

«Achim? Weißt du, wo mein Einkaufskorb ist? Der stabile Reisenthel?», rief Anette und lief mit suchendem Blick durch den Hausflur.

«Reis- was? Nä!», brummte Achim und sah von seiner Zeitung auf, «neben dem Mülleimer steht nur so 'n gepunkteter.»

«Was? Ja, das ist der doch!» Anette kam zurück in die Küche gestürmt und stellte ein mit Alufolie umwickeltes, längliches Päckchen in den Korb.

«Wozu schon wieder diese Hektik so früh am Morgen? Ich hab das Gefühl, in diesem Haus herrscht seit Wochen nur noch Stress.»

Achim schüttelte die Zeitung kurz aus und hob sie dann so hoch vor die Augen, dass er von Anettes Treiben nichts mehr mitbekam.

«Ich hab doch heute 25-jähriges Jubiläum bei Kaltmeier, und durch diesen ganzen Wahlkampf-Heckmeck bin ich einfach nicht dazu gekommen, 'n ordentlichen Kuchen zu backen. Am Freitag hat der Heinz noch gesagt, wie sehr er sich auf meinen selbstgebackenen Kuchen freut. Jedenfalls hab ich dann Biggi gebeten, mir einen zu backen, und den muss ich jetzt gleich noch abholen. Ich bin eh schon spät dran.»

«Und was ist das da?» Achim ließ die Zeitung wieder sinken und deutete mit dem Kopf Richtung Anettes Korb, in dem sie gerade neben dem Alu-Päckchen noch ihre rechteckige Kuchen-Transportbox platzierte. «Da haste doch schon Kuchen!»

«Das ist doch nur 'n Marmorkuchen und dieser einfache Blechkuchen, den ich immer mache, das zählt doch nicht.» Anette musste sich beherrschen, nicht den Kopf zu schütteln oder laut zu seufzen. Achim machte sich wirklich manchmal keine Vorstellung davon, unter was für einem Druck sie stand.

Die ganzen letzten Wochen war sie von A nach B gehetzt, hatte in die Kameras der Lokalpresse gelächelt, und dann noch dieses ganze Desaster am Vatertag – was sie das alles hätte kosten können, nicht auszudenken! Haarscharf war sie da an der Katastrophe vorbeigeschrammt. Klar, hatte sich am Ende alles zum Guten gewandelt, aber darauf durfte sie zukünftig nicht mehr bauen. In einer Stadt wie Hildenberg waren die offiziellen Wahlkampfveranstaltungen außerdem nicht alles. Seit 25 Jahren arbeitete sie jetzt als Büroangestellte bei Klimaanlagen Kaltmeier, auch die Mitarbeiter dort waren überwiegend Hildenberger und somit potenzielle Wähler. In letzter Zeit hatte sie sich schon die ein oder andere Spitze der Kollegen gefallen lassen müssen. Hier mal ein Spruch an der Kaffeemaschine, da ein paar hochgezogene Augenbrauen, wenn sie um Punkt 14 Uhr eilig das Büro verließ und nicht, wie früher, zuerst ausgestempelt und im Anschluss noch mit den Kollegen geplaudert oder die Büro-Pflanzen gegossen hatte. Auch die letzte Sitzung vom Frauenverein hatte sie verpasst, weil sie vergangenen Donnerstag vor einer Quizshow im Ersten mit Jörg Pilawa weggedöst war. Mein lieber Scholli, war das ein Schreck gewesen, als sie um 19.15 Uhr durch ihr piepsendes Handy aufgewacht war und wie durch einen Schleier die WhatsApp von Biggi gelesen hatte:

«Alles ok? Kommst du heute gar nicht? =(»

In Panik hatte sie Biggi irgendwas von Kreislaufbeschwerden und Wetterfühligkeit geschrieben, aber ihr war natürlich klar gewesen, dass es dafür eigentlich zu spät war. Nie hatte sie unentschuldigt ein Treffen des Frauenvereins verpasst. Auch wenn Biggi ihr später versichert hatte, dass niemand etwas Blödes gesagt hatte, war Anette davon überzeugt, dass sich die anderen das Maul über sie zerrissen. Frau Meier hatte bestimmt etwas in die Richtung «Die Ahlmann glaubt wohl, sie wär was Besseres, weil sie jetzt in Politikerkreisen verkehrt» gesagt.

Und sie hatte ja recht! Anette wollte Bürgermeisterin werden, aber sie war doch immer noch eine von ihnen. Sie durfte jetzt nicht abheben und nur noch im Blazer mit gezwungenem Lächeln Kugelschreiber verteilen. Es war genauso wichtig, den persönlichen, engen Kontakt zu den Hildenbergern nicht zu verlieren. Auch ihren Kollegen musste sie heute unbedingt beweisen, dass sie sich nicht verändert hatte und dass man noch immer auf Anette Ahlmann zählen konnte. Und auf ihren Kuchen. Sie hatte sich vergangene Woche eigentlich schon das Rezept für die Himbeer-Mascarpone-Torte bereitgelegt, das sie vor zig Jahren mal aus dem Backbuch von Ralfs Exfrau Petra abgeschrieben hatte, und dann waren die Wahlkampfveranstaltungen und Andis Video dazwischengekommen. Am Freitag hatte Anette – obwohl sie das eigentlich nie tat und auch dieses Mal nur äußerst ungern – Biggi angerufen und um Kuchen-Hilfe gebeten. Eine Tiefkühltorte zu kaufen oder bei Frau Meier etwas zu bestellen, war natürlich nicht in Frage gekommen. Damit konnte man schnell sein Gesicht verlieren, und schließlich war Anette seit 25 Jahren für ihre leckeren Kuchen bekannt. Noch heute sprach ihr Chef Heinz von der Bailey's-Torte mit Baiserhaube, die Anette damals anlässlich ihres 40. Geburtstags mit ins Büro gebracht hatte.

Hoffentlich hat sich Biggi ordentlich Mühe gegeben, bitte, bitte, lieber Kuchengott, betete sie still vor sich hin und schlüpfte in ihre Birkenstocks.

«Solltest nicht eigentlich DU was dafür kriegen, dass du dem Kaltmeier seit 25 Jahren den Rücken freihältst? Ohne dich wär der Laden wahrscheinlich längst vor die Hunde gegangen. Find's eh erstaunlich, dass sich das Ganze noch trägt in Zeiten des Internets.» Achim hatte seine Zeitung beiseitegelegt und trank nun im Stehen den letzten Schluck aus seinem Kaffeebecher.

«Ich werd ja auch was kriegen, aber es ist eben ein Geben und Nehmen. Außerdem ist das doch toll, dass man hier in Hildenberg noch beim örtlichen Händler kauft und nicht alles online bestellt, wobei auch das in Planung ist. Der Heinz will dieses Jahr zwei Werkstudenten einstellen, die uns einen Online-Shop bauen. So! Kommst du mit raus? Ich muss jetzt los.»

Gemeinsam verließen die Ahlmanns das Haus. Während Achim in seinen Zafira stieg, um ebenfalls zur Arbeit zu fahren, sprintete Anette die drei Steinstufen zum Nachbarhaus hinauf und drückte die Klingel. Von innen hörte man Geklapper und Geraschel, dann öffnete eine zerzauste, aber wie immer fröhlich wirkende Biggi die Haustür.

«Buh! Nicht erschrecken! Ich bin noch gar nicht zurecht-gemacht, wie du siehst!» Sie fummelte an ihren blonden Haaren herum, die heute wie kurze Drähte in alle Himmelsrichtungen abstanden. «Guten Morrrgen erst mal. Der Jörg hat heute erst zur dritten Stunde, und da dachte ich, ich bleib auch einfach mal etwas länger liegen. Wir haben gestern Abend noch so lange Inspector Barnaby geguckt, das geht ja immer ewig!»

Biggis Mann Jörg arbeitete an der weiterführenden Schule im Nachbarort als Biologielehrer, außerdem leitete er dort die Informatik- und Technik-AG und bot – nach einer entsprechenden Weiterbildung, die er im vergangenen Jahr besucht hatte – das freiwillige Anti-Aggressionstraining für die 7. und 8. Klassen an. Bisher war der Zulauf jedoch noch recht gering. Jörg war sich aber sicher, dass sich das noch ändern würde. «Ich geb den jungen Leuten da die Zeit, die sie brauchen. Die Aushänge hängen, und sobald Bedarf ist, kommen die schon.»

Achim konnte über solche Aussagen nur den Kopf schütteln.

«Gibt doch nur zwei Gründe, warum der Lehrer geworden ist … Juli und August!», flüsterte Achim Anette jedes Mal zu, wenn Jörg von einem anstrengenden Tag in der Schule erzählte. Während die beiden Frauen über die Jahre beste Freundinnen geworden waren, hielt Achim keine besonders großen Stücke auf Jörg. Anette wusste, dass er sich nur ihr zuliebe alle paar Wochen auf einen gemeinsamen Grillabend einließ und ansonsten mit Jörg herzlich wenig anfangen konnte.

«Anette! Als ich den einmal mit zum Stammtisch genommen habe, hat der sich 'n Rotwein bestellt! 'n Rotwein! Was meinste, was ich mir da hinterher von Harald und den anderen anhören durfte!» Diese Geschichte erzählte Achim jedes Mal, wenn Anette zaghaft vorschlug, ob er nicht doch noch einen Anlauf mit Jörg starten wollte.

«Er hat dann tatsächlich noch die Elke gefragt, welche Weinsorten sie denn da hätten und was sie ihm empfehlen könnte. Du, die Elke stand da mit offenem Mund und hat uns nur angeschaut. Dachte wirklich, die setzt uns gleich vor die Tür, und dann immer dieses Biggi hier, Biggi da. Meine Güte! Wir sind doch keine zwanzig mehr!»

Gut, in diesem Punkt musste Anette ihrem Mann zustimmen. Die Vergötterung, die Biggi und Jörg füreinander an den Tag legten, ging ihr auch gehörig auf den Senkel.

Ständig erzählte Biggi von kleinen Aufmerksamkeiten, die Jörg ihr ganz ohne Anlass nach Feierabend mitbrachte, oder sie plauderte davon, wie ihr «Hase» ihr bereits ein Schaumbad eingelassen habe, nachdem sie gerade von einem anstrengenden Ausflug mit den Mädels zurückgekehrt war.

«Über solche Albernheiten sind wir ja wohl schon längst drüber weg», sagte Achim immer, und Anette stimmte ihm zu, obwohl sie sich doch ab und an auch etwas mehr Fingerspitzengefühl von Achim wünschen würde. Das WMF-Besteck-Set, das ihr Göttergatte ihr letztes Weihnachten gemeinsam mit einem am Computer designten Gutschein («3 × Spülmaschine-Ausräumen von Achim – jederzeit einlösbar, außer wenn Sportschau läuft») geschenkt hatte, war natürlich super praktisch und auch ganz schick anzusehen, aber mehr eben auch nicht. Als Biggi dann noch am Silvesterabend erzählte, dass Jörg ihr ein Romantik-Wochenende im Bayerischen Wald geschenkt hatte, war Anette doch etwas neidisch gewesen. Na ja, sei's drum. Liebe vor Leuten hat nix zu bedeuten, das hatte schon ihre Mutter immer gesagt.

«Biggi, sei mir nicht böse. Aber ich hab's etwas eilig, wollte eigentlich schon vor 15 Minuten auf der Arbeit sein! Sehen wir uns heute Abend auf 'n Glas Vino?», Anette trat nervös von einem Bein aufs andere und versuchte zu erspähen, ob der Kuchen schon im Flur bereitstand.

«Ach, ja sicher! Warte, ich hol den Kuchen aus'm Kühlschrank», Biggi verschwand in der Küche und kam wenige Sekunden später mit einem violetten Tortenbehälter wieder zurück, «so, einmal Mandarinen-Schmand-Kuchen – das macht 52,50 Euro!» Trotz des Stresses, der Anette aufs Gemüt drückte, musste sie kurz grinsen. Biggi war einfach immer für ein Späßchen zu haben und das tat gut.

«Nee, ernsthaft. Biggi, was kriegste?», Anette holte ihr längliches Portemonnaie mit Blumenprint aus ihrer Handtasche und sah Biggi erwartungsvoll an.

«Jetzt lass mal stecken, Netti. Die Dose Mandarinen hatte ich eh noch im Keller. Außerdem hast du doch letzte Woche mein Bäuerinnenomelett im Gasthaus bezahlt, als ich vergessen hatte, Geld abzuheben. Da müssten wir jetzt bis auf 50 Cent eigentlich quitt sein.»

«50 Cent sagste? Die hab ich doch hier noch. Nimm!»

Anette streckte Biggi das 50-Cent-Stück entgegen, diese zögerte kurz und murmelte irgendetwas, das so klang wie «Ach Netti ... nicht nötig», nahm das Geld aber schließlich doch.

Als Anette sich gerade zum Gehen wenden wollte, fiel ihr Blick zufällig auf Biggis Altpapiertonne, die in der Einfahrt zur Leerung bereitstand. *Ach richtig, heute beginnt ja die KW 22*, dachte Anette. Das wurde auch Zeit. Biggis Altpapiertonne quoll schon über, sodass der Deckel ein Stück offen stand und den Blick auf den Inhalt freigab. Anette erstarrte. Zwischen alten Werbeprospekten und zerrissenen Umschlägen lugte eine leere Packung «Dr. Oetker Backmischung für Mandarinen-Schmand-Kuchen» hervor.

In Anettes Ohren begann es zu rauschen, ihr Puls schnellte in die Höhe, und sie hatte das Gefühl, als würde sie an einem Bungee-Seil hängen, in die Tiefe schnellen, wieder hochgezogen werden, erneut fallen und immer so weiter. Sie musste sich irgendwo festhalten und griff an das Geländer neben sich.

«Biggi?», japste sie tonlos. «Hast du den Kuchen mit einer Backmischung gebacken?»

«Was?» Biggi spähte über Anettes Schulter und folgte ihrem Blick. «Ah! Die Verpackung! Ja, klar. Das geht damit ja viel leichter und schmeckt genauso gut!»

Im Nachhinein konnte Anette nicht mehr genau sagen, wie sie es in ihrer Schockstarre geschafft hatte, mit dem beladenen Einkaufskorb unterm linken Arm und dem Tortenbehälter in der rechten Hand die Stufen vor Biggis Haus hinunterzuwanken und sich auf den kurzen Fußweg zur Firma Kaltmeier zu machen. Anettes Gedanken wirbelten wie Zuckerwattefäden durch ihren Kopf und machten es ihr unmöglich, sich zu sammeln. Wie konnte Biggi ihr das nur antun? Das war der absolute Super-GAU. Sie hatte ihr doch extra gesagt, wie wichtig es war, dass sie sich an diesem Tag nicht vor den Kollegen blamierte oder sie vor den Kopf stieß. Und dann kaufte die blöde Kuh einfach eine Backmischung.

«Das geht ja viel leichter»? Klar! Das wusste Anette auch. Das wussten alle. Was hatte Biggi überhaupt am Wochenende so Wichtiges zu tun gehabt, dass sie sich nicht mal die halbe Stunde Zeit nehmen konnte, um ihr 'n vernünftigen Kuchen zu backen? Sicher war sie wieder den ganzen Samstag mit Jörg durch irgendwelche Innenstädte gezogen, hatte Stunden im S. Oliver verbracht und anschließend gemütlich draußen vorm Café am Weiher gesessen. Anette sah Biggi förmlich vor sich, wie sie zurückgelehnt auf einem der bunten Korbstühle saß, die Augen geschlossen hatte und ihr Gesicht in die Sonne hielt. Wahrscheinlich hatte sie wie immer den Orangensaft mit der Kugel Vanilleeis bestellt, wie auch die vielen Male zuvor, als Anette mit ihr dort gewesen war. Noch nie hatte sie irgendjemanden außer Biggi diese widerliche Mischung bestellen sehen. In Anettes Magen züngelten kleine Wutflämmchen hoch. Biggi brauchte sich nach diesem Fauxpas wirklich nicht einbilden, dass Anette sie – wenn sie erst mal Bürgermeisterin war – mit interessanten Infos aus dem Rathaus versorgen würde. Nee nee, das konnte sie sich jetzt mal ganz getrost abschminken.

Noch immer vor Wut schnaubend, erreichte Anette das graue, dreistöckige Gebäude und nahm den schmalen Aufzug, um in den zweiten Stock zu gelangen, in dem sich die Büroräume befanden. Als sie in ihr kleines Büro trat, vergaß sie ihren Ärger für einen kurzen Moment. Quer über ihren Schreibtisch war eine Pappgirlande gespannt worden, die aus vielen bunten «25» bestand, und auf ihrer Computertastatur lagen Luftschlangen. *Ach, Mensch, wie lieb,* dachte Anette, während sie ihre Handtasche über die Stuhllehne hängte, das war sicher ihre Kollegin Sibylle aus dem Kundendienst gewesen. Im nächsten Moment krampfte sich Anettes Magen jedoch sofort wieder schmerzhaft zusammen. Was würden Sibylle und die anderen sagen, wenn Anette bei der feierlichen Zusammenkunft, die ihr Chef für 11 Uhr angesetzt hatte, nur den Marmorkuchen, den einfachen Blechkuchen und Biggis Backmischung präsentieren konnte? Eigentlich konnte sie sich da gleich einen Karton aus dem Lager holen, ihren selbstgestalteten Tischkalender mit Fotos von Achim und ihr aus dem letzten Gardasee-Urlaub, ihre Sheepworld-Tasse und ihr Usambaraveilchen einpacken und sich bei Heinz ihre Kündigung abholen. Wieder ertönte Frau Meiers Stimme schrill und unangenehm in ihrem Kopf: «Ham Se das schon gehört? Die Ahlmann ist bei Kaltmeier gegangen worden! Na, was die da verzapft hat, möchte ich ja mal gerne wissen! Und so eine will Bürgermeisterin werden …»

Anette vergrub für einen Moment das Gesicht in ihren Händen und atmete lautstark aus. *Übertreib nicht, Anette, vielleicht merken die das ja gar nicht,* murmelte sie vor sich hin. Nachdem sie ihre mitgebrachten Kuchen im Kühlschrank in der kleinen Teeküche untergebracht hatte, machte Anette sich auf zu ihrer üblichen Morgenrunde durch die kleine Firma.

Anette ging seit 25 Jahren jeden Tag die gleiche Route durch das Gebäude. Sie stiefelte immer zunächst in den

ersten Stock, streckte ihre Nase in das Büro des Kunden-
diensts und begrüßte Sibylle und Bernd, von dort aus ging
es weiter in den Vertrieb zu Ludgar und Dirk, dann in den
Einkauf am Ende des Flurs, wo Karin, Thomas und die
Auszubildende Samira saßen. Im Anschluss eine Treppe
weiter runter ins Lager. Hier musste sie die Lautstärke ihres «Morrrrgen zusammen» etwas erhöhen, damit alle sie
hören konnten, denn wie immer ertönte aus dem kleinen
mobilen Radio fetzige Schlagermusik, ohne die Lagerleiter
Jochen einfach nicht arbeiten konnte, wie er selbst immer
sagte. Danach ging es für Anette erneut in den Fahrstuhl,
der sie wieder in die zweite Etage brachte. Normalerweise
klopfte sie dann immer an der Bürotür ihres Chefs Heinz
Kaltmeier, um die anstehenden Arbeiten des Tages zu besprechen. Heute kam Heinz ihr jedoch schon auf dem Flur
entgegen. Heinz Kaltmeier war ein kleiner, untersetzter
Mann Anfang 60, der sowohl im Sommer als auch im
Winter stets karierte Kurzarmhemden trug, die sich über
seinen – in den letzten Jahren immer kugeliger geworde-
nen – Bauch spannten. Auf diesen Bauch klopfte er sich
nun, als er sagte:

«Morrrgen, Anette. Mensch du, ich hab grad schon in
der Teeküche deine Boxen gesehen. Da bin ich ja mal gespannt, was du da wieder gezaubert hast! Kann's kaum
noch erwarten!»

Anette brachte nur ein nervöses Grinsen zustande und
wechselte hastig das Thema:

«Sag mal, Heinz, die Abrechnungen auf meinem
Schreibtisch …»

Der Vormittag verging wie im Fluge, auch wenn Anettes

Augen immer wieder zu der Uhr huschten, die über ihrer Bürotür hing. Um kurz vor 11 erhob sie sich seufzend, setzte Kaffee auf, platzierte ihre Kuchen sowie Teller, Tassen und Servietten auf einem Ende ihres Schreibtischs und wartete. Um Punkt 11 Uhr traten Heinz und die anderen Kollegen in Anettes Büro. Alle sahen erwartungsvoll zu ihrem Chef, während Anette zögerlich auf ihrem Bürostuhl sitzen blieb.

«Die Sachen ... für Anette? Da hatte doch jemand was besorgt, oder?», raunte Heinz Bernd leise zu, und alle anderen taten so, als würden sie nicht hinhören.

«Jaja, Sibylle ... Kommt gleich», flüsterte Bernd zurück.

Heinz räusperte sich. «Also, meine liebe Anette. Wir sind heute hier, um dir ganz herzlich zu deinem Jubiläum zu gratulieren. 25 Jahre schon, Mensch!»

«Siehst aber immer noch aus wie 20!», rief Ludgar dazwischen und erntete schallendes Gelächter.

«Dafür wollen wir jedenfalls alle heute mal danke sagen», fuhr Heinz fort, «ist ja einiges bei dir los dieses Jahr. Wir hoffen natürlich trotzdem, dass wir wie gehabt auf dich zählen können und ... aaah ...»

Sibylle betrat das Büro, also zumindest vermutete Anette, dass es sich um Sibylle handelte, denn ihr Gesicht war hinter einer riesigen Topfpflanze verborgen, an deren Blättern zu Schmetterlingen gefaltete 5-Euro-Scheine befestigt waren. Unter ihrem Arm klemmte außerdem eine große Schachtel Merci und ein roter Umschlag.

«Wir haben natürlich auch keine Kosten und Mühen für dich gescheut», begann Heinz, nahm Sibylle die Pflanze aus der Hand und stellte sie neben Anette auf den Boden, die mittlerweile aufgestanden war und wie bestellt und nicht abgeholt an ihrem Schreibtisch lehnte. «So ... den Salatteller haste ja schon, dann gibt's hier noch 'n bisschen Schokolade zum Nachtisch!»

Wieder brachen alle in Gelächter aus.

«Ja, ich hab zu danken, ihr Lieben. Dann lasst uns mal mit Kaffee und Kuchen anstoßen! Ich hoffe, es ist für alle was dabei!»

Jetzt galt's. Anette zog die Alufolie vom Marmorkuchen und hob jeweils die Haube vom Blechkuchen sowie von Biggis Backmischung.

«Uiuiui, ist das Mandarine-Schmand, Anette?» Heinz hatte bereits einen Teller in der Hand und näherte sich dem Kuchenbuffet. «Den ess ich ja unheimlich gerne.»

Anette grinste nur und nickte. Sie spürte die Anspannung in jeder Pore ihres Körpers. *Jetzt nimm dir einfach 'n Stück und sei ruhig, Heinz*, dachte sie. Mittlerweile bedienten sich auch ihre Kollegen eifrig an Anettes Kuchenauswahl, und bald wurde geplaudert und geschmatzt.

Einige Kollegen verabschiedeten sich bereits nach kurzer Zeit wieder und kehrten mit zum zweiten Mal aufgefüllten Tellern an ihre Arbeitsplätze zurück.

Fast geschafft, dachte Anette. Zum Glück hatte niemand nach dem Rezept gefragt oder die Mogelpackung bemerkt. Das war wirklich noch mal gutgegangen. Auch vom Blechkuchen war viel weggekommen, nur der Marmorkuchen war noch fast unberührt. Na ja, das war ja immer so. Da würden die Kollegen sich sicher heute Nachmittag oder morgen noch mal kräftig dran bedienen, der hielt sich ja 'n bisschen.

«Du, sag mal, Anette», unterbrach Karin aus dem Einkauf Anettes Gedanken, «wie haste denn die Schmandmasse so hingekriegt? Bei mir wird die nie so richtig fest!»

Ach du Schande, jetzt war der Moment doch noch gekommen. Dabei hatte Anette gedacht, dass sie zum zweiten Mal in kurzer Zeit um die ganz große Katastrophe herumgeschlittert wäre. Verdammte Karin, die musste aber auch immer alles ganz genau wissen. Normalerweise freute Anette sich ja, wenn jemand nach ihren Rezepten fragte oder ihr Komplimente machte. Wegen der Party-Gyrossuppe, die sie zu Achims 50. gemacht hatte, waren alle Gäste völlig aus dem Häuschen gewesen. Annika hatte ihr das Rezept von so einer Website heruntergeladen. Bestimmt dreißig Leute hatten gefragt, woher sie denn dieses tolle Rezept habe, und Anette hatte mit Stolz in der Stimme verkündet: «Aus'm Netz!»

Obwohl das damals eigentlich Achims großer Abend gewesen war, hatte Anette sich wie die Gyros-Königin Nr. 1 gefühlt und war danach volle fünf Tage damit beschäftigt gewesen, das Rezept von ihrem Ausdruck für alle Interessierten abzuschreiben.

Jetzt war es Anette allerdings – aus offensichtlichen Gründen – gar nicht recht, dass Karin sie so aushorchte.

«Die Schmandmasse? Ja, also …», fing sie an herumzudrucksen, doch weiter kam sie gar nicht, weil Bernd sie von der Seite anstupste.

«Anette? Weißt du's schon? Der Schwarzbacher hat hingeschmissen!»

Anette drehte sich völlig perplex zu ihm um.

«Ja, wie? Hingeschmissen?»

«Meine Frau hat mir gerade 'ne WhatsApp geschrieben, die hat's wohl heut Morgen beim Bäcker aufgeschnappt. Der Schwarzbacher hat keine Böcke mehr! Meinte wohl, dass ihm das alles zu viel wird, und wenn man da jetzt auch noch Online-Wahlkampf betreiben müsse mit irgendwelchen Videos und so weiter … da wär er raus!»

«Das gibt's ja nicht!», mischte sich nun auch Karin ein, «der war doch dein größter Konkurrent, Anette. Dann bist du jetzt die haushohe Favoritin!»

«Ach, jetzt hört auf … meint ihr wirklich?», Anette war ganz rot geworden.

Mensch, das war ja wirklich ein Hammer! Der Schwarzbacher hatte hingeschmissen. Einfach so. Also waren jetzt nur noch Julitta, der Wiedenmaier und sie im Rennen. Das sollte ja tatsächlich machbar sein. Holger Wiedenmaier schwang im Gasthaus «Zur vollen Kelle» nach drei Gläsern Bier zwar immer seine blöden Reden und hatte dort tatsächlich auch einige Anhänger, am Morgen danach – wenn der Rausch wieder ausgeschlafen war – erschien er den meisten Hildenbergern aber dann doch zu extrem. Auch im Frauenverein hatte er keinen guten Stand, weil er auf den Festen im Ort regelmäßig zum Grapscher wurde. Laut würde das natürlich nie jemand sagen, aber hinter vorgehaltener Hand wussten alle Bescheid. Selbst Biggi, die eigentlich selbst nie um einen derben Witz verlegen war und beim Discofox im Schützenfestzelt die Hand auch mal etwas tiefer rutschen ließ, fand den Wiedenmaier nach eigener Aussage «zum Weglaufen». Am Vatertag vor zwei Jahren hatte Biggis Tochter, die in dem Jahr gerade

18 geworden war, am Bierstand bedient. Als sie mit einem vollen Tablett vorbeigelaufen war, hatte der Wiedenmaier ihr mit Karacho an den Allerwertesten gefasst. Blöd nur, dass Biggi genau in dem Moment herübergeschaut hatte. Mein lieber Herr Gesangsverein, hatte die den zusammengefaltet! Da kannte Biggi wirklich nix. Damals war der Wiedenmaier schließlich abgezogen, natürlich nicht ohne zu schimpfen und zu zetern.

«Komm, schleich dich», hatte Biggi nur gerufen und sich kopfschüttelnd wieder neben Jörg auf der Bierbank niedergelassen.

Wenn nur ein Bruchteil der Hildenberger diese Geschichte noch im Hinterkopf hatte, sollte so eine Flitzpiepe wie der Wiedenmaier Anettes Weg zur Bürgermeisterin ja nun wirklich nicht gefährden können. Und Julitta war sowieso keine Konkurrenz.

«Ja, also dann auf dich, Anette!», rief Karin und erhob ihren Kaffeebecher, «darauf, dass die neue Hildenberger Bürgermeisterin aus unseren Reihen kommt!»

«So, jetzt ist aber auch mal genug mit der Feierei!», Heinz Kaltmeier war neben Karin getreten, plötzlich sah er gar nicht mehr so fröhlich aus wie zuvor. Auf sein Gesicht war ein unzufriedener Ausdruck getreten.

«Können uns ja nicht den ganzen Tag hier die Beine in den Bauch stehen. Die Telefone im Kundendienst sind jetzt schon seit 10 Minuten nicht besetzt!»

Er klatschte zweimal in die Hände und scheuchte seine Mitarbeiter dann auf den Flur hinaus. An der Tür drehte er sich noch einmal zu Anette um:

«Ich hoffe wirklich, dass wir hier weiterhin auf dich

zählen können. Wär schade, wenn nicht … Wär ich schon 'n bisschen enttäuscht, Anette. Ganz ehrlich …»

Meine Güte, war das ein Tag gewesen. Anette schlüpfte aus ihren Birkenstocks und ließ sich aufs Sofa sinken. Da hatte sie schon mit beiden Beinen im Backmischungs-Dilemma gestanden, und dann kam der Bernd mit diesem Kracher um die Ecke. Danach hatte Karin glücklicherweise nicht noch einmal von der Schmandmasse angefangen.

Der Heinz hatte ihr am Schluss wirklich leidgetan. Wenn sie die Wahl gewinnen sollte, würde sie natürlich mindestens die Stunden reduzieren müssen. Wahrscheinlicher war es aber, dass sie den Bürojob ganz an den Nagel hängen würde. Na ja, darüber würde sie sich Gedanken machen, wenn es so weit war.

Ein schriller Pfeifton zerriss die Stille des Wohnzimmers. Anette seufzte und zog das Handy aus ihrer Handtasche. Sie klappte ihre violette Hülle mit den Schmetterlings-Applikationen zur Seite und las die eingetroffene WhatsApp:

«Na, wie kam der Kuchen an? Wann soll ich dich zum Yoga abholen? 17:45 wie immer? Lg Biggi.»

Ach Gott! Yoga! Auch das hatte Anette schon wieder vollkommen vergessen. Ihr Trainer Manuel hatte doch letztens noch erzählt, welches Schüssler-Salz das Gedächtnis stärken solle. War es die Nummer 15 gewesen? Da musste Anette ihn heute Abend unbedingt noch einmal nach fragen. Sie grinste kurz vor sich hin. Immerhin hatte sie dann auch einen guten Grund, nach der Stunde noch kurz mit ihm zu plaudern.

Manuel war ein junger Mann Ende zwanzig, dessen Yogakurs Anette und Biggi seit knapp einem Jahr besuchten. Zuvor waren die beiden in Sandrines Kurs gegangen, aber die hatte die Kurszeiten geändert, sodass sie mit den Treffen des Frauenvereins kollidierten. Daher waren Biggi und Anette in Manuels Kurs gelandet.

«Das war das Beste, was uns passieren konnte», hatte Biggi die ersten sechs Wochen nach jeder Yogastunde gesagt, «meine Güte, ist das ein netter Kerl, und so gutaussehend noch dazu!»

Manuel sah wirklich gut aus. Natürlich war er viel zu jung für Anette oder Biggi, aber ein bisschen gucken und schwärmen war ja wohl noch erlaubt. Wobei sich Anette manchmal nicht sicher war, ob Biggi wirklich nur schauen wollte. Nach jeder Yogastunde quatschte sie Manuel noch mindestens zehn Minuten zu und fragte ihn nach irgendwelchen Stellungen für Fortgeschrittene. Anette hätte sich auch gerne mal länger mit ihm unterhalten, aber sie wollte auch nicht wie eine nervige, alte Klette rüberkommen. Am Ende machte sich Manuel noch mit seinen Freunden über die alten Tanten aus dem Yogakurs lustig. Obwohl nein, so war er nicht. Häufig erzählte er sogar von sich aus von seinen vielen Reisen nach Indien, Vietnam oder Guatemala. Im Februar war er in Peru gewesen und hatte von dort ein Musikinstrument namens Charango mitgebracht. An einem ersten lauen Frühlingsabend hatten sie nach dem Yogakurs noch hinten im kleinen Garten der Volkshochschule im Kreis gesessen. Manuel hatte Fotos rumgegeben, die er mit seiner Polaroidkamera von den Einwohnern eines kleinen Bergdorfes gemacht hatte, und von seiner Reise erzählt: «Von den Menschen dort können wir wirklich alle nur lernen. Leben in ganz einfachen Verhältnissen, aber haben eigentlich viel mehr als wir!»

Anette hatte dagesessen und mit offenem Mund gelauscht, auch Biggi war fasziniert gewesen, hatte ihr aber zugeraunt: «Sich so 'n bisschen minimieren finde ich ja auch spannend, aber so ganz ohne warmes Wasser und Kühlschrank, nä!»

Irgendwann hatte Manuel angefangen, auf dem Charango zu spielen. Das hatte er sich alles selbst beigebracht! Was ein Typ! Anette war eingefallen, dass Manuel mal erzählt hatte, dass seine Urgroßmutter zur Hälfte Brasilianerin gewesen war. Daher lag ihm das gute Gespür für Rhythmus sicher im Blut!

Als sie später – noch ganz beseelt von diesem tollen Abend – nach Hause gekommen war und Achim davon erzählt hatte, hatte dieser nur gegrunzt: «Im Keller muss noch irgendwo meine Mundharmonika liegen. Kann ich dir auch was drauf vorspielen!»

«Ach, das ist doch nicht das Gleiche!», hatte Anette genervt geantwortet, «vielleicht fahren wir ja nächstes Jahr auch mal nach Peru anstatt wie immer an den Gardasee!»

«Südamerika? Da kriegen mich keine zehn Pferde hin!» Achim hatte abgewunken, und damit war das Thema erledigt gewesen.

Um 17:45 Uhr klingelte es vorne an der Haustür. Biggi! Anette hatte ihre Yogasachen schon am Nachmittag gepackt und griff jetzt nur noch nach Tasche und Matte, die bereits neben der Haustür standen. Sie atmete kurz durch, bevor sie die Haustür öffnete. Eigentlich war sie ja noch sauer auf Biggi. Die hatte sie wirklich in eine richtig blöde Situation gebracht. Einfach 'ne Backmischung nehmen, ohne das mit ihr abzusprechen. Anette wusste schon, warum sie sich normalerweise nie von anderen Leuten mit Kuchen aushelfen ließ, aber sei's drum. In Zeiten wie diesen brauchte sie nun mal eine beste Freundin, da konnte man ja nicht wochenlang schmollen. Die Tortenbox würde sie ihr aber nicht direkt morgen gespült zurückbringen, sondern erst irgendwann nächste Woche, als kleine Rache. Da konnte Biggi dann auch mal einen Moment auf heißen Kohlen sitzen, so wie Anette heute den gesamten Vormittag.

Der Yogakurs war genau das, was Anette gebraucht hatte. Etwas Bewegung, konzentriertes Atmen, zwischendurch ein wenig unterdrücktes Gegacker mit Biggi, weil sie sich beide einfach nicht in der Krähen-Position halten konnten, und Manuels beruhigende Stimme. Obwohl sie seit Beginn des Wahlkampfs nur noch schlecht schlief, nickte Anette bei der Abschluss-Entspannung unter ihrer Wolldecke sogar kurz weg. Auch mit den Schüssler-Salzen konnte Manuel ihr weiterhelfen. Nicht die 15, sondern die Nummer 16 helfe bei Konzentrationsschwierigkeiten.

«Aber Anette, du darfst nicht auf Dauer nur die Symptome bekämpfen. Vorhin, als ich dich beim Fisch etwas geradegerückt habe, war da 'ne ganz große Blockade bei dir zu spüren. Da musst du an die Ursache ran. Wir meinen immer, dass der Stress von außen kommt. Aber niemand macht uns Stress außer wir selbst!»

«Hast ja recht, hast ja recht», hatte Anette mit großen

Augen gemurmelt. Manuel hatte einfach so ein Gespür für Menschen und ihre Bedürfnisse. Unglaublich!

Den ganzen Rückweg schwärmten Anette und Biggi von Manuel.

Als Anette ihre Haustür aufschloss und «bin zu Hause» rief, erhielt sie zunächst keine Antwort.

«Achim?»

«Küche!»

Achim saß mit Lesebrille und Schreibblock am Küchentisch und notierte sich etwas. Vor ihm stand der Sodastream, den sie sich vor ein paar Monaten nach Achims drittem Hexenschuss gekauft hatten.

«Wir steigen jetzt von Wasserkisten auf den Sprudler um, Achim. Das geht so nicht mehr weiter!», hatte Anette damals gesagt.

Nach endlosen Diskussionen und stundenlangen Recherchen im Internet hatte Achim sich schließlich breitschlagen lassen – aber nur unter der Prämisse, dass sie das vor Familie und Freunden nicht mit seinen Rückenschmerzen, sondern mit der Kostenersparnis begründen würden.

«Das kann nicht wahr sein», brummte Achim jetzt und schüttelte den Kopf. Er hielt den Schreibblock in die Höhe und tippte mit dem Stift auf seine Notizen.

«Guck dir das an, Anette. Die wollen uns doch alle verarschen! Aber nicht mit mir. Nicht mir …»

«Was ist denn?»

«Ja, jetzt pass auf, du. In der Werbung heißt es, dass man bis zu 70 Mal sprudeln kann, bis der CO_2-Zylinder gewechselt werden muss. Und jetzt schau dir die Liste an!

Am Anfang waren's noch 66 Mal – auch schon unter der versprochenen Anzahl –, und dann ging's richtig runter. 63 Mal, 59 Mal, und diesmal ist der Zylinder schon nach 54 Mal Sprudeln leer! Das ist doch wohl die Höhe! Drehen die einem da so eine mangelhafte Ware an!»

Anette seufzte.

«Achim, nein. Also wirklich nicht … Damit kann ich mich jetzt nicht befassen, der Manuel hat gesagt, dass mein Chakra momentan total vulnerabel ist. Ich muss jetzt erst mal im Medizinschränkchen schauen, ob ich noch was von der Nummer 16 dahabe. Das Sprudel-Problem musst du ohne mich lösen», sagte sie und ging ins Badezimmer.

Chakra? Nummer 16? Achim, der keine Ahnung hatte, wovon sie eigentlich gesprochen hatte, blieb verdutzt in der Küche zurück.

KAPITEL 5

Nicht den Kopf in den Sand stecken

«Achim? Hast du den Zettel mit der Adresse und dem Namen der Ferienwohnung? Ich hatte den Schnellhefter auf den Küchentisch gelegt», rief Anette in den Hausflur und sah panisch unter den bunten, abwaschbaren Platzdeckchen aus Kunststoff nach, die auf dem Holztisch in ihrer Küche lagen. Doch Achim hörte sie nicht. Er mühte sich gerade damit ab, ihre zwei sorgsam gepackten Rollkoffer, eine Kühltasche, eine Klappbox mit Lebensmitteln, zwei Strandmatten, einen Sonnenschirm und eine Badetasche aus geflochtenem Bast in den Kofferraum seines Autos zu wuchten. Er stand hinter seinem anthrazitfarbenen Zafira und stopfte, schob, drehte und stapelte, was das Zeug hielt.

«Das kann doch nicht wahr sein», presste er mühsam hervor, «das hat doch immer alles reingepasst.» Er blickte einen Moment ratlos auf das Gepäck vor ihm. Dann krempelte er sich die Ärmel hoch.

«Nein. Das hat immer gepasst, das muss auch heute passen», murmelte er mantraartig vor sich hin und dachte an die Familienurlaube vor einigen Jahren. Als Annika und Andi noch mit dabei waren, hatte das Auto von außen manchmal ausgesehen wie der Schichtsalat, den Gisela aus dem Lädchen immer zu ihren Jubiläen ins Kegelheim mitbrachte. Aber es hatte jedes Mal alles reingepasst. Darin war er Meister! Und tatsächlich. Nach fünf weiteren Minuten hatte er es endlich geschafft. Zufrieden besah er

sich sein geschichtetes Werk und kehrte dann schweiß-
gebadet ins Haus zurück.

Er betrat die Küche, um Anette von seinem Erfolg zu berichten, doch entgegen seiner Erwartung war sie nirgends
zu sehen.

«Hier unten», tönte es plötzlich zu Achims Füßen, und
Anette kroch in ihrer lindgrünen Steppjacke, die sie sich
vor einigen Wochen extra für den Ostseeurlaub bei Bonita
gekauft hatte, unter der Eckbank hervor.

Eigentlich fuhren Achim und Anette um diese Jahreszeit
immer an den Gardasee. Vor einigen Jahren hatte ihnen
ein Arbeitskollege ein ganz tolles, vor allem aber preiswer-
tes Hotel in Limone Sul Garda empfohlen. Seitdem wollte
Achim nirgendwo anders mehr hin. Anette hatte ein paar
Versuche unternommen, ihn mal für die griechischen In-
seln oder ein Ferienhaus in Holland zu begeistern, aber ihr
Göttergatte hatte nur abgewunken.

«Anette! Wir haben da 'n richtigen Goldschatz gefunden, ist dir das nicht klar? So günstig wie da kommste
nirgends mehr an 'n Zimmer, und wenn wir mal 'n Jahr
aussetzen, hat Renata uns das Jahr drauf nicht mehr auf'm
Schirm, dann is nix mehr mit Balkonzimmer mit Seeblick
zum Preis von Erdgeschoss Nordseite!»

Anette musste jedes Mal schmunzeln, wenn Achim
das Apartmenthotel Renata so in den Himmel lobte. Vor
zehn Jahren war es – wie immer bei Achim – ganz schöne
Überzeugungsarbeit gewesen, den Ratschlag des Arbeits-
kollegen anzunehmen und die Fahrt an den Gardasee zu
buchen.

«Ralf ham se da '86 mal das Auto aufgebrochen, Anette!

Ich weiß ja nicht», hatte er damals noch gesagt und war mehr als skeptisch gewesen. Zwar vertraute er seinem Bruder in einigen Lebenslagen nicht, doch wenn es um den Urlaub ging, hatte Ralf immer den richtigen Riecher bewiesen – zumindest laut seinen eigenen Erzählungen.

Aber nach einem Urlaub bei Renata, deren Hotel an einem ruhigen Berghang lag, mit Blick über den See, war Achim wie ausgewechselt gewesen. Er war sogar ohne zu murren jeden Morgen um 7 Uhr aufgestanden, um zwei Liegen am Pool zu reservieren, und hatte zum ersten Mal in seinem Leben freiwillig einen Reiseführer aufgeschlagen. So stolperte er auch über das «Speckhouse», ein von deutschen Auswanderern betriebenes Speck-Restaurant, das sich im Zentrum der nächstgelegenen Stadt befand. Dort gab es neben dem obligatorischen Schnitzel mit Pommes auch ausgefallene Speck-Tastings, an denen sie bereits bei ihrem ersten Gardasee-Urlaub mehrmals teilgenommen hatten. Noch heute lief Achim das Wasser im Mund zusammen, wenn er an das Speckhouse dachte. Zwar hatte Anette nach dem dritten Besuch in einer Woche genervt angemerkt, dass sie ja nicht nur zum Speck-Essen nach Italien gefahren wären, doch Achim hatte darauf erwidert, dass man ja auch in Hildenberg bei «Giovannis» noch genug Nudeln essen könne. Anette wollte deshalb jedoch auch keinen Streit vom Zaun brechen. Dank des Speckhouse und des preiswerten Hotels war Achim so gut aufgelegt, dass sie sogar endlich mal wieder ihre Trekking-Ausrüstung angezogen hatten und mit der Seilbahn auf den Monte Baldo fuhren. Zwar hatte Achim über die Ticketpreise gemotzt, doch als sie dann oben angekommen waren, hatte er innerhalb weniger Minuten die komplette Speicherkarte der Digicam vollgeknipst. Noch während ihres Aufenthalts hatten sie bereits für das nächste Jahr bei Renata gebucht. Wieder zurück in Hildenberg, hatten sie sich darauf geeinigt, niemandem zu erzählen, wie das Hotel hieß. «Nicht dass nächstes Jahr ganz Hildenberg bei Renata hockt. Die können sich schön übern Tisch ziehn lassen, wie die übrigen Touris am Gardasee», hatte Achim gesagt, und Anette war mächtig stolz auf ihren GöGa gewesen. So gerissen kannte sie ihren Achim gar nicht, aber ihr sollte es recht sein.

Doch in diesem Jahr war genau der Fall eingetreten, vor dem Achim sich seitdem immer gefürchtet hatte:

«Achim, ich kann einfach nicht mitten im Wahlkampf zwei Wochen wegfahren. Was sollen denn die Leute denken? Die anderen Kandidaten rühren ordentlich die Werbetrommel auf dem Marktplatz, und die Ahlmann liegt in Italien in der Sonne? Das geht ja wohl nicht!», hatte Anette bereits Anfang April zu Achim gesagt, woraufhin dieser drei volle Tage geschmollt hatte.

Schließlich hatte er den Rechner hochgefahren und eine E-Mail an Renata geschrieben, dass sie dieses Jahr nicht kommen könnten, aber dass sie das Balkonzimmer doch bitte schon mal für das darauffolgende Jahr reservieren solle.

Anettes Ansätze, dass man ja zumindest ein paar Tage über ein verlängertes Wochenende wegfahren könne, hatte er zunächst abgewiegelt.

Mit Anfahrt und Packen hat man ja wieder mehr Stress als Erholung, hatte er sich gedacht, aber als ihm die ständigen

Besucher im Hause Ahlmann, die Treffen des Wahlkampfteams, die Anrufe für Anette früh am Morgen und spät am Abend aber schließlich auch den letzten Nerv raubten, war er ins Auto gesprungen und hatte im örtlichen Reisebüro vier Tage Ostsee gebucht. Solche spontanen Aktionen waren normalerweise gar nicht sein Ding, aber er wusste sich nicht mehr anders zu helfen. Er brauchte einfach mal ein paar Tage seine Ruhe. Mittlerweile war es mit seiner Genervtheit schon so weit, dass er, wenn er Biggis pinke Crocs durch die Fensterfolie an der Haustür schimmern sah, in seine Kellerwerkstatt flüchtete und vorgab, den Rasenmäher zu reparieren, dabei schnurrte das Ding wie eine Katze, was er Jörg gegenüber bei jeder Gelegenheit betonte. Ebenfalls gänzlich untypisch hatte Achim neulich sogar freiwillig seinen Bruder Ralf besucht – nur um mal einen Abend ohne Wahlkampf zu haben.

«Mann, Mann, Achim, du hast deine Frau einfach nicht im Griff!», hatte der ihn ausgelacht, und Achim bereute es sofort wieder, ihn besucht zu haben.

«Erzähl du mir nix von Frauen, Ralf, du hast es ja nicht mal geschafft, eine länger als fünf Jahre zu halten», hatte er bissig geantwortet, «außerdem bin ich gekommen, um in Ruhe Fußball zu gucken, und nicht, um jetzt einen Vortrag von einem Geschiedenen zu bekommen, wie ich meine Ehe führen soll.» Doch auf dem Nachhauseweg hatte er sich dabei erwischt, wie er sich – nur für einen ganz kurzen Augenblick! – ein Junggesellen-Leben vorstellte, wie es sein Bruder führte. Noch heute schämte er sich dafür, auch nur daran gedacht zu haben. Was für ein Unfug, ohne Anette leben. Völlig undenkbar.

Anettes kastanienbrauner Kurzhaarschopf tauchte wieder unter der Eckbank hervor. Jetzt begann sie, die Post, die sie üblicherweise in einem kleinen Körbchen neben dem Kühlschrank sammelte, zu durchforsten.

«Guck doch mal oben neben dem Bett, auf meiner Seite!», sagte sie etwas lauter zu ihrem Mann, der einfach stehen geblieben war und etwas hilflos in der Küche umhergeblickt hatte. «Was soll ich gucken?», brummte Achim, während er sich nach all der Anstrengung erst mal eine Magnesiumtablette in einem Glas Leitungswasser auflöste, um seinen Elektrolyte-Haushalt nach dem anstrengenden Kofferraum-Tetris wieder auf Vordermann zu bringen.

«Musst du jetzt noch das Glas schmutzig machen?», schimpfte Anette mit einem Blick auf den weißen Rand, der sich oben am Glas gebildet hat. «Das steht dann jetzt hier vier Tage so in der Spüle. Das muss doch nicht sein. Ich finde den Zettel von der Ferienwohnung nicht. Gleich krieg ich aber 'n Föhn! Jetzt hilf mir doch mal!»

«Mensch, Anette. Ich hab die Schuhe schon an. Das kann doch jetzt nicht wahr sein. Überleg doch zuerst mal, wo du ihn zuletzt gesehen hast, bevor wir jetzt hier so 'n Fass aufmachen», murrte Achim. Es war offensichtlich, dass er keine große Lust hatte, seine luftdurchlässigen Komfort-Sneaker, die er erst kürzlich im Sonderschlussverkauf erstanden hatte, auszuziehen und die Treppe hinaufzuhetzen.

«Wenn ich wüsste, wo ich sie zuletzt gesehen habe, dann müsste ich sie ja nicht suchen», keifte Anette und steckte ihre Nase nun tief in den kleinen Vorratsschrank neben dem Küchentisch. Darin bewahrte sie neben Zwiebeln, Reis in Kochbeuteln und abgelaufenen Mon-Chéri-Schachteln gelegentlich auch wichtige Dinge wie alte Fahrkarten, Notizzettel und Kleingeld auf.

«Meinetwegen ... dann renn ich eben noch mal hoch», brummte Achim. War das wieder eine Hektik! Eigentlich wäre er jetzt auf dem Weg vom Hotelzimmer zu Renatas Pool. Aber dieses Jahr war ja alles anders ... Er konnte nur hoffen, dass die Ferienwohnung wirklich so aussah wie auf den Bildern im Reisekatalog. Vier Tage Urlaub machen an einem Ostsee-Ort, in dem sie noch nie gewesen waren, in einer Ferienwohnung, die sie nur von gestellten Fotos kannten. *Für solche Sperenzchen bin ich zu alt*, dachte er. Aber irgendwas musste man ja machen, wenn se einem zu Hause ständig die Bude einrannten. Er spürte, dass ihm unter seiner Softshelljacke bereits jetzt der Schweiß den Rücken hinabbrann. Na ja, wenigstens hielt die Jacke, was sie versprochen hatte: warm. Schließlich war die nicht billig gewesen. Als Achim gerade den oberen Treppenabsatz erreichte, tönte es von unten: «Achim! Ich hab sie! Den Zettel mit der Adresse hatte ich ja schon gestern Abend in meinen Reisebeutel gesteckt. Hach ja, was man nicht im Kopf hat ...»

Achim blieb für einen Augenblick auf der obersten Stufe stehen, er atmete tief ein und schloss die Augen. Von unten hörte er, wie Anette erleichtert vor sich hin kicherte. Er öffnete die Augen, drehte sich um – bereit zum Abstieg – und rief: «Also, dann. Auf Los geht's los!»

Röhrend kam der alte Zafira zum Stehen, die Klimaanlage schnaufte bereits gefährlich.

«Springst du schnell raus und winkst mich rein?», bat Achim seine Frau, die sich bereits abschnallte und den Reiseführer, den sie die letzten vier Stunden gelesen hatte, auf die Armatur legte.

«Na klar!», flötete sie und stieg aus. Dass sie ohne größere Staus, eine Stunde bevor sie offiziell in die Wohnung konnten, ihr Ziel erreicht hatten, machte sie beide glücklich.

«Wie am Schnürchen, wie am Schnürchen …», sagte Achim zu sich selbst, als er aus dem Auto ausstieg und überprüfte, ob der Zafira korrekt stand.

«Kannst du schon mal reingehen und schauen, ob die Wohnung fertig ist? Ich habe gerade eine Nachricht von Beatrix Hohmann bekommen und muss kurz telefonieren. Geht nicht lange, versprochen!»

«Anette, wenn das das ganze Wochenende jetzt so geht, krieg ich einen zu viel, ehrlich», antwortete Achim genervt, stiefelte jedoch trotzdem los, um Apartment 26a, das zur Ferienresidenz «Meeresbrise» gehörte, zu finden. Fünf Minuten irrte er umher, nur um schließlich festzustellen, dass die offen stehende Tür, die zu ihrer Wohnung war, und er bereits das vierte Mal daran vorbeilief. Er ging langsam hinein und hörte sofort, dass noch jemand in der Wohnung war. Dann sah er Putzeimer und Putzwagen links von sich in der Küche stehen. Das Apartment war also noch nicht bezugsfertig, hatte er es sich doch gleich gedacht. Er drehte schnurstracks um und ging raus zu Anette, die gerade ihr Telefonat beendete.

«Ich will's gar nicht hören», winkte Achim ab, als Anette dazu ansetzte, ihm von dem Telefongespräch zu berichten.

«Die Wohnung ist noch nicht frei, da wird noch geputzt, wie ich es gesagt habe», erzählte er und blickte sich mürrisch um.

«Haste mal gefragt, ob wir unser Gepäck schon reinstellen können?»

«Nein, habe ich nicht, wenn da noch jemand putzt, stell ich doch nicht meine Sachen da rein!»

«Aber im Auto lassen ist doch auch Käse. Mensch, Achim, fragen kostet doch nichts!»

«Die Wohnungstür steht sperrangelweit auf, hinterher ist das Gepäck weg, wenn wir das da einfach reinstellen!»

«Hm», machte Anette nur. Da hatte er einen Punkt.

«Und wenn du's so viel besser weißt, dann kannst du ja das nächste Mal reingehen, anstatt am Telefon zu hängen. Ich hab dir gesagt, ich will jetzt mal drei Tage Ruhe haben.»

«Jajaja», winkte Anette ab, das führte ja nun hier auch zu nix. Nach längeren Autofahrten war ihr Göttergatte nicht er selbst. Was Achim jetzt brauchte, war ein frischer Kaffee und ein bisschen Ruhe.

«Komm, Achim, hilft doch alles nichts. Dann schließen wir hier das Auto ab und gehen vor an die Strandpromenade. Da gibt es ein, zwei schöne Cafés, die auch im Reiseführer angepriesen werden, und dort warten wir das Stündchen!»

«Ich will das Auto mit den ganzen Sachen drin nicht gerne so lange alleine lassen, Anette.»

«Dann gehen wir nach einem schnellen Kaffee eben eine Runde spazieren und laufen dabei am Auto vorbei!»

Das leuchtete Achim ein, und so hängte sich Anette

ihre Urlaubs-Umhängetasche mit den breiten Reißverschlüssen und dem angesagten Zeltstoff um, steckte zur
Sicherheit noch eine Flasche Sonnencreme in eine der
zahlreichen Innentaschen und setzte ihre Sonnenbrille
auf. Achim ging in der Zeit ein Mal ums Auto herum und
zog mehrmals an jeder Tür, um sicherzugehen, dass alles
gut verschlossen war.

Die leichte Brise Meeresluft, die von der Ostsee her
durch das kleine Wäldchen wehte, das sie zwischen Strandpromenade und Kurort durchqueren mussten, versetzte
Anette sofort in Urlaubsstimmung.

Achim sah sich dagegen missmutig um.

«In Strandnähe», hatte die Frau im Reisebüro gesagt.
Dass sie jetzt durch einen Wald laufen mussten, um die
Promenade zu erreichen, passte ihm gar nicht. Außerdem
führte ihn das immer weiter weg von seinem Auto. Das
hatte er jetzt überhaupt nicht mehr im Blick! Bei einem
Test auf RTL hatte er gesehen, wie schnell Diebe mit nur
wenigen geübten Handgriffen so eine Autotür aufhebeln
konnten. Als er gerade überlegte, doch lieber umzukeh-
ren, traten sie aus dem Wäldchen heraus direkt auf die
Strandpromenade. Jetzt konnte auch Achim nicht mehr
verhindern, dass ihn ein leichtes Glücksgefühl durchfuhr,
wie er es sonst nur erlebte, wenn er den Rasen frisch ge-
mäht oder sich bei der Öffnung einer zweiten Kasse im
Supermarkt nach ganz vorne geschoben hatte.

Ein Steakrestaurant nach dem anderen reihte sich an
verschiedene Fischlokale, und dazwischen warteten ein-
ladende Cafés und Eisdielen auf die Touristen. In einem
der Cafés konnten die Gäste statt an Tischen und Stühlen

in gestreiften Strandkörben sitzen. Achim und Anette waren sich sofort einig! Dort wollten sie ihren Kaffee trinken. Zwar saß man in den Strandkörben mit dem Rücken zum Meer, doch das war genau das Ostsee-Ambiente, das Achim von den Postkarten kannte, die eine seiner Arbeitskolleginnen ständig an den Kühlschrank im Betrieb hing.

«Einen schwarzen Kaffee und einmal Cappuccino für meine Frau!», bestellte Achim überschwänglich bei der jungen Bedienung, nachdem sie sich in einem der Strandkörbe niedergelassen hatten.

«Mensch, das ist doch was Feines hier», entfuhr es ihm, «heute Abend Fisch, morgen Abend Steak und mittags hier schön Käffchen trinken, so muss das sein!»

«Zwei Mal willst du essen gehen? Da hätten wir uns den Großeinkauf zu Hause ja sparen können», erwiderte Anette, obwohl sie auch gerne in den schönen Korbstühlen vor dem Fischlokal sitzen würde. Schnell schoss sie aus der Ferne ein paar Fotos von den Stühlen, vielleicht bekam man so was ja auch zu Hause bei Möbel Krachmüller. Die sähen sicher toll aus auf ihrer Terrasse.

«Steck doch mal dein Handy weg, Anette. Du meintest doch selbst, dass du dir eine Pause gönnen willst. Und in dem Klatschblatt, das du da immer liest, war auch 'n Foto von der Merkel im Urlaub. Die hatte auch kein Handy in der Hand!», Achim verschränkte die Arme und sah angesäuert die Strandpromenade hinunter.

«Hast ja recht, hast ja recht», Anette klappte die Smartphone-Hülle wieder zu und schob das Handy in ihre Tasche zurück, «aber ab und an ein Foto schießen, wird ja wohl noch drin sein!»

«Dafür habe ich doch extra die Digitalkamera aufgeladen und einge…»

«Sooo, der schwarze Kaffee, bitte sehr, und dann noch der Cappuccino, das macht dann 11 Euro und 50 Cent, wenn ich das gleich abkassieren dürfte», sagte die Bedienung, während sie Anette den schwarzen Kaffee und Achim den Cappuccino vor die Nase stellte.

Achim schoss die Zornesröte ins Gesicht. 11,50 Euro für zwei Kaffee? Waren sie hier in der Schweiz gelandet? Und dann konnte die sich nicht mal merken, dass der Kaffee für ihn und der Cappuccino für Anette gedacht war. Servicewüste Deutschland!

«Hören Se mal, junges Fräulein. Das kann aber nicht sein. Ich wollte nur die zwei Kaffee und nicht den ganzen Laden kaufen», blaffte er die Bedienung an.

«Tut mir leid, ich mache die Preise nicht», sagte die nur und zuckte mit den Schultern.

«Mein lieber Herr Gesangsverein, hier nehmen sie es aber von den Lebenden», grummelte er Anette zu, während er nach seinem Portemonnaie griff und das Geld herausschälte. Zum Glück hatte er es passend. Das konnte ja noch heiter werden. Solche Wucherpreise hatte er zuletzt am Flughafen erlebt! Umständlich tauschte Anette die beiden Tassen um, sodass ein Teil ihres Milchschaums in Achims Filterkaffee schwappte. Danach tranken sie schweigend und beobachteten das Treiben auf der Strandpromenade. Während Anette an den morgigen Stand auf dem Marktplatz – der an diesem Wochenende von ihrem Wahlkampfteam allein betreut wurde – dachte, malte sich Achim ein Horrorszenario aus, in dem das gebuchte Apartment kein Eisfach im Kühlschrank hatte, die Größe des Fernsehers nur 43 Zoll anstatt der angegeben 58 betrug und auch ansonsten nichts wie in der Broschüre aussah.

Doch eine halbe Stunde später stellte sich heraus, dass Achims Bedenken unbegründet gewesen waren. Alles war genau wie auf den Fotos. Nur die Stühle am Küchentisch hatten neue Bezüge, was Achim direkt bemerkte. Gut, das war zwar ein wenig überraschend, aber noch kein Grund, eine schlechte Bewertung abzugeben. Vielleicht kam ja über die Zeit noch was hinzu, dachte er, irgendeinen Haken gab es schließlich immer.

Auch Anette war ganz begeistert von der Einrichtung.

«Das blau-weiße Sofa! Wie die Markise im Café! So maritim!», «Achim! Hast du die Muschel-Deko im Badezimmer gesehen?», «Im Schlafzimmer hängt ein Steuerrad an der Wand! Wie klasse!»

Na endlich, dachte Achim. Wenn es die nächsten Tage nur um Muscheln, Steuerräder und das maritime Flair des kleinen Ostsee-Ortes gehen würde, wäre das ja mal eine willkommene Abwechslung zu den Themen Gewerbesteuer, Hildenberger Infrastruktur, Marketing und Erstwähler-Stimmen. Er ließ sich auf den Sofasessel fallen, den Anette eben noch bewundert hatte – «Sogar einen Sessel gibt es, wie gemütlich!» –, zog sich die Schuhe von den Füßen und schloss die Augen … endlich Ruhe und Frieden!

«Diiiiiing, ding, ding!», schallte es plötzlich durch die Wohnung. Eine WhatsApp-Nachricht für Anette war eingegangen. Achim atmete tief durch.

Einfach nicht beachten, einfach nicht beachten, dachte er. Dann piepste Anettes Handy zum zweiten Mal so laut, dass es Achim in den Ohren dröhnte, er öffnete die Augen in Zeitlupe und sah ein Bild vor sich, das er in den letzten Wochen leider viel zu oft gesehen hatte. Anette stand in leicht geduckter Haltung in der Wohnzimmertür, beide Hände am Smartphone, die Lesebrille auf der Nasenspitze und tippte mit ausgestrecktem Zeigefinger energisch auf ihrem Smartphone herum.

«Anette!», sagte er streng, «ich sag's nur noch einmal, wenn das jetzt hier so weitergeht wie in Hildenberg, hol ich meinen Koffer und fahr zurück. Dann kannste zusehen, wo du bleibst!»

«Jaja, hast ja recht. Nur noch ganz schnell ... wegen dem Marktstand morgen», Anette beschleunigte ihr Tipp-Tempo, und die dumpfen Tastentöne machten ein Geräusch, als würde ein Specht im Wohnzimmer sein Nest bauen. Dann steckte sie das Smartphone zurück in ihre Umhängetasche. «So, schon fertig! Dann packen wir jetzt schnell die Koffer aus und erkunden noch etwas den Ort, oder?»

«Piano, Frau Ahlmann, eins nach dem anderen!», brummte Achim und streckte die Füße aus. «Lass mich erst mal richtig ankommen!»

Eine Stunde später waren Achim und Anette endlich in ihre Jacken geschlüpft. Eigentlich hatte Achim nur in seinem Camp-David-Polo-Shirt gehen wollen, aber zu seinem Verdruss hatte Anette auf die bunten Softshelljacken bestanden. Dabei fühlte er sich mit dem Shirt wie einer von den Schönen und Reichen, die in den Sommerausgaben von Anettes Klatschmagazinen in den Fotostrecken «Sommerstars auf Sylt» abgebildet waren. Vor Anette hätte er es niemals zugegeben, doch wenn die Zeitschriften auf der kleinen Ablage neben der Toilette herumlagen, warf Achim ab und an auch mal einen kurzen Blick hinein.

«Nimm die Jacke wenigstens auf den Arm, wir haben zwar Juni, aber du hast ja vorher gemerkt, wie der Wind hier geht. An der See ist es frisch!», hatte Anette gesagt und sich zusätzlich noch ihr weißes Tuch mit den kleinen blauen Ankern umgebunden.

So schlenderten sie nun durch den kleinen Ort, wobei Anette an jedem Geschenkelädchen haltmachte und nach Mitbringseln für Verwandte und Freunde suchte.

Achim hielt nichts davon, irgendeinen Plunder aus dem Urlaub mitzubringen.

«Das ist der gleiche Krempel wie bei Gisela im Lädchen, nur dass bei den Sachen hier noch 'n Anker oder 'ne Robbe aufgedruckt ist», brummte er, während Anette gerade verschiedene «vom Wind schiefe» Vornamen-Tassen inspizierte und nach «Annika» und «Andreas» suchte.

«Und teuer ist das Zeug, mein lieber Scholli! Die verdienen sich sicher 'ne goldene Nase mit uns dummen Touris», rief er, doch Anette beachtete ihn nicht und hielt ihm eine kleine Schlüsselanhänger-Robbe, die eine rote Wollmütze trug, vors Gesicht:

«Wär das was für Annika? Süß!»

«Das braucht doch kein Mensch, Anette. Und schau mal auf den Preis, 11,95 Euro wollen die dafür!»

«Aber schau dir den Post-it-Spender an! Da würde sich Biggi drüber freuen, da bin ich mir sicher. Die können wir nicht außen vor lassen, Achim! Jörg und Biggi bringen uns immer was mit, und als ich letztes Jahr am Gardasee auf dich gehört und den Flaschenöffner in Pizza-Form nicht gekauft habe, war Biggi ordentlich beleidigt. Hat 'ne ganz schöne Schnute gezogen, als wir nix für sie hatten!»

«Anette, die Pizza hat bei jedem Öffnen ‹Ciao Bella› gesagt, auf so was steht Jörg nicht.»

«Der findet doch Technik ansonsten immer spannend. Ist ja auch egal. Auf jeden Fall müssen wir denen was mitbringen», beendete Anette die Diskussion und schnappte sich den Post-it-Spender, der die Form eines Strandkorbs hatte.

«Der sieht aus wie der, in dem wir vorhin saßen und Kaffee getrunken haben! Da wird Biggi neidisch sein, wenn ich das beim Schenken dazusage!», unterstrich Anette ihre Kaufentscheidung und stiefelte damit zur Kasse. Achim war nicht entgangen, dass sie die Schlüsselanhänger-Robbe immer noch in der anderen Hand hielt.

Auch wenn sich Achim brummig wie eh und je gab, genoss er die Schlenderei mit seiner Frau. Ein bisschen frische Seeluft schnuppern, ein kleiner Schaufensterbummel, mal ein paar Minuten auf einer Bank verweilen, während Anette durch die Läden stöberte … das hatte schon was! Trotzdem dachte er auch wehmütig an das Hotel Renata am Gardasee. Wer sich statt seiner wohl dieses Jahr die zwei Liegen ganz links am Pool reservierte, bevor es zum Frühstücks-Buffet ging? Na ja, sei's drum. Hätte, hätte, Fahrradkette.

Wo blieb eigentlich Anette? Eben gerade hatte er sie noch da vorne an den Postkartenständern gesehen. Wahrscheinlich war sie im Laden und bezahlte. Doch dann sah

Achim seine Frau. Sie stand ein Stückchen hinter dem Post-
kartenständer an eine Metallbox gelehnt, in der verschiedene Meeres-Plüschtiere lagen, und … sie telefonierte!
Na, ich glaub, mein Schwein pfeift, dachte Achim erbost. Ließ
die ihn hier einfach auf der Bank sitzen und telefonierte
da hinten in aller Seelenruhe. Und was das für ein Anruf
war, das konnte er sich schon denken! So haben wir nicht
gewettet! Er machte sich auf in Richtung des Souvenir-
standes und baute sich vor Anette auf. Die erschrak, als sie
Achims wutverzerrtes Gesicht sah, und flüsterte hektisch
ins Telefon:

«Ich muss Schluss machen, Gisela! Wie gesagt, bei uns
in der Garage stehen noch zwei Kartons. Der Schlüssel ist
unter dem Steinfrosch im Vorgarten … Ja … Ja, sicher,
alles klar! Mach's gut! …. Achim! Hi! 'tschuldige, Gisela
wusste nicht, wo die Flyer …»

«Noch einmal, Anette, noch einmal. Dann setz ich mich
ins Auto! Ich meins todernst!», unterbrach Achim sie und
stampfte davon.

Jetzt reichte es ihm wirklich. Dafür war er doch nicht
für teures Geld an die Ostsee gefahren, nur damit das
ganze Politik-Theater hier weiterging. Wäre er doch besser
allein ins Hotel Renata gefahren, da hätte er seine Ruhe
gehabt. Entspannt könnte er jetzt im Speckhouse sitzen,
aber nein, er hatte sich ja breitschlagen lassen, den gelieb-
ten Urlaub ausfallen zu lassen. Wenn schon kein Speckhouse, dann wenigstens Steak! Da vorne war das Restaurant, das ihm bereits am Nachmittag aufgefallen war. Er
würde sich jetzt ein leckeres Steak gönnen, ob mit oder
ohne Anette! Eigentlich war ja ausgemacht gewesen,

dass sie heute Fisch essen würden, aber das war ihm jetzt schnurzpiepegal.

Anette hatte nicht so viel für Steak übrig wie Achim, doch sie wusste, dass das jetzt genau das Richtige war, damit ihr Mann sich wieder etwas runterkühlte. Außerdem hatte sie im Reiseführer gelesen, dass man in dem schönen, maritimen Fischrestaurant am Pier unbedingt reservieren müsse, sonst hatte man eh keine Chance.

Also lief sie eilig hinter ihrem Mann her, während die Tüte mit den Mitbringseln in ihrer Hand munter hin und her schwang. Am Eingang des Restaurants, vor dem ein roter Teppich ausgebreitet war, holte sie ihn ein.

«Ach, wie nett se das hier gemacht haben», japste sie und deutete auf die Benzinfackeln, die jeweils am Anfang und Ende des Teppichs aufgestellt worden waren und deren Flammen gegen den Ostseewind ankämpften, obwohl es ein Juniabend und noch taghell war. Drinnen sah Anette gleich den perfekten Tisch am Fenster mit Meerblick, tippte Achim an und wollte schon darauf zusteuern, als hinter ihnen eine schneidende Stimme rief:

«Entschuldigung, Sie müssen sich bitte zuerst hier am Empfang melden!»

Anette erschrak und nahm aus dem Augenwinkel wahr, dass sich die anderen Gäste neugierig zu ihnen umdrehten. Sie war so peinlich berührt, dass sich direkt mehrere rote Stressflecken in ihrem Gesicht bildeten. Auch Achim blickte sich verwirrt um und entdeckte schließlich einen jungen Kellner, der sie von seinem Pult am Eingang ausdruckslos ansah und zu sich winkte. Beschämt gingen Achim und Anette zurück durch die Eingangstür.

«Auf welchen Namen haben Sie reserviert?», fragte er, als sie sich vor das Pult stellten.

«Reservieren konnten wir nicht, sind ja erst vor 'n paar Stunden angekommen», entgegnete Achim und schlug dabei einen freundschaftlichen Ton an, durch den er sich eine Verbrüderung mit dem Kellner erhoffte.

«Oh, keine Reservierung. Tja, da muss ich mal sehen ...»

«Ist denn wirklich nichts mehr frei? Die Hälfte der Tische sind ja gar nicht besetzt», schaltete sich Anette in das Gespräch ein.

«Alles Reservierungen», antwortete der Kellner nur und schaute dabei nicht von seinem bibelartigen Buch hoch, das auf dem hölzernen Pult vor ihm lag und unzählige von Hand geschriebene Notizen enthielt.

«Das sieht leider schlecht aus. Warten Sie bitte einen Moment», sagte er nach einer Weile und verschwand im Restaurant.

«Na, was soll denn das jetzt?», Achim trat ungeduldig von einem Fuß auf den anderen. Jetzt wurde auch noch der Wind stärker, und die vier Benzinfackeln erzeugten schwarze Rauchschleier, die Achim und Anette direkt ins Gesicht zogen.

«Achim, komm aus dem Dampf raus, ansonsten kannst du dein Shirt zu Hause gleich in den Wäschesack stopfen», rief Anette. Doch Achim zog stattdessen die blaue Softshelljacke über und verschloss den Reißverschluss bis unters Kinn.

«Na, biste jetzt froh, dass wir die Jacken eingepackt haben?»

«Jaja, ist ja gut. Noch glücklicher wäre ich jedoch, wenn

uns jetzt mal jemand ins Restaurant lassen würde. So langsam habe ich richtig Hunger!»

Wenige Minuten später kam eine Familie von der Promenade zum Restaurant gelaufen. Die zwei Kinder, von oben bis unten voll mit Sand, stritten lautstark. In dem Moment öffnete sich die Tür, und der Kellner trat heraus.

«Wie ist die Lage da drinnen, wir warten jetzt schon zehn Minuten», herrschte Achim den jungen Mann an, doch der beachtete ihn gar nicht.

«Familie Stegmüller, wie schön, Sie zu sehen. Sie haben wieder den Tisch neben dem Aquarium!», rief der Kellner über Achim hinweg.

«Wunderbar, Philipp», antwortete die Frau, während ihr Mann sich energisch mit den Kindern zwischen Anette und Achim durchschob, sodass Anette gefährlich nah an die Fackeln gedrängt wurde, und schon war die Familie samt Kellner im Inneren des Restaurants verschwunden.

«Das darf ja wohl nicht wahr sein. Was für eine Unverschämtheit!», platzte es aus Achim heraus. Auch Anette war so langsam genervt. So ging man doch wohl nicht mit Kundschaft um.

«Ich gehe da jetzt rein und schnapp mir den Kerl», Achim riss die Tür auf und stieß fast mit einer älteren Dame und deren Mann zusammen, die gerade das Restaurant verlassen wollten. «Entschuldigen Sie vielmals», er machte den beiden Platz und ließ seinen Blick dabei durch das Restaurant schweifen. Lediglich vier von fünfzehn Tischen waren besetzt.

Schließlich erspähte er den Kellner vom Eingang. Das

konnte ja wohl nicht wahr sein! Der Typ stand ganz gelassen am Kücheneingang und nippte an einem Glas Cola.

«Wir setzen uns jetzt an den Platz, den wir vorhin schon nehmen wollten. Mal sehen, was er dann sagt», zischte Anette. Sie war ihrem Mann ins Innere des Restaurants gefolgt und zog ihn jetzt zu dem Tisch am Fenster.

Doch damit war Achims und Anettes Odyssee noch nicht zu Ende. Nachdem sie sich an den Tisch gesetzt hatten, wurden sie geschlagene zwölf Minuten ignoriert, bis ein Kellner, den sie zuvor noch nicht gesehen hatten, auftauchte und das «Reserviert»-Schild vom Tisch nahm. Er reichte Ihnen die Karten und sagte mit monotoner Stimme:

«Unser Tagesspecial ist das Pfeffer-Rumpsteak vom Grill in Thymian-Butter, dazu Pommes frites.»

«Das nehme ich! Und ein Weizenbier dazu.» Achim hatte die Karte erst gar nicht aufgeschlagen. Je schneller er hier eine Entscheidung traf, umso früher bekam er endlich was zwischen die Kiemen.

«Darf's bei Ihnen auch schon etwas zu trinken sein?», der Kellner wandte sich Anette zu.

«Eine Weißweinschorle, bitte! Ach, und warten Sie kurz …» Anette blätterte hastig durch die in dickes Leder eingeheftete Karte. Wer wusste schon, wann der wieder hier auftauchen würde? Und am Ende bekam Achim sein Steak, bevor sie überhaupt etwas bestellt hatte. Da fiel ihr Blick auf die Preise und sie selbst beinahe vom Hocker. Meine Güte, waren das Preise! Sie entschied sich schließlich für den Schlemmersalat mit Rinderfiletspitzen, der mit 15,90 Euro noch einigermaßen im bezahlbaren Bereich lag. Was Achims Steak kostete, wollte sie lieber gar nicht wissen. Sie hätte auch keine Gelegenheit mehr gehabt, das herauszufinden, denn nachdem sie bestellt hatte, riss der Kellner ihnen schwungvoll die beiden Karten aus der Hand.

«Na, geht doch», meinte Achim, und die beiden lehnten sich zufrieden in die dunklen Massivholzstühle.

Doch als wenig später das Essen kam, staunte Achim nicht schlecht über die kleine Portion. Das letzte Rumpsteak, das er im Gasthaus «Zur vollen Kelle» in Hildenberg gegessen hatte, war mindestens doppelt so groß gewesen. Und auch die Pommes-Beilage war hier eher spärlich gesät. Anettes Salat dagegen war von annehmbaren Umfang und die Rinderfiletspitzen schön auf und um den Salat herum garniert. Die beiden hatten gerade die Hälfte ihrer Teller geleert, als der Kellner vom Eingang plötzlich an ihren Tisch trat und sich räusperte:

«Ich will Ihnen ja nicht zu nahe treten, aber in fünf Minuten habe ich Gäste an diesem Tisch, den Sie bis dahin frei machen müssten.»

Anette verschluckte sich fast an einer Rinderfiletspitze, und Achim fiel das Steakmesser aus der Hand.

«Was soll das heißen, ‹den Tisch frei machen›? Das kann doch wohl jetzt nicht Ihr Ernst sein. Ich glaube, so etwas wie hier habe ich noch nie in meinem Leben erlebt!», polterte Achim so laut los, dass das gesamte Restaurant zu ihnen herübersah.

Normalerweise würde Anette ihren Mann in solch einer Situation zur Ruhe rufen, aber auch sie war mittlerweile auf hundertachtzig. Das war ja wirklich der Gipfel der

Unverschämtheit, was sie hier erleben mussten. Anette stand auf, schob ihren Stuhl an den Tisch und erhob ihre Stimme:

«Jetzt hören Sie mir mal zu. Zuerst lassen Sie uns draußen im kalten Wind ewig warten, sind dann nicht mehr auffindbar, man wird stundenlang nicht bedient, die Portionen sind so groß wie bei uns zu Hause der Kinderteller, und jetzt das! Wo Sie gelernt haben, würde ich gerne mal wissen. Bei McDonald's, oder was? Wir sollen den Tisch räumen? Na bitte. Dann gehen wir eben!»

Achim sah seine Frau bewundernd an. Na, das war doch mal eine Ansage!

Der Kellner blieb jedoch unbeeindruckt und erwiderte mit seiner offenbar chronisch ausdruckslosen Miene: «Da Sie sich einfach an einen Tisch gesetzt und beschlossen haben, dass für Sie die Regeln des Hauses nicht gelten, müssen Sie den Tisch nun eben frei machen für die Gäste, die ihn reserviert haben.»

Für eine Sekunde überlegte Achim, ob er nach dem Geschäftsführer verlangen sollte, doch er hatte einfach keine Kraft mehr für dieses Affentheater.

«Das macht dann 59,80 Euro.» Der Kellner legte die Rechnung in einer Lederhülle auf den Tisch. Sofort schoss Achims Puls wieder in die Höhe.

«60 Euro für ein winziges Stück Fleisch und die paar Salatblätter? Das können Sie nicht ernst meinen. Sind wir hier bei Armin Rossmeier? Steht bei Ihnen der Lafer in der Küche und brät Baby-Rumpsteaks?»

Anette nahm wortlos ihr Portemonnaie heraus und legte genau sechzig Euro auf den Tisch.

Sie sah den Kellner mit dem eisigsten Blick an, den sie zustande brachte, und sagte: «Stimmt so. Der Rest ist für Sie und Ihre Gastfreundschaft. Komm, Achim, wir gehen!»

Achim brodelte. Zähneknirschend half er Anette in ihre Jacke. Als er an dem Kellner vorbeilief, zischte er: «Kannst dich auf eine Online-Bewertung gefasst machen, die sich gewaschen hat, Freundchen!»

So sehr sich Achim und Anette auch über diese bodenlose Frechheit aufgeregt hatten, der restliche Abend verlief dafür umso schöner. Nachdem sie das Restaurant verlassen hatten, waren sie über die Promenade zurück zu ihrer Ferienwohnung gelaufen und hatten wie die Rohrspatzen über den Kellner und das Restaurant hergezogen. In der Ferienwohnung angekommen, hatte sich Anette die Lesebrille aufgezogen, und gemeinsam wurde am Smartphone eine bitterböse Online-Rezension über das Lokal verfasst.

«Einmal und nie wieder! Service unter aller Sau, die Portionen muss man mit der Lupe suchen. Für uns das erste und letzte Mal in diesem Schuppen!!!!», las Achim laut vor, als er die Bewertung eintippte.

«Prima!», freute sich Anette und klopfte ihrem Mann anerkennend auf die Schulter.

Plötzlich waren sie sehr zufrieden mit sich.

Am nächsten Tag beschlossen sie, zugunsten ihres eigenen Seelenheils alle gastronomischen Angebote im Ort zu meiden. Wozu hatten sie schließlich eine Küche in der Ferienwohnung? Anette schmierte Brote bis zum Abwinken, und die Strandtasche, die Achim nach seinem speziellen System packte, quoll beinahe über vor lauter Leckereien.

Mit Kühlbox, Strandtasche, Sonnenschutz, Hüten und Schirm bewaffnet, machten sie sich schließlich auf den Weg zum Strand.

Anette suchte einen ruhigen Liegeplatz, und Achim bohrte den Sonnenschirm tief in den Boden. In weniger als einer Minute hatten sie sich ihre kleine Ruhe-Oase aufgebaut, und Achim grinste zufrieden. Ja, so sollte das sein! Endlich waren Anette und er wieder das eingespielte Team, das sie gewesen waren, bevor dieser ganze Bürger-meister-Kram angefangen hatte. Wenn's doch nur immer so einfach sein könnte.

«Guck dir das an, Achim! 18 Euro kostet so ein blöder Strandkorb am Tag. Gut, dass wir unseren Schirm und die Tchibo-Stranddecke haben. Uns haben se hier schon genug das Geld aus der Tasche gezogen. Jetzt ist Feier-abend!», meinte Anette zufrieden und ließ sich von Achim den Rücken mit der guten 50er-Sonnenmilch von Nivea eincremen. Sie tranken Kaffee aus der mitgebrachten Thermoskanne, aßen Wurstbrote, und Achim löste in aller Gemütlichkeit ein Kreuzworträtsel, wobei er immer wieder wegdöste und der Stift ihm ständig aus der Hand rutschte. Das war Urlaub nach ihrem Geschmack! Als ihr Handy piepste und Achim bereits empört die Augen-brauen hochzog, schaltete Anette das Telefon aus und ließ es in der Strandtasche verschwinden.

KAPITEL 6

Das sinkende Schiff

«Achim, kommst du? Wir müssen früh am Stand vom Frauenverein sein, die Helfer stehen doch mit den Händen in den Hosentaschen rum, wenn man ihnen nicht genau sagt, was sie zu tun haben.»

«Ja, warte, ich suche gerade noch die Aufsätze für den Akkuschrauber», rief Achim in Richtung der offen stehenden Kellertür. Wo hatte er die Dinger nur wieder hingelegt? So groß war ihr Haus nun auch wieder nicht. Seine kleine Kellerwerkstatt war normalerweise aufgeräumter als ein Behandlungsraum beim Zahnarzt, doch seit Wochen herrschte hier Ausnahmezustand. Überall standen Kartons mit Flyern, Fähnchen und Bonbons herum, die «Anette-Ahlmann»-Sonnenschirme lagen quer über Achims Werkbank, und seine Gerätschaften waren in die hintersten Ecken verbannt worden. Nichts fand man wieder in diesem Chaos!

Dabei war es gerade jetzt wichtig, dass er alle seine Werkzeuge beisammenhatte. Denn die Hildenberger Tage standen an. Seit über einer Woche bestand sein Alltag nun beinahe ausschließlich aus Kleben, Nageln und Schrauben, aber statt in seiner Kellerwerkstatt, stand er von morgens bis abends auf dem alten Marktplatz an der Dorfstraße. Extra freigenommen hatte er sich dafür, was in Achims Welt seltener vorkam als eine Bundesligasaison, in der nicht der FC Bayern München gewann.

Seit Anette vor vierzehn Jahren auf einem Treffen des

HFV e. V. in Achims Abwesenheit in die Runde gerufen hatte: «Der Achim hilft sicher gerne mit, trag den ruhig mal auf die Liste ein», war Achim alljährlich und ganz offiziell für den Standaufbau der Hildenberger Tage zuständig. Die Hildenberger Tage waren das Großevent im Ort! Ganze drei Tage lang ging es auf dem Marktplatz heiß her. Die örtlichen Vereine überboten sich jedes Jahr mit aufwendig dekorierten Ständen, und es war immer für jeden etwas dabei.

Dieses Jahr war jedoch in vielerlei Hinsicht etwas Besonderes: Nach Jahren erbitterter Konkurrenz bauten der Hildenberger Frauenverein und der Kegelverein zum ersten Mal einen großen Stand, der von beiden Akteuren gemeinsam betrieben werden sollte. Als die Nachricht der Versöhnung vor ein paar Wochen die Runde machte, hatte sogar der *Hildenberger Anzeiger* darüber berichtet – war doch die Konkurrenz zwischen den beiden Vereinen legendär. Bis zu den diesjährigen Hildenberger Tagen hatten die beiden Vereine Jahr für Jahr um den besten Standplatz und somit auch um Umsatz und Ruhm gekämpft. Auch die Dekoration der Stände war über die Jahre hinweg immer aufwendiger und ausgefallener geworden.

«Hält der Burgfrieden von Hildenberg?», hatte der *Hildenberger Anzeiger* in seiner Samstags-Ausgabe getitelt und damit ausgesprochen, was sich viele Hildenberger insgeheim fragten. So was hatte es schließlich noch nie gegeben!

Als Anette den Artikel entdeckt hatte, hatte sie innerlich gejubelt. Das lief ja wie am Schnürchen! Die Autorin hatte sogar einen O-Ton von ihr verwendet: «‹Die Wiedervereinigung des Frauenvereins und des Kegelclubs liegt vielen Hildenbergern seit Jahren am Herzen, und ich bin froh, verkünden zu können, dass es dieses Jahr so weit ist›, so Anette Ahlmann, Vorsitzende des HFV e. V.»

Bereits vor zwei Jahren hatte sich Anette dafür starkgemacht, dass die Fehde beigelegt wurde, schließlich war sie nicht nur Vorsitzende des Frauenvereins, sondern auch Mitglied im Kegelclub. Damals war sie noch auf taube Ohren gestoßen, aber jetzt hatte sie einen erneuten Vorstoß gewagt.

Dass die Mitglieder der beiden Lager sich tatsächlich offen für den Bau eines gemeinsamen Standes gezeigt hatten, war für sie ein Geschenk des Himmels, denn die Message dahinter war klar: Wenn Anette es schaffte, zwischen diesen verfeindeten Parteien Frieden zu schließen, dann konnte sie auch im Rathaus für Harmonie und Ordnung sorgen. Der gemeinsame Stand musste also ein voller Erfolg werden!

Dieser Druck lastete nun auch auf Achim. Bisher hatte er Anette zwar bei ihren Wahlkampfaktivitäten begleitet und unterstützt, jedoch nie eine tragende Rolle eingenommen. Aber die Hildenberger Tage, die waren sein Metier. Wenn er hier versagte, würde man ihm das noch Jahre später aufs Brot schmieren. Er nahm fluchend eine Kiste mit Wahlkampfmaterialien von der Werkbank und fand endlich die Plastikschachtel mit den aufgereihten Aufsätzen für den Akkuschrauber. Natürlich hatte *er* sie nicht dort abgelegt, aber wegen solcher Kleinigkeiten brach Achim nach über dreißig Jahren Ehe keinen Streit mehr vom Zaun. Stattdessen schnappte er sich Werkzeug- und Akkuschrauber-Koffer, klemmte sich die Kabeltrommel unter den Arm und knipste das Licht mit dem Ellenbogen aus. Dann mal auf ins Gefecht!

Als Achim voll beladen aus dem Haus wankte, sah er, dass Anette bereits auf dem Beifahrersitz des Zafiras saß und mit ihrem Smartphone beschäftigt war. Sie schaute nicht einmal auf, als sich ihr Mann schnaufend am Kofferraum zu schaffen machte.

Meine Güte, diese verflixte Schichteinteilung, murmelte sie vor sich hin. Der Stand musste zu jedem Zeitpunkt mit mindestens zwei Leuten besetzt sein, und natürlich hatte da jeder seine Präferenzen, mit wem und wann und überhaupt! Da kamen zig verschiedene Bedürfnisse zusammen, und dann hatte Annika sich auch noch geweigert, eine gemeinsame Schicht mit Beatrix Hohmann zu übernehmen.

«Mama! Das kann ja wohl nicht dein Ernst sein. Was soll ich denn drei Stunden mit der reden? Das ist doch super unangenehm!», hatte sie ins Telefon gerufen, nachdem Anette ihr ein Foto der Schichteinteilung per WhatsApp geschickt hatte. Also alles noch mal neu, aber natürlich so, dass Beatrix keinen Verdacht schöpfte.

Anette war klar, dass sich an diesem Wochenende entscheiden konnte, wer das Rennen um das Bürgermeisteramt machte. Sie vermutete zwar, dass sie weit vorne lag – der Big-Band-Coup im April, dann der virale Hit um Andi mit der anschließenden positiven Berichterstattung im *Hildenberger Anzeiger*, der Burgfrieden zwischen Kegelclub und HFV e. V. und zahlreiche Samstage auf dem Marktplatz hatten Anette zu großer Zustimmung verholfen – doch das konnte sich schnell ändern. Noch heute bekam sie das große Schaudern, wenn sie an den Zwischenfall im letzten Jahr mit Ute Draxler dachte. Anette hatte es damals geschafft, unter größtmöglicher Anstrengung eine Slush-Getränke-Maschine für den Stand des Frauenvereins zu besorgen. Auch damals war die Schichteinteilung kompliziert gewesen, weil viele der älteren Damen aus dem Verein keine Schicht nach 18 Uhr übernehmen wollten. So war der Stand am Nachmittag mit erfahrenen Stand-Betreuerinnen besetzt gewesen, aber für den Samstag-abend hatte sich nur Ute Draxler gemeldet, die zu diesem Zeitpunkt seit gerade mal drei Monaten Mitglied war. Da Anette an diesem Abend die Tombola des Kegelclubs am anderen Ende des Marktplatzes moderieren sollte, hatte sie Ute Draxler trotz einer dunklen Vorahnung allein am Stand zurückgelassen.

«Machen Sie sich keine Sorgen, Frau Ahlmann. Ich hab hier alles unter Kontrolle», hatte Ute Draxler ihr noch hinterhergerufen und voller Zuversicht auf die Slush-Maschine geklopft. Leider hatte Ute Draxler bereits eine halbe Stunde später gar nichts mehr unter Kontrolle gehabt. Aufgrund der laufenden Tombola am Stand des Kegelclubs und Anettes Moderationstalent war bei Ute Draxler tote Hose gewesen. Da sie die hergestellten Slush-Sangrias nicht an die zahlende Kundschaft hatte bringen können und die Langeweile an ihr genagt hatte, war Ute während ihrer Schicht selbst ihre beste Kundin gewesen. Voll wie ein Containerschiff war sie irgendwann laut schnarchend auf dem kleinen Schemel eingenickt. Peinlich hoch tausend! Neben dem finanziellen Fiasko hatte Anette damals viel Spott ertragen müssen. Frau Meier hatte noch monatelang allen, die es hören wollten, vom Hildenberger-Slush-Debakel erzählt. Solch ein Fauxpas könnte sie in diesem Jahr das Bürgermeisteramt kosten, da war sich Anette sicher.

Mit einem lauten Brummen sprang der Zafira an, Achim legte den Rückwärtsgang ein und fuhr im gewohnten Schwung mit an die Rückenlehne des Beifahrersitzes ausgestrecktem Arm und Blick nach hinten aus dem Carport.

«Ich glaube, ich spinne!», entfuhr es Anette plötzlich. Achim drückte erschrocken auf die Bremse und riss den Kopf in Anettes Richtung. Doch die starrte nur wütend auf ihr Handy. «Na, die können was erleben!», rief Anette in Richtung ihres Smartphones. Es klang wie eine Drohung, die sie noch unterstrich, indem sie die Lederklappe ihrer Smartphone-Hülle laut zuschnappen ließ.

«Meine Herren! Was ist denn los?», fragte Achim und schaute besorgt in den Rückspiegel.

«Fahr erst mal los, wir stehen hier mitten auf der Straße!»

«Piano, piano! Im Straßenverkehr brüllt man nicht aus heiterem Himmel herum, Anette, da kann ja sonst was passieren», polterte Achim eingeschnappt, vollendete den Schlenker aus der Einfahrt und fuhr los.

«Die vom Feinkostladen, die kennen auch wirklich gar nichts!»

«Was ist denn?!», fragte Achim und ließ sich tiefer in seinen rückenschonenden Sitzbezug aus Holzperlen sinken.

«Biggi hat eben 'ne WhatsApp geschickt, dass der Schulze vom Feinkostladen am Marktplatz einen kleinen Verkaufsstand vor seinem Laden aufbaut. Bei den Hildenberger Tagen! Die hatten doch da noch nie 'n Stand. Ich versteh nicht, warum die das machen. Na ja, Biggi hat jedenfalls beim Bäcker gehört hat, wie der Schulze zur Meier meinte, dass er ja auch das ganze Wochenende durcharbeiten muss, weil sie eine Sondergenehmigung bekommen haben und jetzt mit einem Stand ebenfalls teilnehmen!»

«Warte mal … vor dem Feinkostladen? Da sollen doch unsere Stände hin!»

«Ja, ebeeen!»

«Aber das Schiff! Was wird nun aus dem Schiff?», rief Achim verzweifelt und starrte Anette an.

«Schaust du bitte trotzdem auf die Fahrbahn, Achim?»

Natürlich war «das Schiff» kein richtiges Schiff, sondern ein Holzbau, der um die Verkaufsstände des Kegelclubs und des HFV herumkonstruiert wurde. Achim, Bertram, Harald und ein paar andere handwerklich begabte Kegelfreunde und HFV-Frauen hatten viel Energie und Schweiß in den Bau der einzelnen Schiffsteile gesteckt. Das Schiff war ausgestattet mit Luken, Mast, Steuerrad und allem Drum und Dran, sogar eine Nebelmaschine und LED-Strahler gab es, die den Kanonenrauch simulieren sollten. Achim war sich sicher, dass sie mit diesem Schiff alle anderen Vereinsstände bei weitem übertreffen würden. Er durfte nicht zulassen, dass der Stand des Feinkostladens wie eine riesige Krake aus dem Nichts auftauchte und ein Loch in seinen wunderschönen Kutter riss. So nicht! Nicht mit Achim Ahlmann!

«Ich werd dem Schulze die Hölle heiß machen, der kann was erleben!», rief Achim und parkte das Auto in einer Nebenstraße am Marktplatz. Er war stocksauer.

Anette versuchte dagegen, einen klaren Kopf zu bewahren. Denken wie eine Politikerin, das war jetzt die Devise.

«Was würde Angela Merkel in meiner Situation tun?», fragte sie sich, und plötzlich fiel ihr etwas ein. Da war was faul an der ganzen Sache. Eine außerordentliche Sondergenehmigung zu bekommen, um an einem Stadtfest teilzunehmen, das von Vereinen und nicht von den örtlichen Händlern organisiert wurde, war äußerst schwierig. So eine Genehmigung stellte sich nicht von alleine aus, das wusste jeder, der schon einmal ein kleinstädtisches Rathaus betreten hatte. Nein, dafür brauchte es Vitamin B. Und wem könnte daran gelegen sein, dass Anettes Prestigeprojekt nun doch noch kurzfristig scheiterte? Sie ging die Konkurrenten durch: Julitta Baumgärtner? Nein, die war ja bloß zugezogen und hatte dementsprechend schlechte Kontakte. Der alte Kolloczek vielleicht … der hatte natürlich die besten und engsten Verbindungen im Rathaus, aber der würde ihr nicht solche Steine in den Weg legen. Dem Wiedenmeier würde sie so was Fieses schon eher zutrauen. Aber so wie der immer im Gasthaus redete, war es eher unwahrscheinlich, dass er einen derart schlauen Plan ausheckte und sich mit dem Feinkost-Schulze zu einem Duo Infernale zusammenschloss. Der Wiedenmaier war eher der Mann fürs Gröbere, das sagte er schließlich auch selbst immer mit Stolz in der Stimme.

Voll beladen liefen Achim und Anette auf den Marktplatz zu, der in den kommenden Tagen das Zentrum des Stadtfestes bilden sollte. Schon aus der Ferne sahen sie das Gerüst des Schiffs, das mit einer klaffenden Lücke in der Mitte so aussah, als wäre das Gerippe eines Blauwal-

Kadavers auf den Platz gespült worden. Überall wuselten Menschen umher, die damit beschäftigt waren, Stände und Attraktionen aufzubauen. Lieferwagen und Getränketransporter wurden geparkt und entladen. Rechts und links des Blauwalgerippes zimmerte die Konkurrenz eifrig ihre Buden zusammen, während dazwischen ein trauriges Häuflein von Helfern des Kegelvereins und HFV-Frauen die Hände in die Hüfte stemmte und ratlos umherblickte.

Anette stampfte mit entschlossenem Schritt auf den Feinkostladen zu. Sie wollte die Sache direkt mit dem Besitzer klären, so wie Politikerinnen und Politiker das ihrer Meinung nach eben taten: ruhig, bestimmt, weltmännisch, aber mit Humor und Charme. Sie hielt nur kurz an, um den Helfern zu verkünden, dass sie das ganze Missverständnis nun aus der Welt schaffen werde, dann lief sie weiter. Wo war eigentlich Biggi? Sie blickte sich noch mal suchend in Richtung der Helfer um, aber ihre beste Freundin war nirgends zu sehen. Komisch! Dabei hatte sie ihr doch geschrieben, dass sie schon auf dem Marktplatz wäre.

Als Anette den Türgriff des Ladens ergriff, zögerte sie eine Sekunde. Zwar war sie in Hildenberg bekannt wie ein bunter Hund, doch mit Herrn Schulze hatte Anette bisher kaum zu tun gehabt. Eigentlich konnte sie sich nicht daran erinnern, ob sie überhaupt schon mal mit ihm gesprochen hatte. Sie kaufte nie im Feinkostladen ein, warum auch? Schließlich hatten sie zwei Discounter und einen Rewe in Hildenberg, da bekam sie ja alles, was sie brauchte.

Also los jetzt, dachte sie. Und bloß nicht anmerken lassen, dass sie nervös war. Das hatte sie in den vergangenen Monaten des Wahlkampfs gelernt.

Sie drückte die Tür auf und schaute sich um. Der Laden war viel größer, als sie ihn in Erinnerung gehabt hatte, an den Wänden standen Holzregale, in denen allerlei Köstlichkeiten warteten, und am Ende des Ladens gab es einen Verkaufstresen, der aus zwei alten Weinfässern und einer dicken Echtholzplatte bestand. Als Anettes Blick den hinteren Teil des Ladens erreicht hatte, riss sie ungläubig die Augen auf. An den Tresen gelehnt stand Biggi und lachte gerade schallend über irgendetwas, das Herr Schulze gesagt hatte. Dabei bediente sie sich aus einem kleinen Gläschen mit Oliven, das auf dem Tresen stand, und bemerkte Anette gar nicht.

«Hrmmmrrr, hhrrrmmrrr.» Anette räusperte sich mehrfach, doch Biggi war so in ihr Gespräch mit Herrn Schulze vertieft, dass sie nichts mitbekam. Anette hob die Stimme: «Ähm, Birgit! Was machst du denn da?»

Biggi wirbelte herum, doch ihr Lächeln verwandelte sich nicht in die schuldbewusste Miene, die Anette erwartet hatte, sondern wurde noch breiter!

«Netti! Du musst mal die Oliven vom Herrn Schulze probieren! Köstlich! Da könnt ich mich reinlegen! Hab mir schon drei Gläser zurücklegen lassen!», rief Biggi ausgelassen und winkte Anette zu sich.

«Tag», sagte Anette förmlich und streckte Herrn Schulze die Hand entgegen, «Ahlmann!», dann fasste sie Biggi am Arm und zog sie ein kleines Stück vom Tresen weg.

«Was treibst du denn hier?», zischte Anette. «Wieso machst du mit dem hier 'ne Antipasti-Fete, während draußen völliges Tohuwabohu herrscht? Wegen dem Kerl ist unser Stand in Gefahr!»

Biggi, die es offenbar nicht einsah zu flüstern, sagte laut: «Nein, nein! Das ist alles ein Missverständnis. Der Herr Schulze wollte eigentlich gar keinen Stand machen und kann auch zur Seite rücken!»

«Nehmen Se sich erst mal 'n Olivchen, Frau Ahlmann», sagte Herr Schulze freundlich und hielt ihr das Glas hin.

«Äh, ja danke», stammelte Anette und schob sich die Olive in den Mund. «Also, wie Sie sicher wissen», fuhr sie dann in geschäftigem Ton fort, «bin ich Vorsitzende des HFV e.V., langjähriges Mitglied des Kegelvereins und Bürgermeisterkandidatin. Offenbar sind wir aus heiterem Himmel zu Stand-Nachbarn geworden. Das war ja alles ein bisschen anders geplant, und da würde mich schon interessieren, wie es dazu gekommen ist. Wie Sie sehen können, steht Ihr Stand leider jetzt genau zwischen zwei Ständen, die eigentlich zusammengehören, und nicht nur das, sondern …» Doch weiter kam sie nicht, denn hinter ihr ertönte plötzlich eine schneidende Stimme.

«Na, Frau Ahlmann, wir wollen doch die Form wahren, oder? Die Genehmigung wurde auf völlig korrektem Wege erwirkt und genehmigt, falls Sie darauf hinauswollten», erklärte ihr die unbekannte Stimme in einem überheblichen, sehr bestimmten Ton, der erahnen ließ, dass der Sprecher es gewohnt war, dass andere Menschen ihm zuhörten. Anette fuhr herum, die Augenbrauen asymmetrisch hochgezogen, sodass sich auf ihrer Stirn eine leichte Zornesfalte abbildete.

Vor ihr stand ein junger Mann in dunkelblauer Anzughose, die von einem braunen Ledergürtel mit silberner Schnalle gehalten wurde, und weißem Hemd – die oberen beiden Knöpfe waren geöffnet. Die Haare des jungen Mannes waren kurz geschnitten und zur Seite gegelt, die Füße steckten in braunen Lederschuhen. Zwischen Schuhen und Hosensaum blitzten ein paar knallrote Socken hervor, die dem ansonsten kalten Outfit etwas Rebellisches verliehen. Am Handgelenk des jungen Mannes baumelte eine silberne, offensichtlich recht teure Uhr. Das geübte Lächeln entblößte zwei Reihen perfekter weißer Zähne, und die Hand, die Anette entgegengestreckt wurde, war weich und gepflegt, wie es Hände sind, die noch nie in ihrem Leben ein Werkzeug in der Hand gehalten haben. Einen kleinen Bruch erhielt das Erscheinungsbild nur durch sein bleiches, bartloses Gesicht, das sich offenbar seit der Pubertät nicht mehr entscheidend verändert hatte. Dadurch entstand der Eindruck, man hätte einen Teenager vor sich, der sich lediglich als Businessmann verkleidet hatte.

«Sebastian Wotzke ist der Name, nun sehen wir uns endlich einmal wieder, Frau Ahlmann!» Der junge Mann ließ Anettes Hand los, in seinen Augen blitzte etwas Provokantes. Anette wusste nicht, was sie sagen sollte. Wer war dieser Mann? Die Wotzkes hatten zwar zwei Söhne, aber die waren doch beide seit über zehn, eher fünfzehn Jahren nicht mehr in Hildenberg, sondern sonst wo in der Welt unterwegs auf irgendwelchen Internaten und Universitäten. Auch mit den Eltern hatte Anette nie viel zu tun gehabt. Woher kannte dieser Milchbubi sie, und warum freute er sich, sie endlich wiederzusehen? Der eine von den Wotzkes war mit Annika im Kindergarten und dann … Moment mal. Anette fiel es wie Schuppen von den Augen. Wie lange war es her, dass der damals schon Hemd tragende

13-jährige Sohn der Wotzkes vom örtlichen Gymnasium auf ein Internat in den Schwarzwald geschickt wurde? 15, 16 Jahre? Seitdem hatte sie ihn nicht mehr gesehen. Das musste der sein. Aber wo kam der jetzt plötzlich her, und was sollte diese seltsame Bemerkung eben?

«Sebastian, richtig? Was für eine Überraschung», sagte Anette und setzte dabei ihr spitzestes Lächeln auf, das sie ansonsten nur einsetzte, wenn die Bestellung im Restaurant seit einer halben Stunde überfällig war, «das ist ja eine Überraschung. Was führt dich nach Hildenberg zurück?»

«Der gleiche Grund, warum dein Mann gerade kistenweise Flyer und Fähnchen aus dem Auto wuchtet: die Bürgermeisterwahl.»

Jetzt duzte der Bengel sie einfach. War das zu fassen? Dass sie ihn als Sebastian ansprach, war ja klar, schließlich kannte sie ihn von klein auf. Kurz kam ihr eine Szene ins Gedächtnis, in der ein kleiner blonder Junge mit Annika im Sandkasten des Kindergartens gesessen hatte. Annika hatte friedlich mit den verschiedenen Förmchen im Sand gespielt, als sich der Junge von hinten genähert und plötzlich seine mit Sand beladene rote Plastikschaufel über Annikas Kopf ausgeleert hatte. Das war doch der Wotzke-Junge gewesen. Na klar, jetzt fiel es ihr wieder ein. Bei dem Gedanken daran ballte Anette unwillkürlich ihre Hände zu Fäusten, aber sie biss die Zähne zusammen und versuchte, freundlich zu bleiben.

«Jaja, da ist natürlich ordentlich was geboten, das verstehe ich. Aber die Wahl ist ja erst im September, da biste reichlich früh dran. Dieses Wochenende wird ja erst mal richtig gefeiert, was?»

«Zu feiern wird's im September noch genug geben ...», sagte Sebastian Wotzke und grinste sie auffordernd an.

«Ach ja?»

«Na, so eine gewonnene Wahl will ja gefeiert werden.» Das Grinsen wurde breiter.

«Jaja, das stimmt», antwortete sie ausweichend, «aber erst mal muss die Wahl natürlich gewonnen werden.» Sebastian Wotzke war gekommen, um ihren Wahlsieg im September zu feiern? Wieso denn das? Anette verstand nur Bahnhof.

«Darüber, dass ICH die Wahl im September gewinne, mache ich mir keine Sorgen, wenn ich mir anschaue, was hier bisher so passiert ist», die blauen Augen funkelten Anette an, während es der langsam dämmerte, was Sebastian Wotzke ihr mitteilen wollte.

«Was willst du denn damit sagen?», stammelte sie.

«Ach Anette, Anette. Ich hätte es dir natürlich gerne in einem persönlicheren Kontext gesagt, aber nun eben so: Ich werde ebenfalls für das Amt des Bürgermeisters kandidieren!»

Ohne Anette zu Wort kommen zu lassen, sprach er weiter:

«Hildenberg hat viel Potenzial. Das war mir schon immer klar. Aber nachdem ich meinen Abschluss in International Business Management gemacht und einige Jahre in verschiedenen Investmentfirmen gearbeitet habe, wurde mir klar, dass ich etwas Neues ausprobieren muss. Herausforderungen sind einfach mein Ding, und, tja, also Hildenberg ist eine absolute Herausforderung. Aber auch Diamanten muss man erst ausgraben, bevor man sie sich um den Hals hängen kann, ne, und deshalb bin ich zurückgekommen, um diesen Rohdiamant eigenhändig zu schleifen, sodass er wieder über die Stadtgrenzen hinaus funkelt.»

Als Sebastian Wotzke seinen Monolog, der bereits nach einer Antrittsrede klang, beendet hatte, war Anette nicht mehr verwirrt, sondern nur noch sauer.

Was bildete der sich ein? Am liebsten hätte sie ihm auf der Stelle ordentlich die Leviten gelesen, auf dem Internat hatten sie dem Bengel ja offenbar keine Manieren beibringen können. Doch zunächst war es wichtiger, das Schiff zu retten, die verspätete Erziehungsmaßnahme musste warten.

«Nun gut Sebastian, was die Bürgermeisterwahl betrifft, werden wir ja sehen. Bis dahin bist du ja auch nur ein Kandidat und wirst sicher verstehen, dass ich mit dem Herrn Besitzer nun selbst rede. Der hat ja zufällig auch einen eigenen Mund, den er benutzen kann, oder?», sagte sie und wandte sich an Herrn Schulze.

«Also, Herr Schulze, meine Freundin Birgit hatte ja schon angedeutet, dass Sie bereit wären, mit Ihrem Stand etwas zur Seite zu weichen, damit wir unsere zwei zusammenhängenden Stände wie geplant aufbauen können.»

«Frau Ahlmann, ich denke nicht, dass der gute Herr Schulze derjenige sein sollte, der hier seinen Stand woanders aufbaut», funkte Sebastian Wotzke von der Seite dazwischen.

Anette sah in Herrn Schulzes Augen die pure Verwirrung. Es war offensichtlich, dass er bislang noch nichts mit Sebstian Wotzke zu tun gehabt hatte. Aber offenbar dämmerte ihm, dass er hier zwischen zwei Fronten geraten war, und er ergriff das Wort:

«Ist doch alles kein Problem, Frau Ahlmann! Wenn Sie Ihren Blauwal etwas weiter links aufbauen, können wir unseren Pavillon einfach rechts danebenstellen und dann …»

«Wir wollen doch hier keine voreiligen Schlüsse ziehen, Herr Schulze. Die Lage der Stände ist umsatzentscheidend», fiel Wotzke dem Ladenbesitzer ins Wort.

«Eieieieiei, jetzt machen Sie mal nicht so einen Stress, wir haben doch sowieso einen kleineren Stand als Frau Ahlmann», sagte Herr Schulze und schüttelte den Kopf, «Frau Ahlmann, ich wollte Sie eh noch fragen, ob wir Ihren Starkstromverteiler mitbenutzen dürfen – wir konnten auf die Schnelle keinen mehr organisieren.»

«Jaja, daran soll's jetzt nicht scheitern, das besprechen wir gleich mal draußen mit meinem Mann …», Anette wandte sich Richtung Tür und ignorierte Sebastian Wotzke, der nun wie bestellt und nicht abgeholt im Feinkostladen herumstand.

Als Anette an ihm vorbeilief, zischte er: «Sie haben vielleicht diese Schlacht gewonnen, aber nicht den Krieg! Empfehle mich.» Mit eiligem Schritt überholte er Anette und verließ den Laden.

«Dann kann's ja jetzt weitergehen!», rief Achim, nachdem Anette und Biggi ihm erzählt hatten, was im Feinkostladen vorgefallen war. Als die zwei Frauen mit Herrn Schulze aus der Ladentür getreten waren, hatte Achim draußen bei den Helfern gestanden und ein Gesicht wie sieben Tage Regenwetter gemacht. Als er Herrn Schulze

gesehen hatte, hatte er schon tief Luft geholt, um los-
zupoltern, aber Anette hatte beschwichtigend die Hände
gehoben.

Während Anettes und Biggis Erzählungen verrauchte
Achims Zorn auf Herrn Schulze und verlagerte sich stattdessen auf Sebastian Wotzke. Er konnte nur den Kopf
schütteln über so einen jugendlichen Hallodri!

«Dann schieben wir den Blauwal mal ein Stückchen
nach links», sagte Herr Schulze munter und krempelte
sich die Ärmel hoch. Achim, der bereits mit Arbeitshand-
schuhen, Helm, Schutzbrille und Stahlkappenschuhen
ausgerüstet war und aussah wie ein in die Jahre gekom-
mener Bob der Baumeister mit Bierbauchansatz, zuckte
kurz zusammen. *Es ist ein Schiff!*, brüllte er stumm.

«Achim, wir gehen kurz bei Gisela im Lädchen vorbei»,
rief Anette und hakte sich bei Biggi unter. Nach diesem
Vormittag brauchte sie erst mal was zur Entspannung,
und glücklicherweise hatte Gisela immer einen Eierlikör
unter der Ladentheke stehen.

Achim grunzte nur und wandte sich Herrn Schulze zu.

«Dann sind wa jetzt wohl Nachbarn, was?», er lachte
kurz über seinen eigenen Witz und fuhr dann fort, «also,
bevor wir über den Stromkasten sprechen … Es handelt
sich bei unserem Stand nicht um einen Blauwal, sondern
um ein Schiff, und zwar nicht um irgendein Schiff, sondern tatsächlich um eine originalgetreue Nachbildung …»

Eine Stunde später parkte Biggi ihren kleinen Flitzer – so
nannte sie ihren Polo – in ihrer Einfahrt. Anette saß auf
dem Beifahrersitz und hatte sich mittlerweile von dem

Schock im Feinkostladen erholt. Dazu waren jedoch drei gut gefüllte Gläschen Eierlikör notwendig gewesen. Gisela, die wie immer eine ausgefallene Tunika und verschiedene klimpernde Ketten getragen hatte, hatte mit einem Blick den Ernst der Lage erkannt.

«Ach, herrje! Sagt nix!», hatte sie gerufen, als sie Anettes Gesicht sah, und war – begleitet von einem klimpernden Klang-Konzert – hinter ihrem Verkaufstresen verschwunden und mit einer Flasche Eierlikör sowie drei Gläschen wieder aufgetaucht.

Zu Hause öffnete Andi, der sich die Hildenberger Tage natürlich nicht entgehen lassen durfte, seiner Mutter die Tür.

«Na, Muddi, ist der Vater schon mit dem Schiff in See gestochen, oder was?», rief er belustigt.

«Lass deine Späße, Sohnemann, wir haben ein Problem», antwortete sie streng und ging an ihm vorbei ins Haus, wo sie beinahe über Andis Wäschekorb stolperte, den er mitten im Flur abgestellt hatte.

«Andreas! Darüber hatten wir doch gesprochen. Dein Vater hat dir vor zwei Wochen extra 'ne gebrauchte Maschine in die Bude gekarrt, damit du die Wäsche selbst machen kannst!»

«Aber mein Mitbewohner wäscht da jetzt ständig. Heut Morgen auch wieder!»

«Also, dafür haben wir dir das Teil aber nicht besorgt, dass da jetzt ständig jemand anderes wäscht. Hach, meine Güte. Aber dann stell den Korb zukünftig wenigstens direkt in den Keller.»

Insgeheim gefiel es ihr ja schon, dass Andi sie offensichtlich immer noch so brauchte. Dass beide Kinder aus dem Haus waren, war zwar einerseits schön – keine durchs Haus trampelnden Teenagerhorden mehr wie noch vor zehn Jahren –, aber manchmal war es auch schwer zu akzeptieren, dass die «Kleinen» jetzt ihre eigenen Wege gingen. Heute konnte sie Andis unselbständige Tendenzen jedoch nur schwer ertragen. Wann lernte der Bursche endlich mal, Verantwortung zu übernehmen, er war ja schließlich keine zwölf mehr? Annika hatte seit ihrem Auszug kein einziges Mal mit einem Wäschekorb vor der Tür gestanden.

«Andi, es wäre wirklich besonders wichtig, dass du und deine Kumpels heute Abend beim Fassanstich zwar da seid und Feuerzeuge und Kulis verteilt, aber schießt euch bitte nicht wieder so ab wie beim Vatertagsfest, verstanden?», ermahnte Anette ihren Sohn jetzt und sah ihn streng an. Andi nickte ernst und schrieb seinen Kumpels in ihrer WhatsApp-Gruppe, dass sie beim Vorglühen heute etwas langsam machen müssten. Eigentlich lief das nämlich schon seit einer Stunde, und Andi war nur noch mal kurz nach Hause gekommen, um sich ein frisches Hemd zu holen, nachdem er das erste beim Dosenstechen versaut hatte. Doch da Anette selbst eine kleine Eierlikör-Fahne und Andi sich von oben bis unten mit Deo zugenebelt hatte, roch sie es nicht.

Drei Stunden später saßen Anette, Achim, Annika und Andi, der von seinem fußballmannschaftsgroßen Freundeskreis begleitet wurde, an den Biertischen, die vor der kleinen Festzeltbühne aufgebaut worden waren. Es gab Krustenschweinebraten mit Kartoffelsalat, und die Menge jubelte, als der alte Kolloczek beim ersten Versuch den Hahn direkt in das 20-Liter-Fass donnerte.

«Nach so vielen Jahren schaffe ich das im Schlaf!», sprach er zäh ins Mikro und erntete Lacher. Vor Anettes Augen tauchte das Bild auf, wie sie nächstes Jahr hier auf der Bühne stand und es erst beim dritten Versuch schaffte. Der Fassanstich war alljährlich Aufgabe des regierenden Bürgermeisters und musste unbedingt souverän ausgeführt werden.

«Mama, das ist übrigens Memo, mein Kommilitone, der dieses Wochenende bei uns übernachtet», rief Andi über den Lärm der Blaskapelle hinweg. Anette schüttelte Memo die Hand und hieß ihn willkommen, obwohl ihre Stimme im Blasmusik-Arrangement von «Eye of the Tiger» etwas unterging.

«Ist ja irre hier», schrie Memo, «das ist ja noch krasser, als ich's mir auf'm Dorf vorgestellt habe!»

«Memo is eigentlich aus Berlin», erklärte Andi, ebenfalls schreiend.

Anette lächelte nur pikiert. Was jetzt so besonders «krass» war, sollte ihr mal einer erklären. Außerdem war Hildenberg immer noch eine Kleinstadt und kein Dorf.

Als wenig später die Musik ihr letztes Stück gespielt hatte und die Ahlmanns zusammen mit Memo und dem Rest von Andis Freundeskreis aus dem Zelt strömten, schwor Anette die Truppe noch mal kurz ein:

«Jungs, ich verlasse mich auf euch. Drückt den Leuten die Feuerzeuge und Kugelschreiber in die Hand. Aber erst, wenn ihr das Gespräch auf die Bürgermeisterwahl gelenkt habt. Und ganz wichtig: Nicht über die anderen

Kandidaten lästern, das kommt nie gut …» Doch weiter kam Anette nicht.

«HIER KOMMT DER BIERKAPITÄN, DARF ICH BITTE MAL DIE BIERBÄUCHE SEHN», dröhnte es plötzlich ohrenbetäubend vom Stand der freiwilligen Feuerwehr, «ZU JEDER VOLLEN STUNDE GIBT'S HIER 20 LITER FREIBIER. WIR DANKEN UNSEREM SPONSOR SEBASTIAN WOTZKE HERZLICHST UND WÜNSCHEN EIN SCHÖNES FEST!»

Anette klappte die Kinnlade herunter. Was sollte das denn jetzt? Sie warf einen besorgten Blick zu Andi und seinen Kumpels, die hellhörig geworden waren.

«Jungs, reißt euch zusammen!», rief Achim in die Runde, der ebenfalls die drohende Gefahr witterte.

«Wenn ich Bürgermeisterin werde, gibt's jeden Sonntag beim Spiel der 1. Herrenmannschaft vom Fußballverein eine Runde auf mich», rief Anette in die Runde, in ihrer Stimme schwang ein leicht verzweifelter Unterton mit, doch die Ansage wirkte.

«Jawoll, Mann!», brüllte einer der Kumpels von Andi, und die Truppe zog los – bewaffnet mit Ahlmann-Feuerzeugen und -Kugelschreibern. Auch Annika und Steffi mischten sich unter die Besucher und begannen, Flyer zu verteilen.

«Also dann, Achim, zurück zum Schiff! Freigetränke … also, was der kann, können wir schon lange!»

Doch damit lag Anette falsch.

«Es ist nicht genug Geld in der Vereinskasse, Anette», erklärte ihr Gundula Blazejewski, die Kassenwartin des HFV e.V.

Anette und Achim hatten sich durch die vollen Gassen

zum gemeinsamen Stand geschoben, und ihnen stand bereits jetzt der Schweiß auf der Stirn. So anstrengend hatte Anette sich das nicht vorgestellt. An jeder Ecke traf sie jemanden, der kurz mit ihr plaudern wollte.

«Anette, nimm dir 'n Schörlchen und stoß mit uns an!»

«Setz dich doch kurz zu uns, Anette!»

Doch Anette hatte keine Zeit, sie mussten ja schnellstens die große Happy Hour ausrufen, um dem Wotzke den Rang abzulaufen! Mit Müh und Not konnte sie sich vom letzten Biertisch, an dem einige ihrer Arbeitskolleginnen saßen, losreißen.

«Die Pflicht ruft!», hatte sie entschuldigend gerufen, und jetzt stand sie mit Achim hinter dem «Schiff». Gundula Blazejewski, die graue Maus von der Volksbank – so nannte Achim sie immer –, spielte sich gerade auf, als wäre sie die Kriegsministerin. Anette ging so langsam auf dem Zahnfleisch.

«Aber so ein Rabatt regt doch das allgemeine Geschäft an, das wird zusätzliche Kundschaft anlocken, das garantiere ich dir!»

«Bist du jetzt unter die Händler gegangen, Anette, dass du was von Geld verstehst? Ich bin die Kassenwartin des HFV und sage nein. So eine Happy Hour müsste außerdem erst mit einem Mehrheitsbeschluss in einer Sitzung des Frauenvereins genehmigt werden. Das weißt du ganz genau!»

«Ja, aber das geht ja jetzt nun mal nicht so einfach. Wir brauchen die Happy Hour jetzt und nicht erst in einer Woche, hier steht weit und breit kein Mensch an. Alle jungen Leute sind vorne bei der Feuerwehr.»

«Ja, da steppt richtig der Bär, und hier hört man 'ne Stecknadel fallen», klinkte sich Achim in die Unterhaltung ein und erntete dafür von beiden Frauen einen bösen Blick.

«Anette, das hättest du dir trotzdem vorher überlegen müssen. Es war keine Happy Hour angedacht, und deshalb wird es jetzt auch keine geben. Regel ist Regel. Ohne Mehrheitsbeschluss keine Happy Hour, außerdem haben wir keinen Goldesel im Keller stehen.»

Gundula Blazejewski ließ Anette stehen und verschwand im Bauch des Schiffstandes, dabei wackelte ihre Bauchtasche, in der sie die Wechselgeldrollen aufbewahrte, schwungvoll auf und ab, sodass sie bei jedem Schritt ein Klirren von sich gab, wie ein Ritter im Kettenhemd.

Anette schwitzte vor Wut. Hilflos musste sie zusehen, wie immer mehr Leute zum Feuerwehrstand zogen und die Freibiersause genossen. Mittendrin stand Sebastian Wotzke und ließ sich feiern wie ein Popstar.

«Da können wa jetzt nix machen, Anette. Der Schweinehund wirft mit Geld um sich. Das ist alles, was er kann», versuchte Achim Anette zu beruhigen, legte den Arm um sie und fuhr fort: «Wenigstens haben wir den schönsten Stand!»

Doch auch das konnte Anette nicht aufheitern. Dieser kleine Wicht! Wo war der nur plötzlich hergekommen? Spielte sich so mir nichts, dir nichts als Hildenbergs schillernde Zukunft auf. Als sie vorhin zu Hause in Annikas alte Schuljahrbücher geschaut hatte, war ihr auch wieder eingefallen, was der Wotzke so alles auf'm Kerbholz hatte. In

der 7. Klasse war er dabei erwischt worden, wie er Fünft-
klässern das Taschengeld abluchste. Dazu hatte er ihnen
Zuckerschlangen und Kaugummizigaretten, die er mit
Papas Großhandelskarte billig eingekauft hatte, zu Wu-
cherpreisen weiterverkauft. Kurz danach war er auf ein
Internat im Schwarzwald verschwunden.

Während der Bass der lauten Schlagermusik vom Feuerwehrstand zu ihnen herüberwummerte, füllten sich dank
Andi und Annika auch langsam die Stehtische vor dem
leuchtenden Piratenschiff.

Andis und Annikas Freunde zogen die Altersgrenze
stark nach unten, was Anette beruhigte. Heute musste sie
unbedingt bei der jungen Generation und den Erstwählern
punkten! Zwar hatten Andis Kumpanen mittlerweile zwar
allesamt ordentlich Schlagseite, so wie das Schiff noch am
Morgen, doch das sorgte eher dafür, dass die Stimmung
ausgelassener wurde. Biggi hatte eine Schildmütze aus der
Tasche gezaubert, auf der in bunter Schrift «Party» blinkte
und die somit gut zu Anettes Umhängetasche passte, auf
der in drei Großbuchstaben immer dann das Wort «FUN»
funkelte, wenn einer der LED-Strahler über sie hinweg-
huschte. Annika, die mit ihren Freundinnen um einen
Stehtisch herum stand und Cocktails schlürfte, drückte
ihrer Mutter einen Aperol Spritz in die Hand.

«Hier, den haste dir verdient!», sagte Annika, und Steffi
brüllte: «Frau Ahlmann for President!»

Anette riss die Augen auf. So kannte sie die ruhige Steffi
gar nicht.

Aber wenigstens war am Schiffsstand jetzt mal ein bisschen was los. Aus den Augenwinkeln spähte sie hinüber

zur freiwilligen Feuerwehr. Dort war immer noch der Teufel los. *Im wahrsten Sinne des Wortes*, dachte Anette grimmig und beobachtete, wie Sebastian Wotzke gerade mit dem alten Kolloczek und einer Gruppe Männer aus dem Schützenverein anstieß. In ihrem Magen brodelte es unangenehm, die Sache gefiel ihr ganz und gar nicht.

KAPITEL 7

Sebastian Wotzke holt auf

Anette parkte in der kleinen Seitenstraße neben der Bäckerei Meier. Die letzten Wochen waren so stressig gewesen, und morgen würde sie wieder wie jeden Samstag auf dem Marktplatz stehen und Flyer verteilen, da musste sie sich heute mal was gönnen. Achim würde es sicher auch gefallen, wenn er nachher von der Arbeit käme und der Terrassentisch nett mit Kaffee und Teilchen gedeckt wäre – nur für sie zwei. Das hatten sie schon lang nicht mehr gemacht. Ständig war in den letzten Wochen irgendwer zu Besuch gewesen, Wahlkampfmaterial stand überall herum, und alle halbe Stunde klingelte das Telefon. Auch der Urlaub an der Ostsee war einfach zu kurz gewesen, um die dringend nötige Erholung zu bringen, und dann noch dieser Wotzke, der plötzlich aufgetaucht war und ihr das Leben schwermachte. Mittlerweile hatte sie aus Rathaus-Kreisen erfahren, dass Sebastian Wotzke für Wilhelm Schwarzbacher nachgerückt war. Offenbar war er seit einigen Monaten zurück in Hildenberg und hatte durch seine überregionalen Kontakte parteiintern schnell an Land gewonnen. Außerdem scharwenzelte er wohl die ganze Zeit um den alten Kolloczek herum, sodass dieser selbst Wotzkes Namen ins Spiel gebracht hatte. Komisch, dass Anette ihm zuvor noch nie begegnet war. Auf den Stadtratssitzungen war er jedenfalls nicht gewesen.

«Hat wahrscheinlich aus dem Hintergrund die Fäden gezogen, wie die Giftspinne, die ich letztens in der Terra-X-

Doku gesehen habe», hatte Biggi beim letzten Treffen des Wahlkampfteams gemutmaßt und dafür herzhafte Lacher geerntet.

Anette bog um die Ecke und lief in Richtung Bäckerei, doch plötzlich bremste sie ab. Oh nein, die Ulrike … eine Frau um die vierzig mit flottem brünettem Bob, hatte soeben ihr Fahrrad vor der Bäckerei Meier abgestellt, ihren Helm in den Korb gelegt und war im Laden verschwunden. Na, die hatte Anette gerade noch gefehlt.

Ulrike vom Haarstudio «Komm Hair» war Achims Friseurin. Auch Biggis Mann Jörg ging seit Jahren gerne in den Salon, während die geschwätzige Ulrike sowohl Anette als auch Biggi ein Dorn im Auge war. Jörg war im vergangenen Jahr dabei gesehen worden, wie er nach dem Friseurbesuch noch einen Kaffee mit Ulrike getrunken hatte. Die Info hatte sich in Windeseile in Hildenberg herumgesprochen und war Biggi zu Ohren gekommen, noch bevor Jörg zu Hause eingetrudelt war. Das musste ein Riesentheater gewesen sein! Während Biggi ihr Herz normalerweise auf der Zunge trug, hatte sie sich – auch gegenüber Anette – im Anschluss an die ganze Sache sehr bedeckt gehalten. Den Namen «Ulrike» vor Biggi zu erwähnen, vermied Anette seither aber tunlichst, auch wenn sie darauf brannte zu erfahren, wie Jörg sich herausgeredet hatte. Sie selbst hatte versucht, Achim nach diesem Eklat dazu zu überreden, doch auch besser in den «Kaiserschnitt» im Nachbarort zu gehen. Biggi schwor schon seit Jahren auf den Salon, und auch Anette war meistens zufrieden, wobei sie ihr den Kurzhaarschnitt beim letzten Mal doch etwas sehr fransig geschnitten hatten.

«Biste untern Rasenmäher gekommen?», hatte Achim damals gebrummt, als sie zur Haustür hereingekommen war.

Achim hatte sich mit Händen und Füßen gegen Anettes Vorschlag gewehrt und betont, dass das Preis-Leistungs-Verhältnis im «Komm Hair» sowie Ulrikes Kopfmassage beim Haarewaschen unschlagbar waren, was sie nicht gerade beruhigt hatte.

Jetzt betrat Anette die kleine Bäckerei und lief eilig zur Auslage mit den süßen Teilchen, hoffentlich gab es noch Rosinenschnecken für Achim. Aus den Augenwinkeln sah sie, wie Ulrike ihr Portmonnaie bereits wieder schloss und in ihre Handtasche zurücksteckte. Ach, zum Glück! Die musste sicher schnell wieder zurück in ihren Friseurladen, da konnte Anette sich den Smalltalk hoffentlich sparen.

«Och, wenn das mal nicht Frau Ahlmann ist. Na, wie läuft der Wahlkampf?», rief Frau Meier, die Inhaberin, quer durch den ganzen Laden, als sie Anette erblickte.

«Ja, ganz gut, ganz gut!», murmelte Anette. Vor Ulrike, die sicher die Ohren gespitzt hatte, wollte sie nicht zu viel ausplaudern. Bestimmt wählte Ulrike die Baumgärtner, das würde passen.

«Ach ja?», Frau Meier sprach noch immer in der gleichen Lautstärke, obwohl sie nun direkt vor Anette stand, «na, was man so hört, klingt ja aber nicht danach! Der junge Wotzke mischt die ganze Chose ja ordentlich auf, was? Auf der Straße erzählt man sich schon, dass er vorne liegt in den Umfragen!»

Ein heißes Gefühl stieg in Anette auf. Diese blöde Kuh. Konnte die nicht ein einziges Mal ihr Tratschmaul halten?

Vor allem jetzt, da Ulrike immer noch im Laden war und umständlich an ihrer Handtasche herumfummelte. Welche Umfrage überhaupt? Davon hörte sie zum ersten Mal. Und stimmte das etwa? Hatte der Wotzke sie überholt? Wer sollte den denn wählen? Schließlich sah der aus wie fünfzehn. Anette konnte sich nicht vorstellen, dass die Männer aus dem Schützenverein oder die älteren Hildenberger ihre Stadt in die Hände eines solchen Bubis legen würden.

«Ach … mit dem Kleinen werd ich schon fertig», sagte Anette und lachte, wobei ihr Lachen, das eigentlich selbstbewusst klingen sollte, zu einem zittrigen Gekicher verkam.

«Also, vorhin war ja die alte Frau Feldhaus hier, um sich ihr Bauernbrot abzuholen, und die hat so geschwärmt vom Sebastian! Ich würd mir ja meine Gedanken machen, Frau Ahlmann. Na ja, also die Rosinenschnecke, die Kirsch-Schnitte und das Puddingteilchen – außerdem?»

«Das wär's … danke», sagte Anette, während sie darüber nachdachte, ob sie von Frau Feldhaus schon jemals etwas vernommen hatte, das auch nur im Ansatz positiv war. Die Seniorin hatte immer einen verkniffenen Gesichtsausdruck und einen Schirm bei sich – mit diesem Schirm hatte sie Andi, als er noch klein war, mal beim Metzger auf die Finger gehauen, als er die Scheibe vor der Auslage berührte – und fand eigentlich immer was zu meckern. Schon in jüngeren Jahren hatte sie ihre Nachbarn wegen jeder Kleinigkeit terrorisiert und war für mehrere Polizeieinsätze verantwortlich, die nur dazu geführt hatten, dass Jugendliche von einem Spielplatz vertrieben werden mussten, auf dessen Tischtennisplatte sie sich eine Zigarette geteilt hatten. Wenn Frau Feldhaus etwas gut fand, sagte sie «ist aushaltbar» oder «könnte besser sein, aber schlecht ist was anderes». Wenn die nun wirklich den Wotzke in den Himmel lobte, wollte Anette gar nicht wissen, wie es beim Rest der Hildenberger Senioren aussah. Plötzlich fiel ihr siedend heiß ein, dass sie in all dem Wahlkampftrubel die «Grauen Papageien» vollkommen vergessen hatte. Seit dem gemeinsamen Stroh-Osterhasen-Basteln im März hatte sie keine einzige Aktivität mehr für die Seniorengruppe geplant. Verflixt und zugenäht, wie hatte ihr das passieren können?

Anette bezahlte und stieß vor der Tür der Bäckerei beinahe mit Ulrike zusammen, die offenbar auf sie gewartet hatte. Was wollte die denn jetzt noch?

«Hi Anette, grüß dich! Glaub, du hast mich eben gar nicht gesehen. Ich stand auch im Laden, hinten bei den belegten Brötchen», sagte Ulrike freundlich und lächelte Anette unsicher an.

«Ach, Ulrike! Hallo! Du, da war ich wohl so in Gedanken …»

«Klar, verständlich. Hast ja auch viel um die Ohren. Du, hör mal. Ich hab das eben mit angehört, was die Frau Meier gesagt hatte – war unvermeidlich, die hat ja doch ein recht lautes Organ …» Ulrike unterbrach sich und blickte dann etwas nervös umher, als fürchtete sie, dass sie belauscht werden könnten.

Meine Güte, jetzt rück doch endlich mit der Sprache raus, Ulrike, dachte Anette genervt. Was wollte sie denn von ihr? Oder ging es ihr nur darum, noch mal klarzumachen, dass sie diesen demütigenden Moment mitbekommen hatte, und sie wollte sich jetzt noch hier an Ort und Stelle an Anettes Elend erfreuen?

Endlich fuhr Ulrike im Flüsterton fort: «Du, Anette, der Sebastian Wotzke … der geht wohl von Haustür zu Haustür vor allem zu den Senioren in Hildenberg, bringt Geschenke vorbei und bietet ihnen an, dass er für sie einkaufen geht! So will er sich deren Stimmen sichern! Das haben mir jetzt schon mehrere ältere Damen im Salon erzählt!»

Wie bitte? Das konnte ja wohl nicht wahr sein. Kein Wunder, dass die Feldhaus so begeistert von ihm war. Mist. Warum war ihr das nicht eingefallen? Bei dem ganzen Brimborium, das sie um die jüngeren Hildenberger und die Erstwähler gemacht hatte, waren ihr die älteren Leute anscheinend durch die Finger geglitten. Offenbar ließen die sich heutzutage nicht mehr mit ein paar Kugelschreibern und Bonbons für die Enkelkinder abspeisen. Anette hätte sich in den Hintern beißen können. Klar lag der Wotzke vorne, wenn er jetzt die Alten auf seiner Seite hatte, von denen gab es in Hildenberg ja viel mehr.

Sie erinnerte sich daran, wie Achim sie abends, nach der ersten Zusammenkunft des Wahlkampfteams, davor gewarnt hatte, irgendwelchen Trends hinterherzulaufen.

«Nachhaltigkeit? Biste wirklich sicher, dass du dir das so groß auf die Fahne schreiben willst?», hatte er vorm Schlafengehen zu ihr gesagt, aber Anette hatte nur abgewunken.

«Lass mich mal machen, bisschen frischer Wind muss doch auch mal mit rein», hatte sie damals gemeint.

Mein lieber Schwan, was war sie naiv gewesen … Achim

hatte natürlich recht gehabt. Sie war so besessen davon gewesen, Julitta Baumgärtner den Rang abzulaufen, dass sie Themen wie Pflege oder Altersarmut völlig außer Acht gelassen hatte. Sie musste sich schleunigst was einfallen lassen!

«Das wollte ich dir nur sagen, Anette. Also dann, alles Gute weiterhin», riss Ulrikes Stimme Anette aus ihren Gedanken.

«Jaja, danke dir», sagte Anette und beobachtete gedankenverloren, wie sich Ulrike auf ihr Fahrrad schwang und davonradelte.

«Mama! Jetzt bleib mal ganz ruhig! Du kannst jetzt nicht alles wieder umwerfen. Das wirkt doch unglaubwürdig!», versuchte Annika ihre Mutter zu beruhigen.

Beatrix Hohmann stimmte ihr zu: «Jetzt nichts überstürzen! Da müssen wir überlegt vorgehen.» Sie studierte konzentriert Anettes Flyer und unterstrich ab und an einzelne Passagen.

Nach ihrer Begegnung mit Ulrike vor der Bäckerei Meier hatte Anette alle Zweisamkeits-Pläne mit Achim verworfen – dieser hatte sich maulend mit Rosinenschnecke und Zeitung auf die Terrasse verzogen – und stattdessen das Wahlkampfteam zusammengetrommelt. Steffi, Bertram und Gisela hatten sich leider noch nicht von der Arbeit loseisen können, sodass Anette nur Beatrix Hohmann, Harald und Annika, die dieses Wochenende wieder in der Heimat verbrachte, hatte mobilisieren können. Biggi war weder übers Festnetz noch mobil erreichbar gewesen.

«Will mal wissen, wo die wieder rumturnt, wenn man

ihre Hilfe braucht, guckt man in die Röhre!», hatte Anette geschimpft, und prompt war ihr eingefallen, dass Biggi immer noch eine ihrer Tupperdosen hatte, die sie ihr am Vatertagsfest geliehen hatte. Diese Unzuverlässigkeit, das hasste sie wie die Pest!

Zu Biggis 40. vor neun Jahren hatte Anette ihr eine Raffaelo-Torte gebacken und dummerweise – aufgrund eines kleinen Schwips – die Tortenplatte auf dem Buffet stehen lassen. Wochenlang hatte sie damals nach der Platte gesucht, bis ihr wieder eingefallen war, wo sie sie hatte stehen lassen. Ab diesem Zeitpunkt hatte sie bei jedem Treffen versteckte Hinweise in die Unterhaltungen eingestreut, um Biggi an die Tortenplatte zu erinnern, aber nix! Entweder hatte es bei Biggi damals wirklich nicht klick gemacht, oder sie hatte versucht, Anette die Tortenplatte abzuluchsen. Schließlich war das 'ne gute Glasplatte von Leonardo gewesen.

Anette musste letzten Endes zu einem Trick greifen, um ihre Tortenplatte zurückzubekommen. Als sie eines Abends bei Biggi zu «Bergdoktor schauen und Hugo trinken» eingeladen war, hatte sie in Windeseile alle Küchenschränke durchwühlt, während Biggi auf der Toilette war. In einem Fach, in dem Biggi Tupperware und Backutensilien aufbewahrte, war sie dann tatsächlich auf ihre Tortenplatte gestoßen. Hastig hatte sie alle Schränke geschlossen und wieder auf dem Sofa Platz genommen. Später dann, als Biggi in der Küche ihre Gläser auffüllen wollte, war Anette mitgegangen und hatte unter dem Vorwand, sie suche nach einem Strohhalm, den Küchenschrank aufgerissen.

«Ach, Mensch, Biggi. Guck mal, was ich hier zufällig entdeckt habe, kann das sein, dass das meine Tortenplatte ist?»

«Du, ja kann sein, ich hab die schon 'ne Weile hier rumfliegen und konnte die nicht mehr zuordnen.»

Wie? Sie konnte die nicht mehr zuordnen?, hatte Anette wütend gedacht, wie viele Leute wären denn da wohl in Frage gekommen? Außerdem hatte sie doch ständig erwähnt, dass sie ihre beste Tortenplatte vermisste. Biggi war schon echt 'ne Marke! Na ja, immerhin hatte sie ihre Tortenplatte zurückerobert und umgehend ein Namensetikett draufgeklebt. Das hätte sie viel früher machen sollen!

Eine halbe Stunde ihres spontanen Wahlkampfteam-Treffens war vergangen, als es vorne an der Haustür klingelte. Biggi!

«Sorry, Netti. Hab deine WhatsApp eben erst gesehen! Bei Möbel Krachmüller gab's doch heute 15 %, und im Prospekt hatten sie diese Salatschälchen, die ich schon ganz lange haben wollte.»

Ach, Mist. Den Sale bei Krachmüller hatte Anette völlig verschwitzt – sie musste unbedingt die Schüssler-Salz-Dosis erhöhen –, dabei hatte sie so hübsche Geschirrtücher im Prospekt gesehen. Eigentlich hätte sich Anette jetzt gerne über ihre beste Freundin aufgeregt – einfach aus der Unzufriedenheit heraus, die sie gerade verspürte –, aber Biggi hatte sie tatsächlich letzte Woche gefragt, ob sie zusammen zu Krachmüller fahren wollten, und Anette war es komplett durchgerutscht, ihr darauf zu antworten. *Tja, selbst schuld*, dachte sie missmutig.

«Jedenfalls gibt die Wahlkampfkasse durch die bisherigen Ausgaben leider nix mehr her für größere Aktionen», ergriff Beatrix Hohmann wieder das Wort, die von Biggis verspäteter Ankunft unterbrochen wurde, und machte damit Anettes Wunsch nach einem großen Kuchenfest im Seniorenstift zunichte. Das war Anettes einzige spontane Idee gewesen, wie sie die älteren Bürger Hildenbergs auf ihre Seite hätte ziehen können. Für alle anderen Vorschläge, die in ihren hitzigen Diskussionen aufkamen, war die Zeit mittlerweile zu knapp. Zum ersten Mal endete ein Wahlkampfteam-Treffen nicht damit, dass alle beschwingt und mit einem kleinen Schwips nach Hause gingen. Anette war geknickt und schaute das ganze Wochenende über gleich mehrere Reisereportagen mit Tamina Kallert an, um sich wieder zu beruhigen.

Die nächsten Wochen lief es nicht viel besser. Überall, wo Anette ihren Wahlkampfstand aufbaute, war Sebastian Wotzke schon da und verteilte mit großem Grinsen Flyer, Bonbons, Kugelschreiber und Luftballons an Passanten. Als Anette durch Zufall einer dieser Flyer in die Hände fiel, stellte sie mit Erschrecken fest, dass sich Sebastian Wotzke etwas ganz Besonderes hatte einfallen lassen. In der Mitte des Flyers war ein kleines Kreuzworträtsel abgedruckt. Einzelne Buchstaben im Kreuzworträtsel waren grau unterlegt und sollten bei korrekter Beantwortung der einzelnen Zeilen und Spalten das Lösungswort zur Bonus-Frage «Wer wird Hildenbergs neuer Bürgermeister?» ergeben. Anette hatte eiligst – mit Unterstützung von Gisela, Harald und Biggi – die Felder ausgefüllt, und am Ende bildete sich durch die grau melierten Buchstaben das Wort «WOTZKE».

«Das ist schon ziemlich pfiffig, Anette, tut mir leid», hatte Gisela gemeint und eine schuldbewusste Miene aufgesetzt.

«Ja, das seh ich ja selbst …» Seufzend hatte Anette den Flyer beiseitegelegt und sich auf den Plastikhocker hinter ihrem Stand sinken lassen.

Nicht nur im Straßenwahlkampf, auch hinter den Kulissen schien es plötzlich so, als gelänge Sebastian Wotzke ein Coup nach dem anderen, während bei Anette der Wurm drin war. So waren zum Beispiel zwei Kartons mit Flyern, die Anette bereits vor Wochen nachbestellt hatte, einfach wieder an den Hersteller zurückgeschickt worden. Als Anette bei der Kundenhotline angerufen hatte, war ihr nur gesagt worden, dass die Sendung nicht zugestellt werden konnte und dass sie die Flyer erneut in Auftrag geben müsste.

«Jetzt kann ich noch mal zwei Wochen auf die Dinger warten, und wir haben nur noch einen halben Karton im Keller stehen. Da steh ich ja super da, wenn ich keine Flyer mehr rausgeben kann», Anette hatte die Hände überm Kopf zusammengeschlagen, und das Wahlkampfteam hatte betreten zu Boden geschaut. Die Stimmung im Team war seit den Hildenberger Tagen angespannt. Bertram ließ sich nur noch selten blicken und erfand ständig Ausreden, warum er am Samstag keine Schicht auf dem Marktplatz übernehmen konnte, und auch Annikas Freundin Steffi hatte Anette schon lange nicht mehr gesehen.

«Das hat aber nix mit dir zu tun, Mama», beruhigte Annika sie am Telefon, «die Steffi hat doch bei den Hildenberger Tagen mit diesem Memo hinterm Festzelt geknutscht, du weißt schon, dieser Kumpel vom Andi. Die hängen seitdem 24/7 aufeinander, seh die auch nur noch sporadisch!»

Aha!, dachte Anette. Der Typ war ja auch ein Früchtchen. Erst über Hildenberg witzeln und dann noch ihre Wahlkampfhelfer in Beschlag nehmen. Sie musste dringend mal mit Andi über seinen Freundeskreis sprechen.

Bei Sebastian Wotzke schien es dagegen wie am Schnürchen zu laufen. Jeden Samstag, wenn Anette am Frühstückstisch saß und die Zeitung aufschlug, grinste ihr das blöde Backpfeifengesicht entgegen. Mal hatte er das örtliche Seniorenstift besucht und kleine Blumensträuße für die Bewohnerinnen mitgebracht, auf einem anderen Bild sah man ihn beim Sommerfest in der örtlichen Kita, wie er einem kleinen Mädchen die Plastikschaufel in den Sandkasten reichte, und wiederum auf einem weiteren Foto stand er mit anderen Anzugträgern herum: «Wotzke eröffnet neue Automaten der Hildenberger Sparkasse».

«Wieso fragen die mich bei so was nicht? Unverschämtheit, der Bengel tut so, als wäre er schon Bürgermeister!», erbost hatte Anette die Zeitung weggelegt und seitdem gar nicht mehr in den *Anzeiger* geschaut, war sie selbst ja seit Wochen nicht mehr drin zu sehen gewesen.

«Weil sein Vater den Sparkassendirektor kennt», hatte Achim entgegnen wollen, aber dann doch lieber den Mund gehalten. Anette war so schlimm gereizt, dass er nicht mehr wusste, wohin mit sich. Sie hatten auch früher öfter mal Meinungsverschiedenheiten gehabt, doch das war nichts gewesen im Vergleich zu den letzten Wochen. Dabei hatte der Wahlkampf sich zuerst ganz nach Achims

Geschmack entwickelt. Immer mehr Leute grüßten ihn, die Samstage auf dem Marktplatz endeten meistens bei einem leckeren Bierchen mit Bertram und Harald, und mit Sekt-O oder irgendwelchen luxuriösen Empfängen hatte er bis dato beruhigend wenig zu schaffen gehabt. Doch seit den Hildenberger Tagen war es vorbei mit Zuckerschlecken und Bauchpinselei. Statt einem Feierabendbier führte Anette eine zweite Schicht mit einem Flyer-Stand an der Hildenberger Einkaufspassage ein, wo es deutlich ungemütlicher und unpersönlicher zuging als auf dem Marktplatz.

Als Anette ihren Göttergatten an einem Samstag erst auf den Marktplatz und dann noch mit in die Einkaufspassage geschleppt hatte, weil Beatrix Hohmann «sich verkühlt» hatte, fühlte Achim sich im Anschluss wie durch die Heißmangel gedreht. Nach diesem hektischen Samstag wollte er eigentlich nichts mehr als seine Ruhe. Ein bisschen die Füße hochlegen, einen Krimi anschauen und ein paar Salzstangen futtern, doch ausgerechnet heute wollte sein Bruder Ralf zum Abendessen vorbeikommen. Das machte das Ganze nicht gerade besser. Zwar war Ralf etwas jünger als Achim, doch der Lebemann – wie er sich selbst manchmal nannte – spielte gerne den welterfahrenen, allwissenden Alleinunterhalter und kaute seinen Verwandten regelmäßig das Ohr ab, indem er von seinen neuesten Errungenschaften, romantischer, technischer oder motorisierter Art berichtete.

«Mensch, Achim, du hast auch schon mal besser ausgehen! Sport ist wohl ein Fremdwort für dich, oder wie? Hast ein paarmal zu oft die Bierflasche mit dem Sprudel verwechselt, oder wie?», polterte Ralf lautstark, als er an diesem Abend über die Ahlmann'sche Türschwelle trat, und klopfte Achim dabei auf den Bauch, dessen Wölbung in den letzten Wochen tatsächlich etwas gewachsen war.

Klar, bei dem Stress, dachte sich Achim und hatte nach dieser Begrüßung bereits genug.

«Na, so ein Wahlkampf ist eben anstrengend. Komm rein und leg ab, Ralf. Der Grill ist an, das Knoblauchbaguette im Ofen. Willste ein Bier oder erst mal ein Radler?», rettete Anette ihren Mann aus der misslichen Lage und geleitete den sie um Haupteslänge überragenden Ralf auf die Terrasse.

«Radler? Wenn ich Limo will, dann sag ich's!», hörte Achim Ralf rufen, band sich währenddessen die Grillschürze um, als wäre sie ein Brustpanzer und die Grillzange sein Schwert. Auf in den Kampf.

Wenige Minuten, aber dafür zahlreiche Bemerkungen über Achims Grillkunst später saßen die drei vor ihren überladenen Tellern auf der Terrasse der Ahlmanns und wünschten sich guten Appetit, wobei Ralf laut «Na, dann mal ran an den Speck» rief und Achim erneut in den Bauch kniff, sodass dieser genervt aufstöhnte und dann schweigend das Nackensteak anschnitt.

«Mensch, du, für 'n Salat ist das ja ganz schön lecker», nuschelte Ralf durch seinen vollen Mund und deutete auf die Schicht Tomate-Mozzarella, die sich an seinem Tellerrand auftürmte.

«Danke, nimm dir daran mal ein Beispiel, Achim», sagte Anette an ihren Mann gerichtet, der die zwei Salatschüsseln mal wieder geflissentlich ignoriert hatte.

«Wie läuft's denn mit dem Wahlkampf, huh?», wollte Ralf wissen.

«Ganz okay so weit. Könnte besser laufen», erwiderte Anette mit einem leidenden Unterton, «in letzter Zeit macht mir der Wotzke ordentlich zu schaffen. Du hast nicht zufällig einen Goldesel im Keller, den du mir für 'ne Weile ausleihen kannst?»

«Wenn ich den hätte, du, wäre ich längst weg», er lachte schallend, «wobei der Goldesel bei mir hauptsächlich meiner Ex zugutekommen würde. Hat mich ordentlich übern Tisch gezogen bei der Scheidung, wisst ihr ja. Na ja, wundert mich sowieso, dass du dich da zur Wahl gestellt hast. Am Ende gewinnt bei so was eh immer der Geldadel!»

«Na ja, also ich glaub schon, dass es einigermaßen fair zugeht hier», meinte Anette und nahm sich vom Kartoffelsalat nach.

«Ja, die wollen ja auch, dass du das glaubst. So funktioniert Demokratie: Die da oben wollen uns das Gefühl geben, wir könnten mitbestimmen, aber am Ende bestimmt doch sowieso der Zuckerberg, wer gewinnt. Ist alles abgekartet, das Spielchen!»

«Was redest du denn da für einen Unsinn», mischte sich Achim wieder ins Gespräch ein, «willst du mir jetzt ernsthaft erzählen, dass der alte Kolloczek zu einem Geldadel gehört, der die Welt regiert? Das Einzige, was bei dem regiert, ist der Rotwein nach 20 Uhr.»

Er lachte lauthals über seinen eigenen Witz. Anette, der bei Ralfs wirren Ausführungen unbehaglich zumute wurde, versuchte, das Thema zu wechseln: «Wie läuft's bei der Arbeit? Biste noch in der Vermögensberatung?»

«Arbeit hab ich den ganzen Tag, da muss man abends nicht noch weiter drüber sprechen! Wenn du einen Tipp von mir haben willst: Sprich mit den Leuten. Von Mann zu Mann oder ... eben von Frau zu Frau. Über die Themen des Alltags quatschen, das ist es, was das Volk will», lenkte er das Gespräch sofort wieder auf den Wahlkampf. Anette, der nicht der Sinn danach stand, weiter über das leidige Thema zu sprechen, erwiderte genervt: «Danke für den Tipp, Ralf. Was denkst du, was wir die letzten drei Monate gemacht haben? Schach gespielt?»

«Ja, ich mein ja nur. Man wird ja wohl noch helfen dürfen», entgegnete er leicht brüskiert. Damit hatte er wohl nicht gerechnet, doch Anette hatte genug von seinem Gerede. Es reichte anscheinend nicht, dass der Wotzke die Arbeit der letzten Monate zunichte machte, indem er sie überholte und alle Hildenberger auf seine Seite zog, nein, jetzt musste sie sich auch noch irgendwelche inhaltsleeren Ratschläge von ihrem eigenen Schwager anhören.

«Will noch jemand was zu trinken?», fragte sie die zwei.

«Oh, mein Bier ist schon wieder leer. Muss wohl ein Loch im Glas sein, kannst mir ein neues bringen, Anette, aber diesmal ohne Loch, ja?», sagte Ralf und lachte dabei so sehr, dass ihm fast die Nürnberger Rostbratwurst von der Gabel purzelte. Auch Achim lachte. Er gestand es sich nur ungern ein, aber Ralf konnte einfach witzig sein. Das hatte ihn auch immer beliebter gemacht als Achim. Schon zu Schulzeiten war das so gewesen, als Ralf eine Mitschülerin von Achim nach der anderen eroberte, obwohl diese ein Jahr älter waren als er. Doch lange hatte er keine halten können – bis heute nicht. Achim konnte nicht genau sagen, was das Problem war. Aber das Thema Frauen war nun wirklich das letzte, das er heute Abend ansprechen wollte. Stattdessen fing er von Formel 1 an – eine Leidenschaft, die sie beide teilten. Anette war froh, dass die beiden Männer sich nun über etwas Unverfängliches unterhielten und sie ein bisschen ihre Ruhe hatte. Ralfs Bemerkungen hatten erreicht, dass ihre Gedanken nun wieder unentwegt um den Wahlkampf kreisten. Die nächsten Wochen mussten besser werden, das war klar. Nur «mit den Leuten reden» alleine würde da nicht helfen.

Doch nichts wurde besser. Anette fühlte sich mittlerweile regelrecht verfolgt von Sebastian Wotzke. Selbst wenn er nicht persönlich irgendwo auflief, überall, wirklich überall hingen seine Plakate. So auch, als Anette nach der Arbeit zwei Ortschaften weiter kurvte, um dort zu tanken. Niemand wusste warum, aber dort war der Diesel immer ein, zwei Cent pro Liter billiger als in Hildenberg, weshalb fast die gesamte Kleinstadt dorthin fuhr. Da diese Route bei den Hildenbergern so beliebt war, hatte Anette sie gleich am Anfang des Wahlkampfs zugepflastert mit ihrem Konterfei auf Pappe. Vier Monate lang hatte es ihr immer ein Hochgefühl gegeben, an den sechzig Bildern vorbeizurauschen, die dort an Laternenpfählen, Bäumen und Straßenschildern angebracht waren. Und nun lachte sie plötzlich die kalkweiße Visage von Sebastian Wotzke an. Auf der kompletten Strecke hatte er über jedes einzelne Plakat von Anette sein eigenes gehangen. Zwar immer mit dem gesetzlichen Mindestabstand, aber doch so, dass einige der Plakate nach einer Weile den Laternenpfahl heruntergerutscht waren und nun Anettes Gesicht zur Hälfte verdeckten. Bei einigen schien es, als würde die Hälfte von Anettes Gesicht mit dem von Wotzke verschmelzen, was ihres wiederum zu einer grotesken Fratze verkommen ließ.

Als Anette an den Plakaten vorbeifuhr, klammerte sie ihre Hände vor Wut fest ans Lenkrad und versuchte, den Blick gerade zu halten, um die Dinger aus ihrem Sichtfeld zu verbannen. Doch das reichte noch nicht als Ablenkung. Sie drehte das Radio lauter.

«Freuen Sie sich jetzt auf einen Hit, der für gute Laune steht wie kein anderer: ‹Auf uns›! Uuuund für Sie heißt es jetzt *auf ins* Wochenende mit unserem schmusigen Gute-Laune-Garanten Andreas Bourani!», brüllte Radio-Ingo, wie der lokale Radio-Matador sich selbst nannte, Anette durch die Lautsprecher ihres Wagens an. Sie seufzte. Immer diese alten Kamellen! Konnten die nicht mal das Neue von Revolverheld spielen oder wenigstens was von Mark Forster? Genervt schaltete sie auf den nächsten Lokalsender.

«Heute im Freitags-Talk zu Gast: Aus dem Nichts, ganz an die Spitze. Der heißeste Newcomer der Lokalpolitik: Sebastian Wotzke», Anette kam sich vor wie in der Sendung «Versteckte Kamera» und wartete eine Sekunde lang, ob Guido Cantz in die Sendung grätschte, um den ganzen Zirkus aufzulösen und zu verkünden, dass Wotzke bloß eine Erfindung von ihm sei und Anette einen prall gefüllten Geldkoffer gewonnen habe. Doch nichts dergleichen geschah. Stattdessen fing Wotzke an zu schwadronieren. Anette drehte das Radio aus und hätte am liebsten ihren Kopf aufs Lenkrad krachen lassen.

«Hinfallen, aufstehen, Krone richten, weitergehen» stand in schwarzer Schrift auf dem rosa Shirt, das Biggi mit beiden Händen festhielt und Anette zeigte.

«Das ist für dich, Netti, das passt doch super zu dir!», rief sie und stapfte sofort in Richtung Kasse los. Anette und Biggi waren zusammen auf Shopping-Tour. Wenn auch widerwillig, hatte Anette sich von ihrer besten Freundin dazu überreden lassen, den verkaufsoffenen Sonntag auszunutzen und in die Hildenberger Innenstadt zu fahren. Die bestand zwar nur aus einem Einkaufszentrum und drei, vier Läden, die drum herum verstreut lagen, doch die Bewohner Hildenbergs liebten es, ihrer Kleinstadt etwas Großstadtcharme zu verleihen, indem sie von der «Innenstadt» sprachen. Anette fühlte sich eigentlich zu müde und frustriert, um shoppen zu gehen, doch Biggi hatte nicht lockergelassen.

«Vergiss doch jetzt mal den ollen Wotzke, Netti. Früher konntest du gar nicht genug kriegen von verkaufsoffenen Sonntagen!», hatte sie gerufen, und Anette ließ sich schließlich umstimmen. Vielleicht würde ihr so ein kleiner Einkaufsbummel wirklich ganz guttun.

Nun stand sie im überfüllten Einkaufszentrum und wartete darauf, das Biggi zurückkam, doch die Schlange schien endlos lang. Scheinbar hatte ganz Hildenberg eine Verpflichtung verspürt, an diesem Sonntag einkaufen zu gehen, nur weil man es eben konnte. Um sich die Zeit zu vertreiben, schlenderte Anette zu den Postkartenständern, die vor der Buchhandlung aufgereiht waren. Gerade hatte sie eine Karte in der Hand, auf der «Man kann auch ohne Alkohol Spaß haben, aber sicher ist sicher» stand, als sie hinter sich einen Passanten im Vorbeigehen sagen hörte: «Der Wotzke ist einfach ein pfiffiger Typ, am verkaufsoffenen Sonntag Shoppingtaschen zu verschenken, Hut ab!»

Anette konnte kaum glauben, was sie da hörte. Verschleuderte der Wotzke etwa schon wieder Freiware? Hatte der eigentlich auch ein Wahlprogramm mit richtigem Inhalt, oder verteilte der bloß den lieben langen Tag Geschenke an ganz Hildenberg? Anette schaute kurz rüber zur Schlange vor Biggi. Die hatte sich bisher keinen Millimeter nach vorne bewegt, da ein Kunde augenscheinlich den verkaufsoffenen Sonntag ausnutzte, um eine ganz Tasche voller Kleidung umzutauschen.

Na herzlichen Glühstrumpf, dachte sich Anette, fuhr die Rolltreppe runter ins Erdgeschoss und ging durch die große Drehtür des Haupteingangs. Dort hatte sich ebenfalls eine Schlange gebildet. Doch nicht, wie man meinen könnte, vor einer der zwei Fressbuden, sondern vor einem Plastikpavillon, unter dem Sebastian Wotzke stand und Shoppingtaschen mit seinem Namen darauf verschenkte.

«Sparen Sie die fünfzehn Cent an der Kasse, nehmen Sie sich eine von unseren Tüten», rief Wotzke laut wie ein Marktschreier. Dass so einer wie der den Volksnahen geben konnte, obwohl er sein Leben in Internaten und Golfclubs verbracht hatte, war Anette schleierhaft.

«Werte Dame, nehmen Sie sich noch ein Traubenzucker, das gibt Ihnen die nötige Energie für einen anstrengenden Shoppingtag. Natürlich können Sie sich ein paar für die Enkelkinder mitnehmen», quakte Wotzke jetzt in Richtung einer älteren Dame. War das etwa Frau Feldhaus, die sich da gerade eine Handvoll Traubenzucker in die Handtasche stopfte? Die mied doch normalerweise jede Menschenmenge. Anette verspürte den Impuls, zu Wotzke an den Stand zu marschieren und eine Szene zu machen. Doch gleichzeitig beschlich sie auch das Gefühl, dass die Idee, kostenlose Shoppingtaschen zu verschenken, genial war. Die übergroßen Dinger hatten neben zwei Tragehenkeln eine große Schlaufe, sodass man sie sich bequem über die Schulter hängen konnte. Aus der Ferne sahen die Taschen hochwertig aus, doch als ein Pärchen bestückt mit zwei der Taschen an ihr vorbeilief, sahen Anettes geschulte Augen sofort, dass sie nur aus billigem Polyester waren.

Sie schlich etwas näher an den Stand heran, um sich die Sache genauer anzusehen. Doch dann ermahnte sie sich selbst. *Meine Güte, Anette, was machst du hier eigentlich?*, murmelte sie zu sich selbst, *du bist doch nicht die Furtwängler im Sonntags-Tatort.* Sie stoppte auf halber Strecke und wandte sich um, doch genau in diesem Moment bemerkte Sebastian Wotzke sie und rief laut: «Frau Ahlmann, holen wir uns Ideen vonner Konkurrenz, oder wie sieht's aus?» Er lachte überheblich. «Komm, nimm dir auch 'ne Tüte, in die kleine Handtasche passt ja nix rein!»

«Danke dir, aber nicht nötig. Von Nachhaltigkeit haben du und deine Taschen anscheinend auch noch nichts gehört, oder?», antwortete Anette und bemühte sich um einen möglichst gleichgültigen Tonfall.

«Die Taschen sind natürlich wiederverwendbar, oder wirfst du deine Einkaufstüten immer weg?», antwortete er und überreichte währenddessen grinsend weiter Taschen und Traubenzucker an die Leute in der Schlange, «außerdem, was kümmert dich das? Machst du jetzt einen auf Baumgärtner oder wie?»

«Du, is 'n freies Land, ne.»

«Netti, da bist du ja!», Biggi kam aus der Drehtür geschossen und hakte sich bei Anette ein. Sie warf einen kurzen Blick auf die Szenerie, rief dem Wotzke «Schönen Tag noch!» zu und zog Anette schnurstracks zurück durch die schnaufende Drehtür.

«Mensch, lass dich doch von dem nicht ärgern. Mehr als mit Werbegeschenken um sich werfen kann der nicht. Früher oder später werden das auch die Hildenberger verstehen, wirst schon sehen.» Noch bevor Anette darauf etwas erwidern konnte, fuhr Biggi fort: «Schau mal, ich hab zwei von den Shirts gekauft, eines für dich und eines für mich! Witzig! Und jetzt holen wir uns einen großen Eiskaffee da vorne in der Eisdiele, den ham wa uns verdient, würde ich sagen!»

Anette war ihrer Freundin plötzlich sehr dankbar. Diese Konfrontation mit dem aalglatten Wotzke, darauf hätte sie heute wirklich verzichten können. Klar, das gehörte ja zum Beruf der Politiker dazu, doch in letzter Zeit fiel es ihr schwerer als sonst, dabei ruhig zu bleiben. Glücklicherweise verstand sich Biggi darauf, ihre Freundin mit allerlei interessanten Geschichten aus Hildenberg abzulenken, und für die Länge eines leckeren Eiskaffees mit extra viel Sahne tratschten die beiden über die neue Frisur der Bäckersgehilfin von Frau Meier, Biggis Vorgartenpläne für das kommende Jahr und die letzte Yogastunde. Alles war auf einmal wieder so wie vor Anettes Aufstellung als Bürgermeisterkandidatin. Sie wurde fast etwas wehmütig, als der Kellner wenig später die Rechnung brachte. Biggi, die gerade von einer neuen Gartenzwerg-Kollektion sprach – «die sind aus glänzendem Gold, Netti. Goldene Gartenzwerge! Also, das ist doch mal originell!» –, die sie in der aktuellen «Schöner Wohnen» gefunden hatte, griff beherzt nach der Rechnung.

«Ach, du, lass, das mach ich.» Anette wischte Biggis Hand weg.

«Das macht dann acht Euro und sechzig Cent. Wollen Sie bar oder mit Karte bezahlen?», fragte der junge Kellner.

«Na, am liebsten gar nicht!», sagte Anette, woraufhin die beiden Frauen so sehr lachen mussten, dass Anette fast der Geldbeutel aus der Hand kippte und sich bereits einzelne Centstücke aus dem Inneren der Börse verabschiedeten.

«Ja, ich zahle in bar, wenn ich alles wieder beisammen habe.» Sie hob umständlich die Centstücke wieder auf, und Biggi krabbelte unter den Tisch, um zu überprüfen, ob auch nichts verlorengegangen war. Einzeln zählte Anette die Centstücke ab, legte die acht Euro und sechzig Cent schön aufgereiht neben die Rechnung und präsentierte ihr Werk lächelnd mit einem «Hah, sogar passend!».

Der Kellner deutete ein Nicken an, kassierte das Geld ab und war schon wieder verschwunden.

«Ach, jetzt habe ich total vergessen, Trinkgeld zu geben!», entfuhr es Anette.

«Mach dir keine Sorgen, ich lege was hin», antwortete Biggi, fischte ein 20-Cent-Stück aus ihrer Tasche und legte es auf den Tisch neben die leeren Eisbecher. Erleichtert stand Anette auf, und sie verließen die Eisdiele.

«Komm, wir gehen einfach durch den Hintereingang

vom Parkhaus raus, dann müssen wir uns den Wotzke nicht noch ein zweites Mal geben», schlug Biggi vor.

«Hmmh», machte Anette nur. Ihr war gerade gekommen, dass sie zwar gerne Bürgermeisterin von Hildenberg wäre, doch wenn es nicht klappen sollte und der Wotzke wirklich als Sieger hervorgehen würde, dann könnte sie auch damit leben. Denn solche Tage wie heute, mit Biggi einen Eiskaffee mit drei Kugeln Vanilleeis schlürfen und Partnershirts shoppen, waren auch was wert. Auch wenn sie es nie jemandem erzählt hatte, Anette träumte schon seit Jahren davon, Bürgermeisterin zu sein, aber vielleicht sollte es eben einfach nicht sein. Sie erzählte Biggi von ihren Gedanken.

«Netti! Das kann doch nicht dein Ernst sein, solche Tage wie heute werden wir trotzdem noch haben. Gib jetzt nicht auf!», rief sie empört. Als Anette immer noch miesepetrig dreinsah, begann Biggi zu grinsen.

«Mensch, Netti, ich hab was, was dich aufheitern wird! Hab ich total vergessen, dir zu erzählen, ach du grüne Neune! Neulich, auf dem Weg zum Einkaufen, hab ich die Ulrike gesehen, wie sie Kartonmüll in den gelben Plastikcontainer gestopft hat!»

«Nee, oder?»

«Ja doch! Am helllichten Tage!»

«Das gibt's nicht. Und damit kommst du jetzt an!»

«Ja, ich weiß! Entschuldige, ich hatte das wirklich total verdrängt!»

«Na du, also die kennt ja gar nix. Aber mich wundert's nicht. Bei der wundert mich gar nix …»

Lachend schlenderten die beiden an den Restaurants

der Landwehr-Gasse vorbei. Die Info über Ulrike hatte Anette zwar tatsächlich für einen Moment abgelenkt und zum Lachen gebracht, aber so ganz konnte sie den Gedanken, der sich in ihr festgesetzt hatte, nicht vertreiben. Sie tat sich diesen ganzen Stress ja tatsächlich freiwillig an. *Ohne die Kandidatur gäbe es kein Gezanke mit Wotzke, kein Gebrumme von Achim – na ja zumindest nicht so viel wie momentan –, sondern nur entspannte Sommertage wie heute,* dachte Anette und hakte sich seufzend bei Biggi unter.

KAPITEL 8

Im «Komm Hair» geht's hoch hair

«Was soll das heißen, mein Termin wurde nicht eingetragen? Nächste Woche ist Bürgermeisterwahl! Da kann ich ja wohl nicht mit diesen rausgewachsenen Franseln auftauchen. Und die Tönung muss auch dringend aufgefrischt werden!»

Anette war auf hundertachtzig. Sie hatte sich extra einen «Kaiserschnitt»-Termin eine gute Woche vor der Bürgermeisterwahl geben lassen, damit sie am Wahltag glänzen konnte. Nicht zu knapp vorher, falls die wieder zu viel abschnitten, aber auch nicht zu lange im Voraus, damit die kastanienbraune Tönung noch gut zur Geltung kam – und jetzt so was!

«Ja, Mensch, das ist ja jetzt blöd. Unser neuer Azubi, der Klausi, der ist da manchmal etwas nachlässig mit den Terminen. Das hatten wir leider letztens schon mal!», versuchte sich die Inhaberin des «Kaiserschnitt» zu erklären. «Wir hätten aber nächste Woche Donnerstag um 14.30 noch was frei.»

Klar, drei Tage vor der Bürgermeisterwahl geh ich noch zum Friseur, dachte Anette und merkte, wie sich ihre Hände vor Wut schon zu Fäusten ballten. Redete sie hier eigentlich gegen die Wand? Eine absolute Frechheit war das! Nie wieder würde sie einen Fuß über die Schwelle dieses Saftladens setzen. Beim vorletzten Mal hatten sie ihr alles so raspelkurz geschnitten, dass sie ausgehen hatte wie der Rauhaardackel von Frau Meier, und jetzt war ihr Termin einfach verschludert worden. Sie würde Biggi später bitten, anonym im Internet eine schlechte Bewertung für den «Kaiserschnitt» zu schreiben. Eigentlich hätten sie nach diesen unverschämten Aktionen ja null Sterne verdient, aber man musste ja mindestens einen geben. Tja, die würden sich noch umgucken!

«Nächsten Donnerstag? Ja, ich überleg mir das, muss erst zu Hause in meinen Kalender schauen, und dann ruf ich später noch mal an», sagte Anette und behielt die Wut in ihrem Innern für sich. Sie hatte jetzt keine Lust auf Diskussionen. Schließlich musste sie sich schleunigst darum kümmern, dass sie heute noch irgendeinen Friseursalon fand, der sie bediente.

Und auch, wenn sie es nicht wahrhaben wollte, wusste sie ganz genau, dass es nur eine Option im Umkreis gab.

Zwanzig Minuten später parkte Anette vor dem Haarstudio «Komm Hair» und sah bereits durchs Fenster, wie Friseurin Ulrike geschäftig durch den Laden wuselte. *Ganz ruhig*, dachte sie und atmete tief in den oberen Bauch, wo sich der Stress des Nachmittags bereits festgesetzt hatte. So hatte Manuel es ihnen beim Yoga gezeigt. Die Stelle im Körper, die Probleme machte, gezielt anvisieren und dann mehrmals tief dort hineinatmen. Die letzten Wochen war Anette bereits nur noch mit angezogener Handbremse durch den Wahlkampf getuckert. Sie musste einfach diesen enormen Stress loswerden, so wie Manuel es ihr bereits im April ans Herz gelegt hatte. Als sie nach dem Shoppingtag mit Biggi ihrem Wahlkampfteam gegenüber Zweifel geäußert hatte, ob es überhaupt noch weitergehen sollte, hatten alle energisch durcheinandergeplappert. Wie sie denn bloß auf eine solche Idee kommen könnte, der Wotzke dürfte auf keinen Fall Bürgermeister werden, viele Leute in Hildenberg würden auf sie zählen und überhaupt! Achim hatte bloß gebrummt, dass das ja ganz schöne Geldverschwendung sei, wenn sie jetzt hinschmeißen würde. Trotzdem hatte Anette sich überzeugen lassen, aber klargemacht, dass sie sich nicht weiter von Wotzke in diesen «Mehr! Mehr! Mehr»-Strudel hineinziehen lassen würde. Also waren die zusätzlichen Stand-Schichten vor der Einkaufspassage wieder gestrichen worden, und das Team konzentrierte sich stattdessen auf persönliche, ausführliche und informative Gespräche mit potenziellen Wählern auf dem Marktplatz. Qualität statt Quantität! So waren die letzten Wochen vergangen, und der Wahlsonntag rückte näher – daher musste bei Anette nun auch äußerlich alles passen!

Noch ein letzter tiefer Atemzug, und Anette stieg aus dem Auto. Sie hatte wirklich keine Lust, sich bei Ulrike – dieser Männerdiebin! – die Haare schneiden zu lassen, allerdings blieb ihr keine andere Wahl. Im Nachbarort gab es neben dem «Kaiserschnitt» nur noch den Laden einer Kette, in dem die Friseure alle pinke oder blaue Haare hatten und furchtbar laute Musik lief, und in Hildenberg hatten sie eben nur Ulrikes «Komm Hair».

Also, dann nix wie rein da und hoffen, dass Ulrike heute noch einen Termin frei hatte.

Als Anette den Laden betrat, machte die Tür ein klingelndes Geräusch, und alle Köpfe wandten sich ihr zu: «Schönen guten Tag zusammen», grüßte Anette in die Runde, und Ulrike, die gerade Frau Feldhaus unter die Trockenhaube gesetzt hatte, sprang direkt auf sie zu.

«Anette! Wie schön, dich zu sehen! Was kann ich für dich tun?»

Jaja, jetzt tut sie wieder so nett, wie schon vor zwei Wochen vor der Bäckerei Meier, aber sobald ich ihr den Rücken zudrehe, dachte Anette, *wuselt sie um meinen Achim herum wie so 'ne Stechmücke!* Die Ulrike war wirklich mit Vorsicht zu genießen!

«Du, Ulrike», begann Anette und zwang sich zu einem Lächeln, «könntest du mich heute noch irgendwo dazwischenschieben, nächste Woche ist doch die Wahl, und du siehst ja, was auf meinem Kopf los ist!»

«Oh, Mensch, Anette. Heute? Hm, ja, irgendwie kriegen wir das hin. Setz dich erst mal. Nächste Woche ist wahrscheinlich schon zu spät, ne? Ja, dann schimmert die Tönung zu stark auf den Pressefotos. Ich muss gleich noch bei Frau Feldhaus die Wickler rausnehmen, danach komm ich zu dir!»

Puh, Glück gehabt. Erleichtert ließ sich Anette in den Friseurstuhl gegenüber von Frau Feldhaus sinken und griff sich die Gala vom Zeitschriftenstapel.

«Käffchen, Anette?», rief Ulrike und hielt fragend eine Tasse in die Höhe.

«Gerne!»

Im «Kaiserschnitt» gab's immer nur ein Glas Wasser ohne Kohlensäure. Da könnte sie sich doch glatt dran gewöhnen. Aber nicht zu sehr einlullen lassen, Anette, warnte sie sich selbst.

Während Ulrike mit Frau Feldhaus und ihrer Dauerwelle beschäftigt war, lehnte sich Anette auf ihrem Stuhl zurück, nahm einen Schluck von ihrem Kaffee, der überraschend gut war, und blätterte mit angefeuchteten Fingern durch die Gala. An einem Artikel über Harry und Meghan blieb sie kurz hängen. Das war ja auch eine! Anscheinend überließ sie ihr Kind den ganzen Tag irgendwelchen Nannys, um zum Sport zu gehen oder sich mit Freundinnen zu treffen. *Diese jungen Mütter heutzutage*, dachte Anette, *so was hätte es früher nicht gegeben*. Nachdem Andi geboren war, war sie bestimmt drei Jahre nicht beim Sport gewesen, da hatte sie ganz andere Sorgen gehabt. Sie blätterte weiter, doch plötzlich ließen die Worte der alten Frau Feldhaus sie aufhorchen:

«Ja, und dann haben die mir im Kaufhaus gesagt, meine Hildenberg-Karte wäre leer und sie könnten mir das fünfteilige Pfannen-Set nicht geben!»

«Haben Sie Ihre Punkte vielleicht schon woanders eingelöst, Frau Feldhaus? Mir geht das manchmal so, dass ich mit dem Kopf in den Wolken bin und dann das ein oder andere vergesse!», erwiderte Ulrike und zupfte an Frau Feldhaus' grauen Locken herum.

«Och, Ulrike. Jetzt hörn Se mal auf! Ich bin zwar alt, aber doch nicht tüdelig im Kopf!»

«Hm, das ist ja komisch. Und die im Kaufhaus konnten nichts machen?»

«Nein, nein. Die haben nur gesagt, dass auf der Karte keine Punkte drauf sind. Aber das kann ja nicht sein, ich hab die Punkte ja nie eingelöst, weil ich auf das Pfannen-Set gespart hatte. Ganz edle, gusseiserne Pfannen bekam man für 4500 Punkte! Die hatte ich schon ganz lange im Auge!»

«Ärgerlich! Aber man kann sich doch mit der Kartennummer im Internet auf einer Website einloggen und sehen, wo und wie viele Punkte man bekommen hat, und auch, welche Punkte eingelöst wurden!»

«Ach, Kindchen. Ich weiß doch gar nicht, wie das geht. Kennen Se die Ingeborg, meine Nachbarin? Ingeborg Palzke? Die hatte auch Schwierigkeiten. Wollte sich mit ihren Punkten einen neuen Schneebesen aus Silikon holen, und auch bei ihr war die Karte leer! Na ja, aber so ist das eben manchmal. Müssen wir halt wieder neu anfangen zu sparen!», seufzte Frau Feldhaus.

«Mensch, Frau Feldhaus, das kann's aber doch auch nicht sein», sagte Ulrike aufgebracht, «irgendwo müssen die Punkte doch sein. Haben Sie die Karte vielleicht mal aus der Hand gegeben?»

«Nein, nein. Ich seh schon immer zu, dass ich alle meine Sachen bei mir behalte. Hab das Portemonnaie auch immer in einem Extrafach in der Handtasche, gerade wenn viele Leute um einen herum sind, da pass ich schon auf. Hab das auch dem Sebastian gesagt, dass er gut drauf aufpassen soll!»

«Hmmh», antwortete Ulrike gedankenverloren, doch dann wurde sie aufmerksam, «wie? Dem Sebastian gesagt? Was gesagt?»

Und dann schwärmte Frau Feldhaus von Anettes größtem Konkurrenten, Sebastian Wotzke. Ein schneidiger, junger Mann wäre das, genau so einer hätte Hildenberg noch gefehlt. Eigentlich hätte sie ja schon alle Hoffnung in die Jugend verloren, aber der Sebastian zeigte, dass es noch aufrichtige und fleißige junge Leute gäbe.

«Na ja, jedenfalls hat er mir doch so leckeren Apfelkuchen vorbeigebracht und war für alle Seniorinnen in der Nachbarschaft einkaufen! Mensch, ist das ein Service, hat sogar die Ingeborg gesagt. Wissen Se, für uns Ältere ist das ja schwierig mit den Einkäufen, fahren ja alle kein Auto mehr. Nur die Ingeborg manchmal, aber eigentlich ist ihr Auto auch schon an allen Ecken und Enden zerschrammt, weil se nicht mehr so gut sieht …»

«Und der Sebastian hatte Ihre Hildenberg-Card? Die von der Frau Palzke auch?», unterbrach Ulrike den Bericht von Frau Feldhaus.

«Jaja, sicher. So ein Wocheneinkauf bringt doch ordentlich Punkte!»

Anette stand der Mund offen, wie von selbst ließen ihre Hände die Zeitschrift sinken. So, dass sie nun in ihr eigenes entsetztes Gesicht im Spiegel blickte. Schnell schloss sie den Mund wieder. Wenn das stimmte, dann … oder konnte das etwa nur Zufall sein? Sie wollte ja niemandem etwas unterstellen, aber das war doch alles recht seltsam. Wie durch einen Schleier nahm sie wahr, dass Ulrike mit Frau Feldhaus fertig war und sie vorne an ihrem kleinen Tischchen abkassierte. Einen Moment sprachen die beiden noch miteinander, und Ulrike notierte sich irgendetwas, aber Anette war wie in Trance, und in ihrem Kopf wirbelten die Gedanken hin und her. Als Ulrike einen Moment später an Anette herantrat, warf sie ihr einen vielsagenden Blick zu und sagte mit einem Unterton in der Stimme:

«Na, das ist ja was mit der Frau Feldhaus und ihren Punkten, oder?»

Doch Anette war so mit ihrem eigenen Gedankenkarussell beschäftigt, dass sie nur ein «Hmmm» herausbrachte und auch, während Ulrike an ihr herumwerkelte, nur einsilbig auf Fragen antwortete.

Wenn der Wotzke wirklich … das wäre ja ein Skandal! Vor ein paar Wochen hatte sie mit Biggi noch über diesen kleinen Wichtigtuer gelacht und ihr die Geschichte von seinen kriminellen Machenschaften zu Schulzeiten erzählt. Tja, da sah man's mal wieder. Wenn das so früh schon losging. Trotzdem war das Ganze bisher ja nur eine Vermutung. Was würden die Leute sagen, wenn sie ihren größten Konkurrenten bezichtigte, ein gemeiner Verbrecher zu sein? Wahrscheinlich würden alle bloß denken, dass Anette einen Weg suchte, sich selbst ins bessere Licht zu rücken. Verflixt und zugenäht, das war wirklich eine Zwickmühle!

Zwei Stunden später verließ Anette, immer noch wortkarg und in Gedanken versunken, das «Komm Hair». Sogar den leckeren Kaffee hatte sie nur halb ausgetrunken. Immerhin verstand Ulrike wirklich etwas von ihrem Handwerk. Die Tönung war sogar besser und natürlicher geworden als im «Kaiserschnitt», und auch von der Länge her hatte Ulrike es richtig hinbekommen! Die Kundin, die nach Anette an der Reihe gewesen war, hatte sogar auf sie gedeutet und gesagt: «Och, Ulrike. Könnten Sie's mir so machen wie bei der Dame da vorne? Das sieht ja frech aus!»

Ausnahmsweise hatte Anette dann sogar zwei Euro in das kleine violette Sparschwein am Eingang geworfen – solange Ulrike sich davon nicht einen Cafébesuch mit Achim gönnte, war ja alles in Ordnung.

«Das kann doch nicht wahr sein», polterte Achim und schlug mit der flachen Hand auf den Terrassentisch, «diese kleine Ratte!»

«Papa! Meine Güte … jetzt mal langsam. Ich versteh das mit dieser Hildenberg-Card überhaupt nicht. Kann mich da mal wer aufklären?», fragte Annika und blickte ratlos in die Runde.

«Biggi, erklär du mal, ich hol noch mal was zu trinken. Jörg, 'n Bier für dich?», rief Anette, die in der geöffneten Terrassentür stand.

«Wenn du 'n alkoholfreies dahast, gerne, ansonsten bleib ich beim Sprudel», antwortete Jörg, und Achim verdrehte die Augen.

Biggi, Jörg, Achim und Annika saßen im Garten der Ahlmanns um den Terrassentisch herum. Anette, die gerade im Haus verschwunden war, hatte den schon länger geplanten Grillabend genutzt, um von den Infos, die sie im «Komm Hair» aufgeschnappt hatte, zu berichten. Als Anette zu erzählen begonnen hatte, war Biggi zunächst eingeschnappt gewesen und hatte gerufen: «Du warst auf Feindesgebiet? Wieso das denn?»

Sie hatte einen Seitenblick zu Jörg geworfen, doch der tat so, als hätte er nichts gehört. Auch Anette hatte abgewunken: «Erzähl ich dir wann anders, ich hatte meine Gründe!»

Damit hatte sich Biggi – nach einem kurzen, empörten Schnauben – zunächst zufriedengegeben.

Als Anette ihre Geschichte beendet hatte, waren Biggi und Achim außer sich gewesen vor Wut. Jörg, der wie immer die Ruhe selbst war, hatte nur mit dem Kopf geschüttelt und «eieieiei» gemurmelt. Annika allerdings, die die Hildenberg-Card nicht kannte, hatte nur Bahnhof verstanden.

«Also, die Hildenberg-Card ist so was wie Payback oder andere Treuepunkte-Karten, aber eben nur für Hildenberger Geschäfte», erklärte Biggi ihr jetzt, «die wurde letztes Jahr eingeführt, da hast du schon nicht mehr hier gewohnt, oder?»

Annika schüttelte den Kopf.

«Jedenfalls sammelt man mit der Hildenberg-Card in allen teilnehmenden Läden Punkte. Die Supermärkte in Hildenberg machen zum Beispiel alle mit, auch in «Gisela's Lädchen» gibt's Punkte oder bei dem Herrenausstatter in der Marienstraße. Und wenn man dann eine bestimmte Anzahl von Punkten hat, kann man die auch in den verschiedenen Läden einlösen, die haben dann immer so ausgewählte Produkte, die man mit den Punkten kaufen kann. Ich hab meine zum Beispiel letztens bei Gisela eingelöst, die hatte so tolle Vasen! Weißte Jörg, die goldene, die bei uns in der Diele steht!»

«Und der Wotzke hat jetzt die Punkte von der Feldhaus und den anderen Omis abgezogen?», fasste Annika die ganze Angelegenheit in einer Frage zusammen.

«Das wissen wir nicht», sagte Anette, die gerade wieder auf die Terrasse kam.

«Aber es sieht verdächtig danach aus», brummte Achim, «wenn ich den in die Finger kriege!»

Achim und Biggi steigerten sich eine Weile in ihren Ärger hinein und überboten sich gegenseitig mit boshaften Spitznamen für Sebastian Wotzke.

Auch wenn die letzten Monate des Wahlkampfs für den armen Achim – seiner Meinung nach – eine regelrechte Tortur gewesen waren, fand er nun in der Empörung über Anettes Konkurrenten zu alter Stärke zurück. Voller Wut wendete er die marinierten Nackensteaks und Würstchen auf dem Grill, sodass eines der Würstchen sich bei der energischen Wendung sogar in die heißen Kohlen verabschiedete und Anette rief: «Achim! Jetzt aber! Pass doch auf die Würstchen auf! So dicke ham wir's nun auch nicht.»

Mit eisigem Blick sah Achim auf das Würstchen in den Kohlen, das nun langsam vor sich hin schmorte und schließlich zu einem schwarzen Klumpen wurde. Auch das war Wotzkes Schuld! Nur wegen ihm war er so auf hundertachtzig und unkonzentriert gewesen: «Du rufst jetzt sofort beim *Hildenberger Anzeiger* an, Anette! Alle hier im Ort müssen erfahren, was der Wotzke für ein hinterlistiges Wiesel ist!»

Anette, die gerade ihren Party-Nudelsalat mit Fleischwurst neben Biggis Schüssel mit dem mediterranen Kartoffelsalat abstellte, schüttelte den Kopf: «Nein, das mache ich nicht!»

Alle Köpfe wandten sich ihr zu, Achim klappte die Kinnlade herunter, und Biggi rief:

«Netti! Du musst!»

«Dann werden die beim *Anzeiger*, ach sowieso die ganze Stadt, denken, dass ich den Sebastian nur an den Pranger stelle. Ich hab doch gar keine Beweise!», erwiderte Anette aufgebracht und ließ sich erschöpft auf das bunt karierte Polster ihrer Gartenstühle sinken.

«Aber die Feldhaus! Und die anderen Seniorinnen. Die könnten doch für dich aussagen!», versuchte nun auch Annika ihre Mutter umzustimmen.

«Ach, die Feldhaus. Die hält doch immer noch große Stücke auf diesen Schwindler! Jetzt rächt es sich eben, dass ich nicht von Anfang an an die alten Leute gedacht habe. Hab gedacht, die kennen mich ja eh gut genug durch die ‹Grauen Papageien› und so weiter, aber Pustekuchen! Und jetzt ist es eben zu spät!»

Nachdenklich luden sich nun alle Steak, Würstchen, Salat und Kräuterbaguette auf die Teller und begannen zu essen. Alle fünf Minuten wagte jemand einen neuen Versuch, um Anette doch noch dazu zu bewegen, mit ihrer Vermutung an die Presse zu gehen. Doch die weigerte sich beharrlich.

Später am Abend, nachdem Biggi und Jörg gegangen waren, lagen Achim und Anette schweigend nebeneinander im Bett. Während ihr Mann mit schläfrigem Blick durch das Fernsehprogramm zappte, versuchte Anette, einen ihrer heißgeliebten Sylt-Krimis zu lesen. Doch sooft sie auch versuchte, den Inhalt der Buchseite zu erfassen, es gelang ihr einfach nicht. Immer wieder schweiften ihre Gedanken ab, und sie dachte an Sebastian Wotzkes überhebliches Grinsen, als sie sich bei den Hildenberger Tagen zum ersten Mal begegnet waren, an Frau Meiers stichelnde Worte über ihre Umfragewerte und an die Erzählungen von Frau Feldhaus über ihre verschwundenen Punkte. Sollte es das jetzt gewesen sein? Hatte sie verloren? Würde Hildenberg bald von einem kriminellen Bengel regiert werden, der außer Freibier nichts zu bieten hatte? Anette

seufzte. Sie dachte zurück an das erste Treffen des Wahlkampfteams und wie alle vor Ideen und Eifer gesprüht
hatten, daran, wie Andi am Vatertag mit ihren Fähnchen
in der Hand den Hügel heruntergerauscht war, und an die
tolle Schiffskonstruktion von den Hildenberger Tagen, in
die Achim so viel Zeit und Arbeit investiert und dafür auch
viel Lob eingeheimst hatte. Bis auf ein paar Rückschläge
und Herausforderungen war der Wahlkampf für sie wirklich gut gelaufen, zumindest bis der Wotzke aufgetaucht
war. Ja, auch der Urlaub war durch die Wucherpreise und
den Wahlkampfstress nicht optimal verlaufen, aber gerade deshalb durfte die ganze Arbeit jetzt nicht ins Leere
laufen. Dann wären all die Mühen und die vielen Dispute
mit Achim für die Katz gewesen.

In dieser Nacht schlief Anette unruhig. Sie träumte,
dass sie in der Backstube der Bäckerei Meier stand. Von
vorne aus dem Verkaufsraum rief Frau Meier ihr zu, sie
müsse unbedingt einhundert Sahnetörtchen mit ihrem
Gesicht darauf herstellen. Nur so hätte sie noch eine
Chance, die Wahl zu gewinnen. Anette gelang es sogar,
mit dem Spritzbeutel ein realitätsgetreues Ebenbild von
sich auf die Törtchen zu malen, doch dann verwandelte
sich ihr Gesicht in das von Sebastian Wotzke. Anette warf
das Törtchen angeekelt in den Müll, doch sooft sie es auch
versuchte, immer wieder erschien das hämisch grinsende
Gesicht von Sebastian Wotzke auf den Törtchen. Irgendwann kam Frau Meier in die Backstube, um sich zu er-
kundigen, wo die Törtchen blieben. Anette erschrak. Die
Bäckerin hatte zwar Statur und Größe von Frau Meier, sie
trug auch ihre übliche, dunkelrote Bäckerschürze, aber

trotzdem sah sie fremd aus und eher wie eine andere Person, die Anette kannte. Doch erst, als sie zu sprechen begann, erkannte Anette, wer da vor ihr stand: «Netti! Netti, wo sind die Törtchen? Oje! Entweder müssen wir jetzt meine Backmischung nehmen, oder wir verkaufen doch die Wotzke-Törtchen?»

Dann lieber die Wotzke-Törtchen, war ja eh schon alles zu spät … und Anette wankte in ihrem Traum der seltsamen Biggi-Meier-Mischung hinterher in den Verkaufsraum. Vorne im Laden drängten sich schon viele Hildenberger, die nach Törtchen verlangten. In der ersten Reihe stand Frau Feldhaus, die ein buntes Kärtchen in die Höhe hielt und mit Hilfe ihrer Hildenberg-Punkte alle Wotzke-Törtchen aufkaufen wollte. Anette kam gar nicht hinterher damit, die ganzen Törtchen einzupacken, da sah sie plötzlich ihren Mann hinter Frau Feldhaus auftauchen.

«Habt ihr keine Wiedenmaier-Törtchen? Was ist das denn für ein Service hier? Anette? Ein Wiedenmaier-Törtchen bitte! Anette?»

Anette stammelte ein paar unzusammenhängende Worte als Antwort, so schockiert war sie. Warum wollte Achim denn ein Wiedenmaier-Törtchen und nicht eins mit ihrem Gesicht drauf?

«ANETTE?»

Anette schlug die Augen auf.

Vor ihr stand der echte Achim und wedelte mit der Tageszeitung vor ihrem Gesicht herum. Was sollte das denn jetzt? Heute war doch Samstag. Gab es wieder irgendetwas im Angebot, das Achim nun unbedingt noch vor 10 Uhr holen musste? Wenn er sie wieder wegen einer neuen Heckenschere oder sonst irgendeiner Gerätschaft aus dem Baumarkt weckte, dann konnte er sich seinen Kaffee zukünftig selbst machen, Herrgott noch eins.

«Anette! Guck dir das an! Du, da wird ja der Hund in der Pfanne verrückt!», rief Achim und hörte nicht auf, mit der Zeitung zu winken.

Meine Güte, so aufgeregt und begeistert hatte sie Achim ja schon ewig nicht mehr erlebt, zuletzt war er so aus dem Häuschen gewesen, als er nach einer Beschwerde-Mail bei einem Nudelhersteller – in der Fusilli-Packung waren statt 500 g nur 486 g Nudeln gewesen – ein riesiges Entschuldigungs-Paket mit verschiedenen Pastasorten und einem Edelstahl-Nudelsieb erhalten hatte.

«Jetzt hör mal auf, so rumzuhampeln. So kann ich doch sowieso nichts lesen. Wo ist denn meine Lesebrille?» Sie wühlte in ihrer Nachttischschublade nach ihrer Brille, setzte sich das violette Gestell auf die Nase, nahm Achim die Zeitung aus der Hand … und dann klappte ihr die Kinnlade herunter!

«BÜRGERMEISTERKANDIDAT BEUTET HILDENBERGER SENIOREN AUS» stand in riesengroßen Lettern auf dem *Hildenberger Anzeiger*, darunter etwas kleiner «Der 28-jährige Bürgermeisterkandidat Sebastian Wotzke (links im Bild) brachte zahlreiche Hildenberger Senioren um ihre wohlverdienten Sammelpunkte (Artikel auf S. 2)». Anette blätterte hastig um. Der Artikel über Sebastian Wotzke nahm die komplette zweite Seite der Zeitung ein.

«Aber wie… was? Woher wissen die das?», stammelte sie. Mehr brachte sie nicht heraus. In Windeseile überflogen ihre Augen den Artikel. Ab und an murmelte sie einige Informationen, die auch für sie neu waren, laut mit: «… nach bisherigen Informationen zockte Wotzke auf diese Weise mindestens 35 Seniorinnen und Senioren ab, ‹Wobei die genauen Zahlen vermutlich noch höher liegen›, so Hans Kohlmassen von der Polizei Hildenberg», «Wotzke erschlich sich insgesamt fast 28 000 Sammelpunkte», «in seiner Wohnung wurden mehrere Pfannen-Sets, vier Pakete mit Weingläsern, ein Pizzastein sowie ein brandneuer Staubsauger gefunden – alles noch originalverpackt.»

Anette ließ die Zeitung sinken und starrte ihren Mann an.

«Meine Güte, der hat das wirklich gemacht … und sogar im ganz großen Stil. Das ist doch nicht zu fassen», sagte sie, noch immer in Schockstarre.

«Ich hab dem das gleich angesehen, du, an der Nasenspitze hab ich dem das angesehen», rief Achim und klopfte mit dem Finger auf das Bild von Sebastian Wotzke.

Plötzlich wurde Anette ernst.

«Aber jetzt mal Butter bei die Fische, Achim. Woher wissen die vom *Anzeiger* das? Hast du da angerufen?», fragte sie und sah ihren Mann durchdringend an. Doch der bestritt die Anschuldigungen.

«Du hast gesagt, du willst dich da nicht einmischen. Warum sollte ich dann da anrufen?», Achim klang beinahe beleidigt, dass Anette ihm so etwas zutraute.

Biggi, Jörg und Annika beteuerten ebenfalls, dass sie nix mit dem Artikel zu tun hätten. Das war doch wirklich komisch, irgendwie musste die Zeitung doch an die Informationen gekommen sein. Vielleicht hatte doch die Feldhaus selbst bei der Presse oder der Polizei angerufen? Unwahrscheinlich. Schließlich schien es gestern beim Friseur noch so, als hätte Frau Feldhaus gar nicht kapiert, was da gelaufen war. Aber vielleicht hatte sie die Geschichte auch in der Bäckerei Meier erzählt, und von da aus hatten sich die Gerüchte bis zum *Anzeiger* rumgesprochen. Anette atmete einmal tief durch, der Stress und die Frustration der letzten Wochen, die seit Wotzkes Einstieg in den Wahlkampf mehr und mehr überhandgenommen hatten – weg. Die Hauptsache war nun, dass dem Wotzke das Handwerk gelegt worden war. Die Bürgermeisterkandidatur konnte er sich dann wohl abschminken.

«Heute Abend gönnen wir uns zur Feier des Tages ein leckeres Schnitzel im Gasthaus, was hältste davon?», fragte sie Achim, bevor sie zum Markt aufbrach. Es war Samstag, und das hieß immer noch Wahlkampf auf dem Markt, auch wenn der Wotzke sich selbst ins Aus geschossen hatte.

«Puh, schon wieder unter Leute?», brummte Achim, der in seinem Sessel saß und in einer derart hohen Lautstärke Formel 1 schaute, dass man sich im Wohnzimmer der Ahlmanns wie in der Boxengasse des Nürburgrings fühlte.

«Wir müssen ja nicht lange bleiben!»

Achim, dem beim Gedanken an die vielen Leute im Gasthaus zwar nicht warm ums Herz wurde, wenn er an das leckere Schnitzel mit Jägersoße dachte, dafür umso mehr das Wasser im Mund zusammenlief, ließ sich schließlich überzeugen und nickte den Vorschlag ab.

Im Gasthaus «Zur vollen Kelle» war es wie an jedem Samstagabend brechend voll. Am Eingang wurden bereits

Leute ohne Reservierung vertröstet. Auf die Frage, ob sie reserviert hätten, antwortete Anette – im Gegensatz zu den Leuten, die nun an der Theke warten oder wieder gehen mussten – mit einem selbstbewussten «Aber selbstverständlich» und nannte ihren Namen. Sie war schon immer jemand gewesen, der eher reservierte, statt ein Risiko einzugehen, doch seit dem Steakhouse-Debakel war sie da noch rigoroser.

Die Bedienung wies auf einen Tisch ganz am Ende des Raumes, und Achim und Anette ließen sich ächzend nebeneinander auf die Bank sinken. Eigentlich waren sie ja noch keines dieser Paare, das im Restaurant nebeneinander- statt sich gegenübersaß, aber da der Tisch am Ende des Raumes lag und sonst einer mit dem Rücken zum Geschehen gesessen hätte, machten sie eine Ausnahme. Achim bestellte sich ein Pils, und Anette wählte die Weißweinschorle mit Grauburgunder aus. Schweigend beobachteten sie das Geschehen im Gasthaus.

Das «Zur vollen Kelle» war der Anlaufpunkt Nummer 1 in Hildenberg. Anette ging zwar auch gerne zum Italiener, aber Achim verweigerte sich seit einigen Wochen, sodass jetzt nur noch die monatlichen «Frauenabende» mit Biggi dort stattfinden konnten. Achim fühlte sich von «seinem Italiener» hintergangen. Als er in Frankfurt beim Essen die Preise verglichen hatte, war er noch voll des Lobes für «Giovannis» gewesen. Doch bereits einige Tage nach ihrer Rückkehr aus Frankfurt, als Achim dort abends noch zwei «VierJahresZeiten» mit extra Käse geholt hatte, war ihm etwas merkwürdig vorgekommen. Anette hatte damals die großen Teller aus dem Geschirrschrank genommen und ihre Pizzen darauf geschoben. Sie hatte schon anfangen wollen, zu essen, als Achim plötzlich gerufen hatte:

«Halt! Stopp!»

Anette hatte sich furchtbar erschrocken und schon gedacht, die Pizza wäre verdorben. Ohne sich zu erklären, war Achim in seine Kellerwerkstatt gelaufen und mit einem Metermaß zurückgekommen.

«Hier ist doch was faul ...», hatte er gemurmelt und die Pizza vermessen. «Ha! Wusst ich's doch! 3 cm kleiner! Ich glaub, mich laust der Affe! Hab ich doch gleich gesehen. Normalerweise hängt die 'n Stück über den Tellerrand rüber, aber heute liegt sie genau auf. Verarschen kann ich mich alleine!»

Anette hatte bloß die Schultern gezuckt, solche Sperenzchen kannte sie von Achim schon. Klar fände sie es auch nicht gut, wenn Giovanni auf diese Weise versuchen würde, Kosten einzusparen. Dann lieber die Preise etwas erhöhen mit einem klaren Statement auf der Facebookseite oder einem Aushang im Restaurant – von Politikern wurde diese Transparenz schließlich auch erwartet –, aber vielleicht war das Ganze ja auch nur ein Versehen gewesen.

Anettes Gedanken kehrten zurück ins «Zur vollen Kelle». Hier traf man am Samstagabend immer irgendwen, deswegen hatte Achim auch zunächst gezögert, als Anette den Restaurantbesuch vorgeschlagen hatte. Auch heute hatte Anette schon ihre Kollegin Karin mit Mann und Kindern erspäht und aus der Ferne gegrüßt, Dorfpolizist Hans Kohlmassen saß ebenfalls mit seiner Frau an einem der Tische, aß ein überdimensionales paniertes Schnitzel mit

Gültig von 03.07. bis 31.07.2021

www.bauhaus.info

BAUHAUS®

Wenn's gut werden muss.

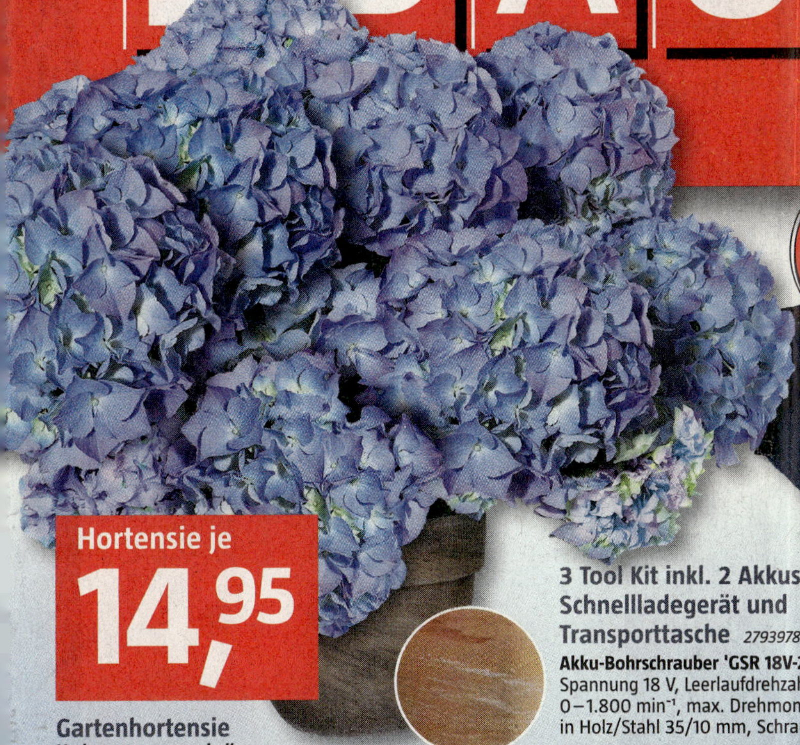

Hortensie je

14,95

Gartenhortensie

Hydrangea macrophylla

Blütenbälle für den halbschattigen Standort im Garten oder Gefäß, in 4 Einzelfarben, Rot, Blau, Weiß oder Rosa, ohne Übertopf

im 23-cm-Topf je **14,95**

Blumentopf 'Levante' *20827544/20825821*

Ton, klassische, abgerundete Form, hohe Frostbeständigkeit, Made in Germany, ø 24 cm, Höhe 19 cm, in den Farben Basalt oder hell marmoriert

je **4,49**

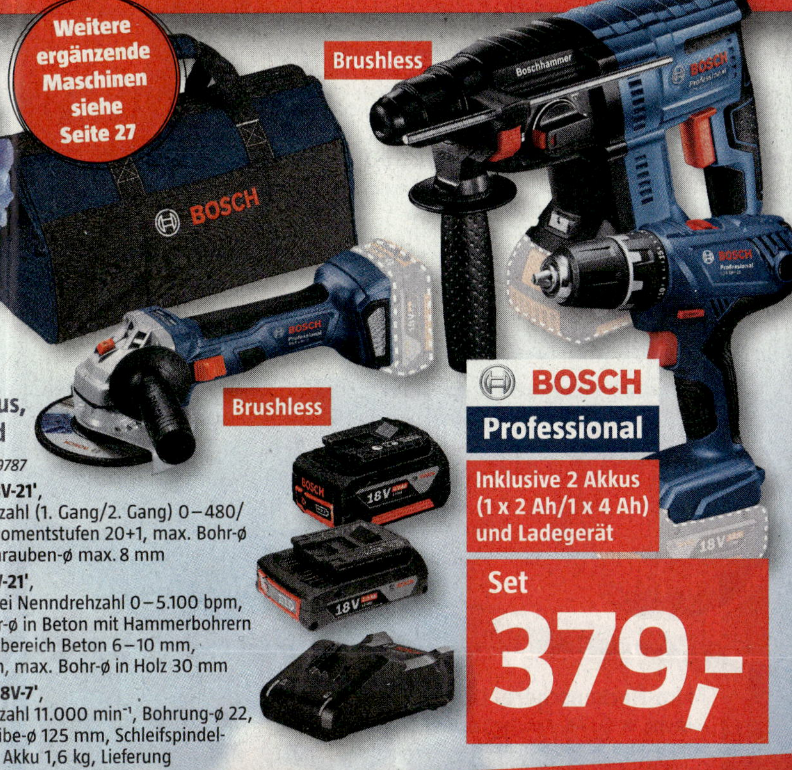

Weitere ergänzende Maschinen siehe Seite 27

Brushless

Brushless

BOSCH Professional

Inklusive 2 Akkus (1 x 2 Ah/1 x 4 Ah) und Ladegerät

Set

379,-

3 Tool Kit inkl. 2 Akkus, Schnellladegerät und Transporttasche *27939787*

Akku-Bohrschrauber 'GSR 18V-21',
Spannung 18 V, Leerlaufdrehzahl (1. Gang/2. Gang) 0–480/0–1.800 min⁻¹, max. Drehmomentstufen 20+1, max. Bohr-ø in Holz/Stahl 35/10 mm, Schrauben-ø max. 8 mm

Akku Bohrhammer 'GBH 18V-21',
Spannung 18 V, Schlagzahl bei Nenndrehzahl 0–5.100 bpm, Schlagenergie max. 2 J, Bohr-ø in Beton mit Hammerbohrern 4–21 mm, optimaler Einsatzbereich Beton 6–10 mm, max. Bohr-ø in Metall 13 mm, max. Bohr-ø in Holz 30 mm

Akku Winkelschleifer 'GWS 18V-7',
Spannung 18 V, Leerlaufdrehzahl 11.000 min⁻¹, Bohrung-ø 22, 23 mm, Schrupp-/Trennscheibe-ø 125 mm, Schleifspindelgewinde M14, Gewicht ohne Akku 1,6 kg, Lieferung ohne Trennscheibe

Alle BAUHAUS®-Fachcentren haben wieder uneingeschränkt für alle Kunden geöffnet.

Danke, dass Sie uns in schwierigen Zeiten die Treue gehalten haben!

499,-

Pure Spa Außen-Whirlpool '77 Navy' *27194133*

Steuersystem 220–240 V/50 Hz, Heizung 2.200 W, Sprudel-Vorrichtung 800 W, 140 Luftdüsen, Filterpumpe 1.741 l/h, Kalkschutzsystem 10 W, Oberteil/Pool-Material laminiertes Vinyl, für bis zu 4 Personen, Außen-ø 196 cm, H 71 cm, Innen-ø 145 cm, Fassungsvermögen 795 l, Aufheizzeit 1,5–2,5 °C/h

5-teilig

399,-

Diningset 5-teilig *27756612*

Aus lackiertem Akazienholz gefertigt, in Used
'White Washed', Platz für 4 Personen, Tisc
bar, alle Möbel klappbar, Maße Tisch B
L 120–160 cm, Maße Stuhl B 58,5 x

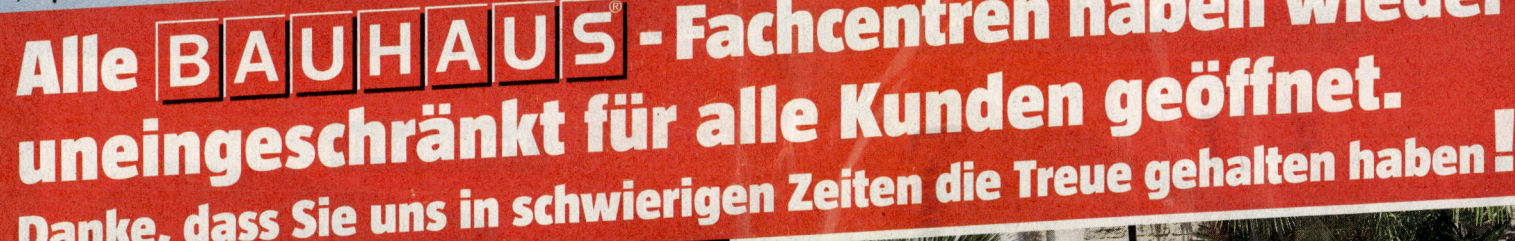

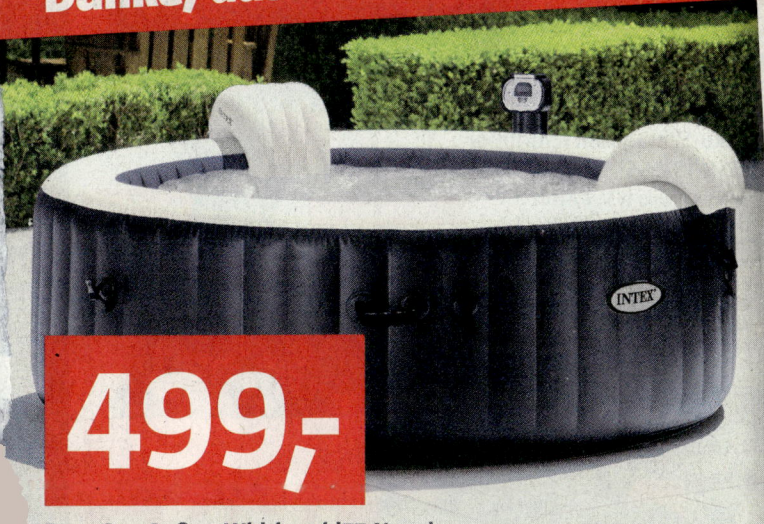

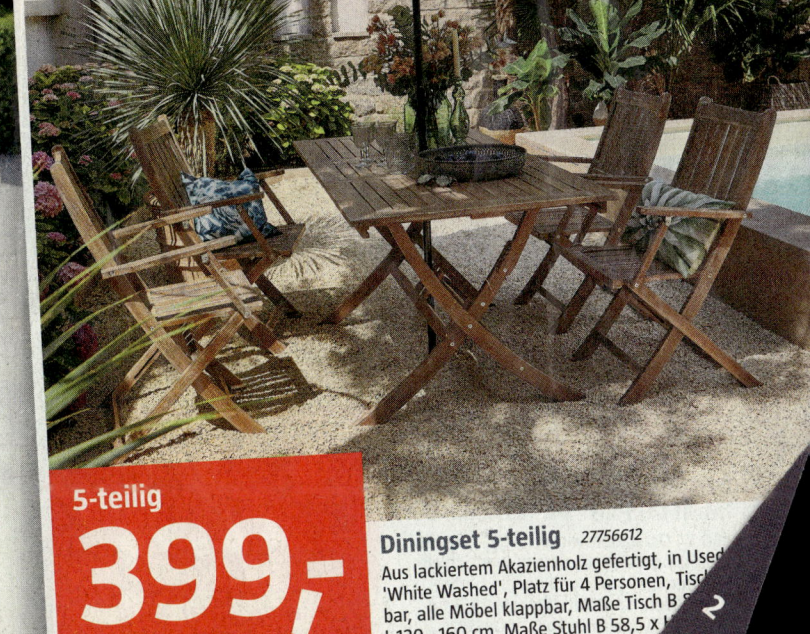

1

BOSCH Indego-Aktion + Nur für kurze Zeit

 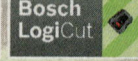

- SmartMowing
- Voice Control
- Connectivity
- SpotMow

+ Mähroboter-Garage gratis
im Wert von 149,99 UVP

Beim Kauf eines Bosch Mähroboters **'Indego S+ 500'** erhalten Sie bei Einsendung eines Teilnahme-Coupons oder via Online-Teilnahme eine **Bosch Mähroboter-Garage** im Wert von **149,99 €** UVP gratis.

Aktionszeitraum: 02.07.2021 – 31.07.2021,
Einsendeschluss: 14.08.2021
Teilnahme via Coupon oder online unter:
https://couponing.portica.de/bauhaus-boschindegokampagne

Alle Teilnahmebedingungen und Datenschutzhinweise finden Sie auf den ausliegenden Coupons im Stadtgarten Ihres BAUHAUS Fachcentrums oder unter: https://couponing.portica.de/bauhaus-boschindegokampagne

Dies ist eine Aktion der Robert Bosch Power Tools GmbH (Max-Lang-Straße 40 – 46, 70771 Leinfelden-Echterdingen).

Akku-Mähroboter 'Indego S+ 500'
Für Rasenflächen bis ca. 500 m², Akkuleistung 18 V/2,5 Ah Li-Ion, Mähzeit pro Ladung ca. 60 min, Ladedauer ca. 60 min, max. Steigung bis zu 27%, Gewicht ca. 7,7 kg, Sicherheitseinstellung manueller Sofort-Stopp, Mähprinzip LogiCut sorgt für effizienteres und schnelleres Mähen als nach dem Zufallsprinzip
28139164

769,-
Solange Vorrat reicht

BAUHAUS®

TOP 8

2

Inkl. 18 V/3 Ah Akku und Ladegerät

Akku-Heckenschere 'DUH523RF'
Leistung 18 V/3 Ah, Akkulaufzeit bis zu 75 min, Schnittlänge 52 cm, Schnittstärke max. 15 mm, Gewicht 3,4 kg, beidseitig geschliffenes, rostfreies Messer, vibrationsarmer Lauf, leicht und handlich 25134355

169,-
Solange Vorrat reicht

3

Exklusiv im
BAUHAUS

Multimaster 'MM500 Plus' Professional Set
350 W, Oszillationswinkel: ± 1,7°, für alle professionellen Säge-, Trenn- und Schleifarbeiten am Haus, Auto und im Garten, inkl. neuem Sägeblatt 'Carbide PRO' für Heavy-Duty-Anwendungen 28366582

86-teilig

269,-
Solange Vorrat reicht

4

BOSCH Professional

Exklusiv im
BAUHAUS

Akku-Schlagbohrschrauber 'GSB 18V-55' 27491746
Akkuspannung 18 V, 2 Akkus (1 x 2 Ah/1 x 4 Ah), Drehmoment weich/hart 28/55 Nm, 20 Drehmomentstufen, Leerlaufdrehzahl 1. Gang/2. Gang 0 – 450/0 – 1.750 U/min, bürstenloser Motor für längere Werkzeuglebensdauer und höhere Akkulaufleistung

Mit Schlagfunktion

Brushless

Inkl. 1 Akku 2 Ah und 1 Akku 4 Ah, Schnellladegerät und Koffer

Set

199,-
Solange Vorrat reicht

Pommes und hatte Achim auf seinem Weg zur Toilette in ein kurzes Gespräch verwickelt.

Als die Bedienung gerade das Jägerschnitzel für Achim und die «Krüstchen» mit Spiegelei für Anette servierte, löste sich eine Gestalt vom Tresen und kam auf ihren Tisch zu.

«Ach du Schande, der Wiedenmaier kommt zu uns rüber. Was will der denn jetzt? Der sieht doch, dass wir gerade unser Essen bekommen haben», zischte Anette.

«Mahlzeit zusammen!», grüßte Holger Wiedenmaier und klopfte zwei Mal auf den Tisch.

«'n Abend», brummte Achim und sah sehnsüchtig auf sein Schnitzel, Messer und Gabel hatte er schon in der Hand.

«'n Abend, Holger. Na, wie isses?», sagte Anette, doch auch ihr Ton ließ erahnen, dass sie gerade wenig Lust auf eine Unterhaltung hatte.

«Ja, gut isses. Tolle Sache mit dem Wotzke, was? Der kleine Fatzke hat ja alles ordentlich durcheinandergewirbelt. Klug angestellt hat er das, aber nicht zu Ende gedacht, ist eben noch grün hinter den Ohren», er lachte polternd und sah Anette auffordernd an.

«Klug findest du das? Ich würde das kriminell nennen, aber so können Ansichten auseinandergehen!»

«Ach, Anette, mach dich mal locker. So ist das eben im Wahlkampf. Da muss man auch mal zu härteren Bandagen greifen, der Wotzke hat das verstanden, aber du setzt ja in letzter Zeit eher auf die Öko- und Gutmenschen-Schiene!»

«Der Wotzke hat das verstanden? Ach ja, genau, deswegen hat er jetzt auch 'ne Anzeige am Hals!» Anettes

Stimme wurde schrill. Dieser Typ schaffte es einfach, sie zur Weißglut zu treiben.

«Wie gesagt, hat er eben nicht zu Ende gedacht. Aber mit deinem Gleichheits-Gedöns lockste auch keinen hier im Ort hinterm Ofen hervor. Sagen im Übrigen auch die Umfragen, kann dir die Meier bestätigen. Und die Senioren … die kommen jetzt alle zu mir, darauf kannste Gift nehmen. Also, dann. Lasst's euch schmecken!»

Er klopfte wieder zwei Mal auf den Tisch und verzog sich auf einen Hocker am Tresen.

Anette kochte vor Wut.

«Was bildet der sich eigentlich ein? Kaum ist der eine Verrückte aus dem Rennen, steht hier der nächste aufgeblasene Wicht bei einem am Tisch», ihre Augen funkelten wütend in Richtung Tresen.

Achim, der sich in dem Moment, als der Wiedenmaier abgezogen war, über sein Jägerschnitzel hergemacht hatte, brummte nur.

«Sagst du jetzt auch mal was dazu?»

«Was soll ich denn dazu sagen? Das Essen wird kalt wegen dem Kerl. Aber 'n bisschen recht hat er ja schon», meinte Achim mit vollem Mund.

«Wie bitte?»

«Na ja, die Feldhaus und die anderen Senioren können mit diesem ganzen Zeugs von wegen Nachhaltigkeit und so doch wirklich nichts anfangen.»

«Achim, du weißt genau, dass das nur ein kleiner Teil meines Wahlprogramms ist. Finanzielle Förderung von Familien, Ausbau der Infrastruktur, Stärkung von Betrieben in der Region … das steht auch alles drin.»

«Ich weiß, was da drinsteht. Musste mir das ja oft genug anhören, aber dieses Nachhaltigkeits-Gedöns schreckt die Alteingesessenen eben ab.»

Anette sagte nichts mehr. Sie nahm Messer und Gabel und begann, ihre Krüstchen zu essen. Toll, nur noch lauwarm. Achim war manchmal so ein Stoffel. Er hatte gar nichts verstanden. Manchmal musste man eben mit der Zeit gehen. Als Jugendliche vor ein paar Jahren eine Party am Ringelteich veranstaltet und ihren ganzen Müll hatten liegen lassen, war Achim außer sich gewesen, und jetzt machte er so einen Terz, weil in ihrem Wahlprogramm die Begriffe Umweltschutz und Nachhaltigkeit auftauchten.

Plötzlich fiel ihr etwas ein.

«Sag mal. Wenn's in der Bäckerei Meier Törtchen mit dem Wiedenmaier drauf und welche mit meinem Gesicht geben würde – welche würdest du dann kaufen?», fragte sie ihren Mann.

«Was?» Achims Gesicht verriet, dass er nur Bahnhof verstand.

«Ach, vergiss es!»

Schweigend aßen sie ihre Teller leer, und als die Bedienung fragte, ob es noch etwas für sie sein dürfe, schüttelten beide den Kopf. Sie bezahlten kurz darauf und verließen das Restaurant.

An der Eingangstür angekommen, warf Anette noch einen kurzen Blick zum Tresen. Sie sah die dunkelblonde, bereits leicht angegraute Igelfrisur des Wiedenmaier zwischen anderen Köpfen herausstechen. Offenbar mimte er gerade wieder den Alleinunterhalter, denn seine Kumpanen hatten ihm die Oberkörper zugewandt und brüllten vor Lachen über etwas, das er gesagt hatte.

«Elke! Mach mal lauter. Das ist der Gabalier!», rief er gerade der Besitzerin des Gasthauses zu.

«Mammma lauddda, Elke», brüllten seine Kumpanen im Chor und lachten lauthals über ihren eigenen Witz.

Anette wandte sich ab und folgte ihrem Mann hinaus. Wegen so einem durfte sie sich nicht mit ihrem Mann streiten. Das war doch genau das, was der Wiedenmaier wollte. Sie hatte gehofft, dass sie Achim nach Monaten des Wahlkampfes nun endlich von ihren Ideen und Kompetenzen überzeugt hatte, aber offenbar war dem nicht so. Noch eine Woche bis zur Wahl. Auch wenn sie Achim vielleicht bis dahin nicht mehr überzeugen konnte, gelang es ihr vielleicht doch noch bei den Senioren. Wenn sie gewann, würde Achim schon einsehen, dass sie recht gehabt hatte. Also hieß es jetzt Endspurt! Ärmel hochkrempeln, jeden Nachmittag auf den Marktplatz und Überzeugungsarbeit leisten!

KAPITEL 9

Showdown im Hildenberger Rathaus

«Herr Ahlmann! Morrrgen! Schon so fleißig? Wie isses, ham Se die Neuigkeiten schon gehört?»

Achim, der in seinem Vorgarten stand und gerade die Rhododendronsträucher mit seinem neuen elektrischen Heckenschneider stutzte, blickte auf und sah Frau Meier mit ihrem Rauhaardackel Fipsi auf sich zusteuern.

«Morgen», brummte er und beugte sich wieder konzentriert über die Sträucher, als er fragte: «Was 'n los?»

«Der Wotzke ist getürmt! Auf und davon! Angeblich hat er sogar das ganze Diebesgut zurückgelassen. Weiß jetzt keiner so genau, was damit ist. Die Frau Blazejewski hatte ja an den vermietet, die weiß auch nix. Wird das nicht beschlagnahmt von der Polizei, hab ich se gefragt. Aber da hat sich keiner bei ihr gemeldet. Glaubt man das?»

Eine Woche war es nun her, dass die große Enthüllungsstory im *Hildenberger Anzeiger* Sebastian Wotzke zu Fall gebracht hatte, und noch immer gab es in Hildenberg kaum ein anderes Thema.

Achim schüttelte ungläubig den Kopf: «Da ist unser Rechtsstaat mal wieder mit den einfachsten Sachen überfordert. Mein lieber Herr Gesangsverein!»

«Sie sagen es, Herr Ahlmann, Sie sagen es. Die Stadt Hildenberg hat ja auch Strafanzeige gegen Wotzke gestellt. Da frag ich mich ja, ob der da so einfach aus der Stadt rausdarf!» Frau Meier hatte sich auf den hölzernen Gartenzaun der Ahlmanns gestützt und blickte die Straße rauf und runter. «Nicht, dass der sich hier noch irgendwo versteckt hält! Weiß man ja nicht, was bei so einem im Kopf vor sich geht!»

«Nur Verrückte unterwegs heutzutage … hmmh, aber kann mir trotzdem nicht vorstellen, dass der Wotzke noch hier ist. Kriegt hier ja eh kein Bein mehr anne Erde!»

«Da haben Se auch wieder recht, also dann, Herr Ahlmann. Frohes Schaffen noch, und grüßen Se Ihre Frau ganz herzlich! Ich stand ja von Anfang hinter ihr! Hab jetzt auch bei mir in der Bäckerei noch mal 'n Plakat aufgehängt. Wiederschaun … komm, Fipsi!» Frau Meier zog ihren Rauhaardackel mit sich, der gerade dazu angesetzt hatte, sein Geschäft am Ahlmann'schen Gartenzaun zu verrichten.

Achim blieb kopfschüttelnd zurück. Die Frau Meier war schon 'ne Marke. Natürlich hatte die sich – wie fast alle anderen Hildenberger auch – in den vergangenen Monaten vom Wotzke einlullen lassen. Jetzt tönte sie natürlich wieder groß rum, nur um zu vertuschen, dass sie einem Betrüger aufgesessen war. Achim ließ nachdenklich die Heckenschere sinken. Klar, jetzt würden sich die Wotzke-Anhänger vermutlich wieder anderen Kandidaten zuwenden. Die Wahrscheinlichkeit war hoch, dass ein Großteil der enttäuschten Wotzke-Fans zurück ins Ahlmann-Lager wechselte. Achim wusste nicht so recht, was er davon halten sollte. Die Wochen, als Sebastian Wotzke seiner Anette aus heiterem Himmel den Rang abgelaufen hatte, waren hart gewesen. Auch die Aussicht darauf, dass der feine Pinkel mit gerade mal 28 Jahren Hildenberg regieren würde, hatte ihm absolut nicht gefallen, und als dann noch seine kriminellen Machenschaften herausgekommen waren, hatte Achim mehrfach beteuert, dass er seine Frau tatkräftig unterstützen würde, wenn sie erst mal Bürgermeisterin wäre. Doch nun – einen Tag vor der Wahl – wurde ihm erneut bewusst, was das alles bedeutete: Hektik! Stress! Trubel! Und … Sekt-Empfänge.

«Achiiiim! Schneller! Die Bürgermeisterkandidaten sollen um Punkt 12 Uhr in der Sporthalle sein!» Anette erschien bereits komplett angezogen in der Schlafzimmertür. Sie trug einen silbergrauen Hosenanzug, dazu bequeme Pumps mit breitem Absatz, die von Ornamenten überzogen waren, und ein neues, edles Seidentuch aus der Boutique im Nachbarort.

Der große Tag war gekommen! Heute fand die Bürgermeisterwahl statt. Ganz Hildenberg war aus dem Häuschen – zumindest empfand Anette das so. Egal wo sie hinging oder wen sie traf, es gab nur das eine Thema. Sie kam sich so langsam vor wie ein Hollywoodstar. Doch nun, da es endlich so weit war und sie gleich in das ihr zugewiesene Wahllokal, das sich in der Sporthalle von Annikas und Andis ehemaliger Grundschule befand, fahren würde, war sie doch mächtig aufgeregt. Neben dem Ausgang der Wahl machte Anette besonders die Outfit-Frage nervös. Seit Tagen lief sie deshalb wie ein aufgescheuchtes Huhn durch die Gegend. Mehrmals täglich war Biggi zur Stilberatung gerufen worden, weil Achim nicht hatte sagen können, ob Anette im silbergrauen Hosenanzug, in gemusterter Bluse mit weinrotem Blazer oder doch im schwarz-weiß karierten Kurzblazer am kompetentesten rüberkam.

«Nee, nee, der Kurzblazer ist was für 'n runden Geburtstag oder 'ne Silberhochzeit», hatte dagegen Biggi direkt gerufen. Die beiden anderen Outfits hatte sie sich mehrmals im Wechsel präsentieren lassen und jedes Mal «Hmm, zieh doch noch mal das andere an!» gesagt.

Erst als Anette den neuen Seidenschal mit dem asymmetrischen Muster zum Hosenanzug kombiniert hatte, war Biggi aufgesprungen, hatte zweimal in die Hände geklatscht und «Das isses!» gerufen.

Jetzt kam Achim in beigefarbener Stoffhose und seinem Camp-David-Polohemd aus dem Schlafzimmer.

«Geht das so?»

«Findest du nicht, dass das ein wenig zu locker ist? Da wird nachher der Herr Acar vom *Hildenberger Anzeiger* da sein und Fotos machen, das ist ein offizieller Termin, Achim.»

«Dann das gestreifte Kurzarmhemd, das du mir an der Ostsee ausgesucht hast?»

«An das hätte ich jetzt auch gedacht.» Also zog sich Achim das andere Hemd an.

«Wer macht den Fahrer heute?», rief Anette in Richtung ihrer zwei Kinder, die beide herausgeputzt auf dem Sofa saßen und Fernsehen schauten. «Und macht mal die Kiste aus, wir müssen jetzt los!»

«Ich kann fahren. Aber nur, wenn Papa nicht in jeder Kurve meinen Fahrstil kritisiert», erklärte sich Annika gleichmütig bereit, die Chauffeurin zu spielen.

«Jaja, jetzt aber mal halblang, du nimmst die Kurven aber auch, als wäre es ein kleiner Twingo», verteidigte sich Achim im Hinausgehen.

«Wir können auch mit meinem kleinen Flitzer hinfahren, gar kein Problem», meinte Annika und grinste ihren Vater auffordernd an.

«Mit Sicherheit quetschen wir uns jetzt nicht zu viert in den Twingo. Wie sieht das denn aus, wenn wir damit vor der Sporthalle halten? Los jetzt!» Anette unterbrach den Schlagabtausch und scheuchte die Familie aus dem Haus.

Die Hildenberger Sporthalle gehörte zu einem Komplex aus Grundschule, Berufsschule und Werkrealschule. Der relativ große Schulhof war bereits ziemlich vollgeparkt. Während Achim sich zurückhalten musste, seiner Tochter nicht einen Tipp nach dem anderen zu geben, zirkelte Annika den Wagen direkt vor dem Eingang in eine Lücke zwischen zwei Familienkutschen, die Achim im ersten Moment als viel zu klein bewertet hatte.

«So, Pole-Position, wie es sich für die zukünftige Bürgermeisterin Hildenbergs gehört!», freute sich Annika, und Familie Ahlmann stieg aus, um offiziell gemeinsam wählen zu gehen. Zwar konnte Annika ihre Mutter nicht mit ihrer Stimme unterstützen, da sie nicht in Hildenberg gemeldet war, aber das würde wohl hoffentlich nicht das Zünglein an der Waage sein. Andi, der es auch nach drei Jahren noch nicht geschafft hatte, in seiner Uni-Stadt mal beim Einwohnermeldeamt vorbeizuschneien, stiefelte dagegen voller Elan auf die Eingangstür der Sporthalle zu.

«Ey, Muttertier, wo soll ich jetzt noch mal mein Kreuzchen machen? Bei ‹Baumgärtner›, oder?» Er sah sich grinsend zu seiner Familie um. Annika und Achim mussten ebenfalls schmunzeln, aber Anette, die mittlerweile extrem angespannt war, rief streng: «Andreas! Also wirklich!»

Als sie in das Foyer traten, fühlte Anette sich für einen kurzen Moment wie auf dem Präsentierteller. Alle Augen wandten sich ihr zu. Die Gegenkandidaten waren ebenfalls mit ihren Familien gekommen und standen in verschiedenen Ecken des Foyers herum. Kurz spürte Anette ein Gefühl der Verunsicherung in sich aufsteigen, doch da entdeckte sie Biggi, Jörg und fast das komplette Wahlkampfteam, die ihr entgegenstrahlten. Und dann ging alles ganz schnell. Anette wurde zur Wahlurne geschoben, Kameras klickten und blitzten, Anette warf ihren Wahlzettel in die graue Plastikurne und versuchte dabei, so zu posieren, wie sie es alle vier Jahre im Fernsehen bei der Merkel und ihren Konkurrenten gesehen hatte: mit einem freundlichen, aber etwas steifen Lächeln im Gesicht, geradem Oberkörper, der einen Hand stützend an der Urne, während die andere den Zettel einwarf.

Danach wurden Fotos mit den Gegenkandidaten und vom Noch-Bürgermeister Kolloczek gemacht, der ebenfalls gekommen war, um seine Stimme abzugeben. Anettes Stimmung hob sich von Minute zu Minute. Gisela, Biggi und Annikas Freundin Steffi, die sich offenbar mal für ein paar Stunden von ihrem neuen Herzblatt hatte trennen können, waren so euphorisch, dass Anette sich davon anstecken ließ. So gelang es ihr auch, die spöttisch-provozierenden Blicke und Bemerkungen von Holger Wiedenmaier zu ignorieren und den flachen Smalltalk mit Julitta Baumgärtner zu durchschiffen wie Bankvorstände eine Finanzkrise.

Ihre Stimmung wurde aber auch deshalb von Minute zu Minute besser, weil immer wieder Menschen, die gerade gewählt hatten, an ihr vorbeigingen und ein paar nette Worte an sie loswurden. Sogar während des kurzen Fototermins mit Herrn Acar erhielt Anette immer wieder Zurufe von vorbeilaufenden Hildenbergern:

«Frau Ahlmann, toll, wie Sie das machen!», «Anette, unsere Stimmen haste, wir sehen uns beim Kegeln nächste Woche» und so weiter.

Alle taten so, als hätte sie die Wahl schon gewonnen.

Kurze Zeit später, als der erste Trubel vorbei war, verließ Anette mit Familie und Wahlkampfteam die Sporthalle. Sie würden noch einen kurzen Zwischenstopp zu Hause einlegen, um sich wieder frischzumachen, und danach sollte es auch schon ins Rathaus gehen. Dort fand zusammen mit den Gegenkandidaten und engen Verwandten und Freunden sowie im Beisein der Pressevertreter der Wahl-Countdown statt. Gegen 17.30 Uhr würden dort hoffentlich bereits die ersten Hochrechnungen eintrudeln.

Als sie auf den Parkplatz hinaustraten, sah Anette aus den Augenwinkeln, wie Holger Wiedenmaier mit einer großen Gruppe Senioren herumstand und offenbar einen Witz nach dem anderen riss. Anettes Stimmung flachte ab. Oje, hoffentlich hatte sie genug getan, um die ältere Generation aus Hildenberg wieder einzufangen. Vergangene Woche hatte sie im Seniorenstift einen neuen Aushang für die «Grauen Papageien» angebracht, auf dem sie einen Ausflug zum nah gelegenen Museumskloster im Oktober ankündigte, außerdem war sie extra noch mit in den Buchclub von Beatrix Hohmann und zur Rückenfitness mit Biggi gegangen, weil dort einige Senioren mitmachten, die nicht in der Papageien-Gruppe waren und die sie auch nicht aus dem Frauenverein, vom Kegeln oder aus der Nachbarschaft kannte. Der Rückenfitness-Kurs war allerdings unerwartet anstrengend gewesen. Schwitzend hatte Anette versucht, bei den Übungen mitzuhalten, die die Senioren augenscheinlich ohne größere Anstrengung verrichteten. Zwischendurch hatte der Trainer Anette mehrmals als Beispiel genannt, um den anderen Kursteilnehmern zu demonstrieren, wie man die Übung *nicht* machte! Blöder Fatzke! Der brauchte nicht denken, dass er sie auch nur noch einmal in seinem Kurs wiedersehen würde. Es ging eben nichts über ihren Manuel.

Nun steuerte Familie Ahlmann zielgerichtet auf den Zafira zu, doch Biggi rief Anette zurück:

«Netti! Kommste noch mal kurz mit zu Gisela ans Auto? Wir haben da noch was für dich!»

«Aber pronto, mir ist warm», brummte Achim und riss die Türen des Zafiras auf.

«Sonst fahrt ihr doch schon vor, dann nehme ich Netti mit, und Jörg kann bei euch mitfahren», meinte Biggi, warf ihrem Jörg eine Kusshand zu, hakte sich bei Anette unter und stiefelte mit ihr davon.

«Also, dann! Bitte um Erlaubnis, an Bord kommen zu dürfen, Käptn!», rief Jörg und grinste fröhlich in die Runde.

Achim machte ein Gesicht wie sieben Tage Regenwetter, murmelte aber dennoch ein brummiges «Erlaubnis erteilt».

Anette machte große Augen, als sie auf Giselas dunkelgrünen Polo zuliefen. Das komplette Wahlkampfteam hatte sich am Auto versammelt. Auch Annika hatte die

Männerrunde allein am Zafira zurückgelassen und kam schnaufend hinter Biggi und Anette angesprintet. Sie stellte sich zu den anderen und grinste ihrer Mutter entgegen. Sogar Bertram war aufgetaucht und stand neben Beatrix Hohmann, die sich gerade mit einem Flyer Luft zufächelte.

Gisela öffnete den Kofferraum ihres Wagens. Dort stand ein riesiger Geschenkkorb, der in Klarsichtfolie verpackt und mit verschiedenen Schleifen dekoriert war. Durch die Folie konnte Anette allerlei Köstlichkeiten entdecken: Antipasti im Glas, eine Flasche Rotwein, Senf, edle Brotaufstriche und verschiedene Pastasorten. Gisela nahm den Korb heraus, hielt ihn aber noch fest in ihren Armen, Beatrix räusperte sich:

«Liebe Anette, wir, das gesamte Wahlkampfteam, möchten uns ganz herzlich bei dir bedanken und dir viel Kraft für den heutigen Tag wünschen. Danke für dein Vertrauen in den letzten Wochen, und ich glaube, ich spreche für uns alle, wenn ich sage, dass wir viel zusammen erreicht, einige Hürden überwunden haben, und egal, was heute rauskommt, dass wir alle hinter dir stehen. Gemeinsam für Hildenberg!»

Das Wahlkampfteam jubelte und klatschte. Gisela drückte Anette den Geschenkkorb in die Hand, der standen die Tränen in den Augen. Schließlich schaffte sie es, den Kloß in ihrem Hals herunterzuschlucken.

«Meine Güte, danke euch. Vielen, vielen Dank. Ich hab natürlich auch noch was für euch, aber wollte euch das erst heute Abend bei ‹Giovannis› geben», beeilte sie sich zu sagen.

Nicht, dass ihre Helfer noch dachten, sie hätte nichts für die Truppe besorgt. Schließlich hatte sie in der letzten Woche zwei Abende damit verbracht, kleine Geschenketütchen zu packen und an jeden eine individuelle Danksagungskarte zu schreiben. Nach der Bekanntgabe der Ergebnisse sollte es für Anettes Unterstützerkreis nämlich noch zu «Giovannis» gehen – hoffentlich mit Feierlaune im Gepäck. Eigentlich hatte Anette das «Zur vollen Kelle» mieten wollen, aber Holger Wiedenmaier war schneller gewesen.

«Uuuund, das ist auch noch für dich», rief Biggi jetzt und überreichte ihr eine riesige Glasscheibe. Fragend blickte Anette auf das Ungetüm, das sie jetzt in ihren Händen hielt und ihr nur eine braune Fläche zeigte.

«Umdrehen, Mama!» Annika machte eine kreisende Bewegung mit ihren Händen.

Ups, Anette drehte die Scheibe um und blickte auf eine Collage aus Fotos, Zeitungsartikeln und ihren eigenen Flyern. Die Fotos zeigten überwiegend Anette, wie sie auf dem Marktplatz mit Leuten sprach, Anweisungen an ihr Wahlkampfteam weitergab oder lachend die Big Band des Gymnasiums dirigierte. Aber auch Achim war beim Schiffsaufbau bei den Hildenberger Tagen zu sehen, auf einem anderen Foto standen Annika und Steffi nebeneinander mit einer Handvoll Ahlmann-Flyer, und auch die anderen Helfer waren jeweils auf mindestens einem Foto zu sehen.

Jetzt flossen wirklich Tränen. Gisela fummelte eine Packung Taschentücher aus ihrer Handtasche, während Harald und Bertram verlegen wegsahen. Beatrix Hohmann tätschelte Anette ein wenig unbeholfen den Rücken, und Biggi kämpfte ebenfalls mit den Tränen. Sie wühlte in ihrer glitzernden Bauchtasche herum und zog eine zweite Packung Taschentücher hervor.

«Danke euch, vielen, vielen Dank», brachte Anette mit belegter Stimme heraus.

«So, jetzt aber los, Mama! Genug mit den Rührseligkeiten. Sonst kommst du nachher ganz verheult im Rathaus an!»

Anette, Biggi und Annika verabschiedeten sich von den anderen und liefen zu Biggis Auto. Doch sie waren kaum zehn Meter weit gekommen, da rief erneut jemand Anettes Namen.

Sie drehten sich um, und Biggis Miene verfinsterte sich. Ulrike!

«Hallo! Hey, Anette! Na, wie ist die Stimmung?», sagte Ulrike und lächelte die Frauenrunde an. «Oh, habt ihr geweint?» Sie sah Anette und Biggi besorgt an.

«Heuschnupfen, Ulrike. Die Ambrosie-Pollen fliegen auch im September noch!» Biggis Tonfall war derart schnippisch, dass Annika überrascht die Augenbrauen hob.

Doch Ulrike schien Biggis Art nicht weiter zu stören.

«Ach, Mensch, ihr Armen, das ist ja blöd. Gerade heute! Ich wollte dir auch nur sagen, dass ich dir die Daumen drücke, Anette. Mein Anruf beim *Anzeiger* letzte Woche hat ja immerhin Früchte getragen, was?»

«Dein Anruf beim *Anzeiger* … ach, du hast denen das mit Wotzke gesteckt?»

«Oh, ja natürlich. Ich dachte, du wüsstest das. War ja ziemlich eindeutig, was Frau Feldhaus da erzählt hat. Hab

mir doch an dem Tag noch beim Abkassieren ihre Kartennummer geben lassen und online nachgeschaut. Da stand,
die Punkte wären für einen Pizzastein eingelöst worden,
das kam mir gleich komisch vor. Was soll die Frau Feldhaus denn mit'm Pizzastein?, hab ich gedacht. Na ja, und
dann hab ich den Herrn Acar vom *Anzeiger* angerufen und
dem das alles erzählt, kenn den ja auch ganz gut, kommt
ja auch zum Haareschneiden zu mir. Jedenfalls, der hat
dann wohl drei Anrufe getätigt, und da war die Sache klar!»

Anette war baff. Plötzlich erschien alles ganz logisch.
Klar, sie erinnerte sich daran, dass Ulrike sich an dem Tag
irgendwas notiert hatte, aber sie selbst war so im Tunnel
gewesen, dass sie das gar nicht richtig aufgenommen
hatte. Das war ja tatsächlich richtig nett von Ulrike. Und
sie hatte gesagt, dass sie ihr die Daumen drückte. Konnte
es sein, dass sie sich in Ulrike getäuscht hatte?

«Ja, Mensch, Ulrike, danke dir. Wow, ich weiß gar nicht,
was ich sagen soll!», stammelte Anette.

Ulrike setzte gerade zu einer Antwort an, da hupte es
hinter ihr.

«Oh, huch», Ulrike wurde knallrot, «äh, da ist meine
Mitfahrgelegenheit. Nichts zu danken und viel Erfolg!»

Hinter ihnen hatte ein junger Mann mit seiner Vespa
gehalten. Ulrike schwang sich hinter ihn auf das Mofa, er
nahm den Helm ab, küsste Ulrike auf den Mund und setzte
ihr dann den Helm auf. Der Mofafahrer sah in Anettes und
Biggis Richtung, lächelte erkennend, führte seine Hände
vor der Brust zusammen und neigte kurz den Oberkörper.
Dann startete Yogatrainer Manuel seine Vespa und brauste
mit Ulrike davon.

Biggi war kurz vor einer Ohnmacht.

«Das kann nicht wahr sein …», presste sie mühsam hervor, «nein, nein, nein!»

Annika hatte in ihrer Tasche eine alte Brötchentüte gefunden, in die Biggi jetzt langsam hineinatmete. Anette stand daneben und fächelte ihr mit einem ihrer Flyer Luft zu.

«Was will diese Frau mir noch alles antun? Unser Manu, Anette. Unser Manu! Hab dir doch gesagt, der kann man nicht trauen!», japste Biggi.

«Jetzt beruhig dich mal wieder, Biggi. Du hast doch den Jörg!», Anette musste ein Grinsen unterdrücken. Im ersten Moment war sie auch etwas geplättet gewesen. Ulrike und Manuel? Das würde noch für ordentlich Getratsche im Ort sorgen, schließlich war Manuel einige Jährchen jünger als Ulrike. Aber da Anette jetzt wusste, dass Ulrike sie in der Wotzke-Angelegenheit unterstützt hatte, nein, mehr noch, die treibende Kraft hinter der Aufdeckung des Skandals gewesen war, gönnte sie ihr das Liebesglück. Auch wenn sie schon gerne gewusst hätte, wie die zwei sich kennengelernt hatten. Bei Ulrike im Salon? Oder etwa übers Internet? In ihren Yogakurs ging Ulrike jedenfalls nicht.

«Ach, jetzt komm schon, lass die Ulrike doch», versuchte Annika die immer noch sichtlich mitgenommene Biggi zu beruhigen, «ist doch jetzt total in, dass Frauen 'n jüngeren Lover haben!»

«Geht mir doch nicht um den Altersunterschied», schnaufte Biggi hinter ihrer Brötchentüte, «wieso denn nur die blöde Ulrike?»

«Ich find die eigentlich ganz nett», meinte Annika nur und zuckte die Schultern.

«Nett?! Trinkt Kaffee mit meinem Mann, und jetzt noch so was!»

«Was war denn da jetzt eigentlich damals mit Jörg?», traute sich Anette endlich zu fragen.

«Ja, die haben bei ihr vorm Laden 'n Kaffee getrunken, hab ich dir doch damals erzählt!»

«Das war alles? Dachte, die wären zusammen im Café gewesen!», meinte Anette und erntete dafür einen empörten Blick von Biggi.

«Zusammen im Café? Na, das wär ja wohl die absolute Höhe gewesen, und was heißt überhaupt ‹Das war alles›? Die kann doch nicht einfach mit meinem Mann Kaffee trinken, du weißt doch, wie hier getratscht wird, Anette. Die hat mich ja zum Gespött der Leute gemacht. Aber jetzt wird sie mal sehen, wie das ist. Wenn die Frau Meier das mit Manu und ihr rauskriegt, das wird was geben! Vielleicht steck ich ihr das mal die Tage!»

Annika seufzte und nahm Biggi den Autoschlüssel aus der Hand. «Lasst uns mal los, sonst stehen wir morgen noch hier!»

Anderthalb Stunden später schlug Familie Ahlmann endlich im Rathaus auf. Die verschiedenen Kandidaten hatten sich mit ihren Teams im großen Sitzungssaal niedergelassen und kleine Basislager gebildet. Nun saßen sie in Stuhlkreisen so weit es ging voneinander entfernt. Für Achim, Annika und Andi verging die Zeit von da an quälend langsam. Während Achim in der Gegend herumstierte, wischten Annika und Andi gelangweilt über ihre

Smartphones. Anette war dagegen mal wieder in ihrem Element. Sie wuselte durchs Rathaus, quatschte mit den Mitarbeitern aus dem Eingangsbereich, besorgte Getränke für alle und holte mit dem Hausmeister den Beamer aus dem Keller, der später die Ergebnisse an die Wand werfen sollte. Als sie gerade dabei war, die Monstera, die auf einem der Sideboards stand und um die sich offenbar lange keiner mehr gekümmert hatte, zu gießen, kam Holger Wiedenmaier auf sie zu.

«Anette, das kannste für mich auch gerne machen, wenn ich Bürgermeister bin. Ich stell dich dann auf 450 Euro Basis an!» Er grinste Anette überheblich an.

«Och, was für ein nettes Angebot, Holger, das würde ich ja gerne zurückgeben, aber deine Talente sind mir bislang verborgen geblieben», jetzt war es an Anette, überheblich zu grinsen, denn aus dem Gesicht ihres Widersachers war jegliche Farbe verschwunden. Mit solch einer schlagfertigen Antwort hatte er offenbar nicht gerechnet.

«Was wird denn hier besprochen?», Julitta Baumgärtner hatte sich den beiden von hinten genähert und sah sie nun neugierig an.

«Hab Anette gerade einen Job als Gießkannen-Beauftragte angeboten, sobald ich hier das Sagen habe. Aber vielleicht muss ich das wieder zurücknehmen, ganz vergessen, dass du ja die Pflanzenkönigin bist, Julitta!», Holger Wiedenmaier hatte sich gefangen, und das fiese Grinsen war auf sein Gesicht zurückgekehrt.

«Jegliche Zuneigung zu Lebewesen scheint dir ja fremd zu sein, Holger. Das kann man deinem Wahlprogramm ja eindeutig entnehmen!», sagte Julitta spitz.

Holger Wiedenmaier stand mit den Händen in den Hosentaschen seiner hellen Jeans zwischen den beiden Frauen, die Beine leicht gebeugt, sodass sie ein O bildeten, und grinste von einer zur anderen.

«Na, das ist ja wirklich süß, wie gut ihr beide euch versteht! Heute Abend könnt ihr euch dann gegenseitig trösten! Und vielleicht tretet ihr in vier Jahren einfach noch mal zusammen an, als das große weibliche Gutmenschen-Duo, und tanzt gemeinsam eure Namen auf dem Marktplatz!» Holger Wiedenmaier lachte über seinen eigenen Witz und blickte feixend in die Runde.

«Oh, ein Waldorfschulen-Witz, wie originell!», meinte Julitta nur.

Anette warf dem Wiedenmaier einen eisigen Blick zu und drehte sich weg. Auch Julitta wandte sich zum Gehen. Die beiden Frauen sahen sich an.

«Viel Glück für später, Julitta», sagte Anette und nickte ihrer Konkurrentin zu.

«Danke, für dich auch!»

Sie kehrten in ihre jeweiligen Basislager zurück und ließen Holger Wiedenmaier an der Monstera zurück.

Der Nachmittag zog sich dahin, und die Laune wurde schlechter.

«Andreas, jetzt setz dich mal gerade hin. Du hängst da wie 'n Schluck Wasser in der Kurve!» Anette klatschte in die Hände und rief ihre Familie zur Ordnung.

Auch Achim hatte keine Lust mehr zu warten.

«Wieso mussten wir jetzt fast drei Stunden hier rumlungern? Hätten wir doch genauso gut zu Hause warten können. Da hätte ich wenigstens noch was im Garten machen oder die Zeitung lesen können», brummte er und sah Anette missmutig an.

«Das gehört sich eben so. Die Spitzenkandidaten und ihre Familien warten im Rathaus auf die Ergebnisse. Kann ja jetzt auch nicht mehr lange dauern, ist ja schon nach fünf!», antwortete Anette und blickte streng in die Runde. Sie sah einen müden Haufen vor sich, der krumm und schief auf den Stühlen herumhing. Selbst Annika, die normalerweise immer noch irgendwo einen Restfunken Motivation und Energie in sich finden konnte, hing gebeugt über ihrem Handy und öffnete zum 26. Mal hintereinander irgendeine App, nur um festzustellen, dass sich seit dem letzten Öffnen dort nix Neues getan hatte.

Meine Güte, die zweieinhalb Stunden mal ein bisschen warten, so anstrengend war das ja wohl nun auch nicht gewesen, dachte Anette. Sie war schließlich als Einzige noch durchs Rathaus gesprungen und hatte an allen Ecken und Enden ausgeholfen. Ihre Familie tat so, als hätte sie gerade einen sechsstündigen Wandertrip durchs Himalaya-Gebirge hinter sich. Nur vom Rumsitzen konnte ja wohl kein Mensch so erschöpft sein. Sie wollte gerade dazu ansetzen, den dreien eine Standpauke zu halten, als sie plötzlich Biggi und Jörg durch den Sitzungssaal auf sich zu marschieren sah.

«'tschuldige, Netti, ich weiß, wir wollten schon früher hier sein, aber ich musste mich zu Hause erst mal 'n Moment hinlegen, du weißt schon …», Biggi senkte die Stimme, «wegen des Vorfalls vorhin …»

«Klar, verständlich», antwortete Anette ernst, «geht's dir etwas besser?»

«Jaja, geht schon!»

Jörg, der wie immer guter Stimmung war und offenbar gar nichts von Biggis Leiden mitbekommen hatte – was wohl auch besser so war, wie Anette fand –, sah sich staunend im Rathaus um.

«Mensch, Mensch, bin das erste Mal hier im Rathaus, Anette. Das könnte dein neuer Arbeitsplatz sein, ganz schön große Sache, was?», meinte er und nickte dabei anerkennend, «falls du gewinnst, könnte ich vielleicht mal mit einer Schulklasse vorbeikommen, das wär sicher spannend für die!»

«Was heißt denn ‹falls›? Natürlich gewinnt unsere Netti!», rief Biggi dazwischen.

Plötzlich ertönte ein furchtbares Quietschen und Knarzen, das durch den gesamten Sitzungssaal hallte. Alle hielten sich erschrocken die Ohren zu. Anette sah sich um und konnte schließlich die Quelle des Lärms ausmachen. Noch-Bürgermeister Rudolf Kolloczek stand am Ende des Saals und hatte offenbar versucht, durch das Mikrofon etwas zu sagen, technische Probleme schienen ihn jedoch daran zu hindern.

«Ah, das sieht aus wie ein Fall für mich», Jörg sprang auf Kolloczek zu, drückte auf dem Mikrofon herum und zog an verschiedenen Kabeln. Endlich konnte er mal mit seinem Fachwissen glänzen, das er sonst nur an gelangweilte Schüler in der Technik-AG weitergab. Biggi beobachtete ihren Jörg bei den geübten Handgriffen mit Bewunderung – Manuel schien zumindest für einen kurzen Moment vergessen –, während Achim das Gesicht zusammenkniff. Einige Minuten später, als alle Anwesenden ihre Aufmerksamkeit bereits wieder anderen Dingen zugewandt hatten, ertönte Kolloczeks matte Stimme.

«Meine sehr verehrten Damen und Herren, liebe Spitzenkandidatinnen und -kandidaten, wie ich eben erfahren habe, sollen die ersten Hochrechnungen in Kürze eintreffen. Meine Mitarbeiter werden nun den Beamer anwerfen und die Webseite mit den Ergebnissen aufrufen, sodass wir gleich alle gemeinsam sehen können, wie Hildenberg gewählt hat!» Es gab erneut ein quietschendes Geräusch, als Kolloczek das Mikrofon weglegte.

Anette spürte, wie ihr Herz kräftig von innen gegen ihren Brustkorb wummerte.

Achim, Andi und Annika saßen plötzlich wieder aufrecht auf ihren Stühlen. Biggi trat nervös von einem Fuß auf den anderen. Nur Jörg stand in entspannter Haltung neben ihnen und lächelte.

«Jetzt wird's spannend, was?», er klopfte Anette auf die Schulter.

«Hmmh», mehr brachte Anette nicht heraus.

Jetzt war es also so weit. Der große Moment war gekommen. Jörg hatte recht, jetzt wurde es wirklich spannend und Anettes Hände schwitzig. Was wäre eigentlich, wenn niemand sie gewählt hätte? Oder wenn sie nur lächerliche zwei Prozent erhalten würde? Müsste sie Hildenberg dann verlassen? Sie könnte sich ja dann nirgends mehr blicken lassen. Also zumindest nicht in der Bäckerei Meier. Im Kegelclub und im Frauenverein auch nicht. Nicht bei Ulrike im Haarstudio, und schon gar nicht im Yogakurs. Die würden sich ja alle das Maul über sie zerreißen. Sagen würde wahrscheinlich niemand was.

Aber die Blicke! Sie begann, im Kopf die Ortschaften in der Umgebung durchzugehen, die Achim und ihr möglicherweise eine neue Heimat sein könnten, bremste sich dann aber selbst. *Schluss jetzt, Anette*, sagte sie in Gedanken zu sich selbst, *das ist doch lächerlich.* Stattdessen versuchte sie, sich auf die Leinwand zu konzentrieren, auf der gleich die Ergebnisse erscheinen sollten, doch so einfach war das gar nicht. Denn es vergingen noch einmal fast fünfzehn Minuten, bis die Mitarbeiter von Rudolf Kolloczek mit Unterstützung von Jörg den Beamer zum Laufen gebracht und mit dem herbeigeschafften Laptop verbunden hatten. Zeitweise waren fünf Männer um den Beamer herumgestanden und hatten Jörg Tipps zugerufen. Als sie die Webseite mit den Hochrechnungen öffnen wollten, erschien nur ein leeres Fenster mit der Botschaft «Seite konnte nicht geladen werden».

Sie hörten, wie Jörg Herrn Kolloczek zurief: «Der Laptop ist nicht im WLAN. Wie ist denn das Passwort?»

Also, musste Herr Kolloczek zuerst noch in sein Büro laufen und den Zettel, auf dem das WLAN-Passwort notiert war, holen. Was ein Theater! Anette hielt die Spannung kaum noch aus. Plötzlich stupste Annika sie hektisch an.

«Mama, guck mal! Die wissen schon was!»

Annika deutete auf verschiedene Leute, die ihre Smartphones hervorgeholt und offenbar beschlossen hatten, die Webseite mit den Ergebnissen selbst aufzurufen. Auch in den zwei anderen Basislagern wurden jetzt die Handys ausgepackt und hektisch Befehle eingegeben.

Annika raste zu ihrem Smartphone.

«Ich schau schnell nach!»

Anette, die von der Situation völlig überfordert war, sah sich hilflos im Raum um.

«Nein, Annika. Wir müssen doch auf den offiziellen Wahl-Countdown warten, deswegen sind wir doch alle hier, die offiziellen Ergebnisse kommen über die Leinwand!»

«Ach, Mama! Das ist doch dieselbe Webseite! Die hat doch nicht nur das Rathaus.» Annika wischte hektisch auf ihrem Smartphone herum, doch in diesem Moment erschien eine Grafik auf der Leinwand.

Kolloczek war zurückgekehrt und hatte augenscheinlich das WLAN-Passwort mitgebracht.

Alle Augen richteten sich auf die Leinwand, vereinzelt brandeten bereits Jubelschreie auf, Anette atmete tief ein und ließ sich erst mal auf einen der Stühle fallen.

Auf der Leinwand war eine Grafik erschienen, die die ersten Hochrechnungen zeigte – und die waren eindeutig.

Ganz rechts im Diagramm sah man mehrere sehr kurze Balken, einer davon gehörte zu Sebastian Wotzke. Entweder hatten ein paar Hildenberger das Kriminaldrama um Wotzke nicht mitbekommen, oder es war ihnen schlicht egal gewesen, sodass er trotzdem ein paar wenige Prozentpunkte erhalten hatte. Links daneben war ein etwas längerer, grüner Balken: Julitta Baumgärtner! Sie hatte ein paar Prozentchen mehr geholt als Sebastian Wotzke, lag aber dennoch knapp unter einem zweistelligen Wert. Dem blauen Balken im Diagramm war es dagegen gelungen, den zweistelligen Bereich zu knacken. Vierzehn Prozent hatte Holger Wiedenmaier für sich und seine Partei einfahren können!

Und dann war da noch Anettes Balken.

Mount-Everest-mäßig überragte er alle anderen Balken um ein Vielfaches. 63 Prozent stand darunter. Die Zahl verschwamm vor Anettes Augen. *Das muss ein Fehler sein*, dachte sie. *Das kann einfach nicht wahr sein.*

Sie rechnete ernsthaft damit, dass sich die Seite gleich noch einmal neu laden würde und ihr Balken entweder schrumpfen oder ihr Name unter einem der kleineren Balken auftauchen würde. Wie gelähmt saß sie auf dem Stuhl, bis plötzlich wieder das schrille Quietschen durch den Saal hallte und Kolloczek zu einer Ankündigung ansetzte.

«Meine sehr verehrten Damen und Herren, ich denke, die Ergebnisse sind recht eindeutig, sodass wir hier nicht noch länger abwarten müssen und ich die zukünftige Bürgermeisterin von Hildenberg zu mir nach vorne bitten möchte. Frau Ahlmann, kommen Sie zu mir! Applaus bitte!»

Man könnte meinen, dass Rudolf Kolloczek seiner Stimme in solch einem Moment einen feierlichen Unterton geben würde und seine Nachfolgerin mit ein wenig Schwung und Elan vorstellen würde, doch er klang matt und monoton wie eh und je.

Die Freude um Anette herum konnte das jedoch nicht trüben. Annika und Biggi jubelten wie verrückt und zogen Anette von ihrem Stuhl hoch. Die neue Bürgermeisterin, die sich immer noch benommen fühlte, ließ sich von den beiden umarmen und sanft in Richtung Kolloczek schubsen. Als sie sich auf dem Weg noch einmal umdrehte, sah sie, dass Biggi bunte Hüte aus ihrer Tasche geholt hatte, die sich nun alle aus ihrem Lager aufsetzten.

«Anette Ahlmann – Chefin von Hildenberg» stand in leuchtender Schrift auf den Hüten.

Anette wurde weiter durch die Menge geschoben, die überwiegend aus Rathausmitarbeitern bestand, einzelne Leute klopften ihr anerkennend auf die Schulter, andere riefen ihr Glückwünsche zu. Kurz bevor sie Kolloczek erreicht hatte, drängte sich Julitta Baumgärtner zu ihr durch und schüttelte ihr die Hand.

«Gratulation, Anette, Gratulation!»

Holger Wiedenmaier war nirgends zu sehen. Wie sie später von Jörg erfahren sollte, war der Wiedenmaier kurz nach Veröffentlichung der Ergebnisse samt Team aus dem Rathaussaal gestürmt.

Jetzt ergriff Anette endlich Rudolf Kolloczeks Hand und schüttelte sie. Kolloczeks Hand lag wie ein lebloser Fisch in ihrer, sodass Anette sie schnell wieder losließ. Meine Güte, es wurde wirklich Zeit, dass frischer Wind ins Rathaus kam. Volker aus dem Stadtrat kam mit einem großen Blumenstrauß für Anette. Die war mittlerweile aus ihrer Starre erwacht. Sie nahm den Blumenstrauß dankend entgegen, straffte die Schultern und blickte durch den Rathaussaal. Geschafft! Sie hatte es tatsächlich geschafft! All die harte Arbeit hatte sich am Ende ausgezahlt, und dann noch mit so einem tollen Ergebnis. Damit hatte sie wirklich nicht gerechnet. Kolloczek hielt ihr das Mikrofon hin. Anette nahm es entgegen, warf jedoch, bevor sie zu einer kurzen Rede ansetzte, noch einen Blick auf ihre Familie.

Biggi hatte mittlerweile nicht nur an alle die bunten Hüte verteilt, die Annika und Andi zwar ohne Murren, aber doch etwas beschämt aufgezogen hatten, sondern auch eine Flasche Sekt, eine Packung Orangensaft und wiederverwendbare Hartplastik-Sektgläser aus ihrer Tasche gezaubert. Jörg prostete Anette zu, Biggi tanzte vor Glück ein wenig auf der Stelle, und Annika und Andi grinsten ihr entgegen. Neben der bunten, fröhlichen Truppe stand Achim. Auch ihm hatte Biggi einen der Hüte aufgesetzt und ein Glas in die Hand gedrückt. So stand er da und sah mit verkniffenem Gesichtsausdruck auf den Sekt-O in seinem Glas. Als er Anettes Blick auffing, zwang er sich zu einem gequälten Lächeln, das aber eher aussah, als würde ihn ein Bankräuber mit vorgehaltener Pistole dazu zwingen.

Anette seufzte innerlich. Jetzt ging die Arbeit erst richtig los.